# 花街の用心棒 四
## 流れる風の向かう先

深海 亮

富士見L文庫

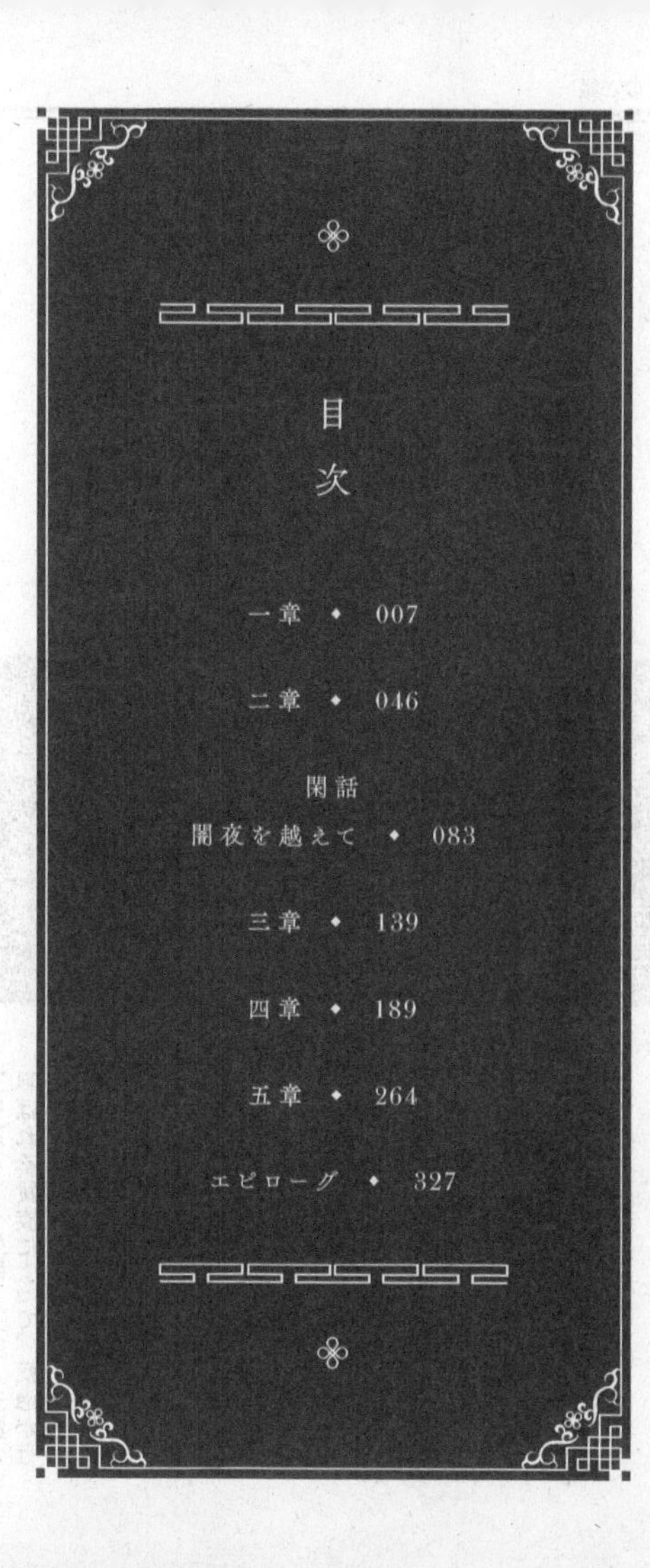

目次

# 人物紹介

イラスト：きのこ姫

◆玄雪花《げんせっか》／颯凛《そうりん》
澄の花街にある紫水楼で働く女用心棒。亡き母が迦羅皇族のため、帝位継承権をもつ。羅儀の護衛を引き受け、迦羅に向かう。

◆紅志輝《こうしき》
紅家当主にして、澄国王の側近。美貌の青年。雪花に惹かれ、もらい受けると宣言している。

澄《ちょう》◆◆◆
王を頂とする小国。王家と五家と呼ばれる貴族によって、統治が行われている。

◆玄風牙《げんふうが》／黎飛燕《れいひえん》
雪花の養父。雪花の実父の甥でもある。男女問わず恋多き男。賭博好きで、しばしば借金を作っている。

◆帰蝶《きちょう》／愛紗《あいしゃ》
紫水楼の楼主。年齢不詳の魅惑的な女性。元宮廷医官。

◆蒼白哉《そうびゃくや》／夜摩《やま》
志輝の同僚であり、国王の側近。迦羅出身で、暗部に所属していた。

◆楊任《ようにん》
風牙・帰蝶とは昔なじみで、紫水楼に暮らす。元は江瑠沙の伯爵であった。

◆鳳翔珂《ほうしょうか》
若き国王。雪花の乳兄弟。

◆颯美桜《そうみおう》
雪花の亡き姉。後宮で雪花と再会するも、復讐のためその身を投げうった。

◆颯洪潤《そうこうじゅん》
雪花の亡き父。黎家出身の医師。先王弟から翔珂達を守るために妻ともども犠牲となった。

◆颯千珠《そうせんじゅ》
雪花の亡き母。迦羅皇帝の一人娘であり、洪潤とは駆け落ち同然で結婚した。

## 迦羅《カーラ》◆◆◆

澄の北に位置する帝国。いかなる時も中立の立場を貫き、戦を避けてきた。

◆花嗣《かし》・羅儀《らぎ》
母親を紫雲に人質に取られ、帝位継承権を持つ雪花を探しに澄に来ていた。

◆紫雲《しうん》
亡き皇弟の娘。迦羅皇帝の病に乗じて政権を握り、江瑠沙との同盟を進めようとしている。

◆青遥《せいよう》
迦羅皇帝。毒に倒れ、現在床に臥せっている。

◆玉兎《ぎょくと》
羅儀の側近。白哉と同じくかつては暗部に所属していた。

◆潘行空《はんぎょうくう》
羅儀の側近。白哉とは、過去の事件にまつわる因縁がある。

◆美夕《みゆ》
羅儀の母。皇帝暗殺の容疑をかけられ、現在紫雲によって拘束されている。

◆甄《しん》・比埜《ひや》
羅儀の亡き父。神官として優れた能力をもっていた。

## 玻璃《はり》◆◆◆

澄の西に位置する王国。澄とは戦を繰り返していたが、和睦を結ぶに至った。

◆グレン
玻璃国第二王弟。戦争を回避するため、国王の名代で澄国に滞在している。雪花を慕っている。

◆シグレ
玻璃国王。グレンの長兄。

## 江瑠沙《エルシャ》◆◆◆

海を越えた先にある大帝国。最新の軍備を持つ。属国を増やすために迦羅と手を組もうとしている。

◆ソフィア・グランディエール
江瑠沙の皇女。積極的に他国の侵略を進める現皇帝とは、対立関係にある。

本作はカクヨムに掲載された「花街の用心棒【流れる風の向かう先】」に加筆修正した作品です。

内容はフィクションであり、実在の人物や団体などとは関係ありません。

# 一章

風立つ時、天より花が舞い散りて。

一人の女、荒野に立つ。

これ、迦羅の始まりなり。

＊＊＊

「寒い……。寒い寒い寒いさむーい!!」

「うっさい黙りな風牙！」

「だぁって寒いんだもの！」

雪山に、今日も変わらずやかましい風牙と帰蝶の声が大きく響き渡る。木々に留まっていた鳥たちが驚き、冬の青空に逃げてゆくのを視界の端に捉えた雪花は嘆息した。

雪花たち一行がいるのは霊山の一つ、由吒山である。

隣り合う澄と迦羅は連なる山々で隔てられていて、由吒山はその中の一つだ。この山越えが一番の近道らしいがその分道は険しい。命を落とす者が後を絶たないので、由吒山に立ち入る者はほとんどいないそうだ。

人目を避け、かつ速やかに迦羅に入ることができるからと、羅儀がこの道を選んだのだが本当に険しい。ましてや雪道だ。滑らないよう注意を払って歩かなければならない。幸いにも晴天に恵まれているが、天候が崩れれば吹雪で視界が奪われる。近道といえど、この山を越えるには軽く二日はかかりそうだ。

「なんであの二人はああも元気なんだ」

雪花の前を歩く羅儀が、呆れ顔で雪花に尋ねてきた。

「さあ。いつもあんなだけど」

「こんな山道で余裕なもんだ」

「……だねえ」

風牙はともかく帰蝶は疲れないのだろうか。先ほど気遣って声をかけたら「年寄り扱いするんじゃない」と一喝されたので、そっとしておいてはいるが。

「なあ羅儀」

「あ？」

「今夜はどうするつもり？　日が暮れてからは登れないよね」

日が暮れてしまえば一気に気温は下がる。それに獣たちも、闇夜の中どこからやってくるか分かったもんじゃない。

「前もって用意している中継地で休む。夕暮れまでに」

「ふうん」

雪花はそれだけ言うと、襟巻きに顔を埋めて彼の後を黙々と歩く。先頭を歩くのは玉兎、その後ろを白哉、帰蝶、風牙、羅儀、雪花と続いている。迦羅との戦を回避させるために澄を出たものの、果たしてこの面子でどうにかなる問題なのか。甚だ疑問であるが、やると決めたからにはやるしかない。なんとしてでも羅儀を迦羅の玉座に押し上げなければ。迦羅へ入ってからどうなるのか予想がつかないが、無血で事が済むとは思っていない。少なからず血は流れるだろう。

その点では、同行している白哉と風牙は貴重な戦力だ。特に白哉は迦羅出身だというから驚きだ。彼は玉兎と知り合いだそうだが、仲良く話をするという間柄ではないようだ。二人の間にはどこか殺伐とした空気が流れている。込み入った事情があるようなので仕方がないのだろう。

そして羅儀と雪花といえば、至って静かだ。互いに用がなければ話しかけることはしない。羅儀はいつも気難しい顔をしていて、若いのに眉間の皺には年季が入っている。それに雪花と同じ琥珀色の眼を眼帯で隠しているからか、荒々しい印象を周りに与えがちだ。

せっかく役者のような色男なのにもったいないと思うが、それはそれで格好いいのだと花街では騒がれていた。

(ま、容姿がある程度整ってたら、強面(こわもて)だろうがそれすらもいい刺激になるのだろう)

ふむ、と雪花は彼の背中を見つめる。確かに目つきと口調は悪いが、武人気質(かたぎ)なだけなのだろう。話せば思いの外とっつきやすいし。

(どこぞの誰かさんよりかは、話していて楽だしな)

顔を埋めている雪花の襟巻きは、どこぞの誰かさん――紅志輝(こうしき)が新たに用意してくれたものだ。志輝からもらった襟巻きを血塗(ちまみ)れにしてしまった雪花だったが、出立の日に、志輝が新しい襟巻きを雪花の首に巻いてくれたのだ。今度は何の毛かは知らないが、これもとても温かい。

『約束して下さい。必ず、戻ってくると』

雪花の首に巻きながら、志輝はそう言った。国には戻るつもりであるが、なぜあんた様のところに戻らなければならないと反論したくなった雪花である。しかし素直に頷(うなず)かなければ、襟巻きで首を絞められそうだったので、はいはいと頷いて澄を後にした。ちなみに風牙が『戻ってきてもあんたのとこには行かないわよ！』と捨て台詞(ぜりふ)を吐けば、志輝はこめかみをピクリと震わせていた。おそらくあの二人は一生そりが合わないだろう。

「おい」

「ん？」

「何か言いたいことがあるなら言えよ」

背中に刺さる視線を感じたのだろうか、羅儀がちらりと雪花を振り返った。

「や、特に何もないよ。人間観察していただけ」

「人間観察？　俺をか」

羅儀の片目が、じろりと雪花を睨む。

「や、別に悪い意味じゃないから。目つき悪いけど、中身は喋りやすいなって」

そう答えると、羅儀は呆れたような顔をして、大きなため息をついた。

「あのな、おまえにだけは言われたくねえよ」

「え？」

「おまえの目つきも大概だろ」

「あんたよりマシだよ」

「博打してる時、おっかない目してただろうが」

指摘された雪花は黙り込む。確かに目を光らせていたが、まさか羅儀に指摘される程目つきが悪いとは思わなかった。まあ過去を思い返してみれば思い当たる節はある。死んだ魚のような目とか、虫けらを見るような目と言われた覚えがある。そうか、自分も大概だったらしい。

「おい、自覚なしかよ」

「いやあ、愛想はないけどまさかそこまでとは」

少しは気をつけようと心に決めた雪花であったが。

「あのな、もう少し愛想よくしとけよ。そんなだと嫁の貰い手が……いや。紅志輝がいるんだったな、おまえには」

「違う。断じて違うから」

「いや、だからその目だって言ってんだろ」

後に続いた羅儀の台詞に、気が付けば雪花は目を鋭く尖らせていた。雪花の僅かな心意気はあっけなく消滅した。

「だけどあいつ、俺を本気で殺しそうな目ぇしてたぞ」

どうやら紅家に侵入した時のことを言っているらしい。

「おまえ、なんであんな奴に執心されてんだ。あの男、顔に似合わず趣味悪いだろ」

「んなもん知るか。こっちが聞きたいくらいだ。というかあんた今、さらっと失礼なこと言ったな」

あの御仁の趣味は確かに悪いが、こいつもなかなか言ってくれる。羅儀は意地悪そうに口端を持ち上げると、くるりと前を向いてしまった。

(こいつも大概、口悪いな)

いつか仕返ししてやろうと、雪花は再び羅儀の背中をじとりと睨むのであった。

＊＊＊

空が赤く染まり始めた頃、一行はようやく中継地点に到達した。玉兎が案内した洞窟の中には、薪など最低限の備蓄が用意されている。羅儀たちが事前に準備していたようだ。

「右手に川が流れてる。水はそこで確保できるわ」

背負っていた荷を下ろしながら、玉兎が皆に説明する。彼女の横では、羅儀が手慣れた様子で火を熾す作業に移っている。皇子の割に仕事はできるようだ。自分も働くかと、雪花は荷を置くと水桶を手に取り立ち上がった。

「じゃ、わたしが行ってくるよ」

「俺が行くよ。雪花ちゃん、少しは休んでなよ」

「いえ、構いませんよ。白哉様」

「そうよぉ雪花。力仕事は男に任せたらいいのよ」

一同の冷めた視線が風牙へと突き刺さった。帰蝶は白い額に青筋を立てると、風牙の腰に回し蹴りをお見舞いした。そして雪花の手から水桶を取り上げ、風牙に向かってぶん投
「ここで休むわ」

げる。

「あんたも働くんだよ、熊でも捕ってきな！」

帰蝶の怒声と共に、風牙は洞窟の外に放り出された。本当に、どこにいても普段通りの二人である。雪花は盛大なため息をついた。

「あー、わたしも行ってきます」

このまま風牙を一人で行かせると、拗ねて鬱陶しい事態になりそうだ。どっちが保護者なんだかと思いつつ、雪花は風牙のお供をすることにする。

「雪花、あいつを甘やかさなくてもいいんだよ」

「まあ、そうなんですけど」

「そんで口調。妓楼の外なんだから畏まるなって言ってんだろう。今、わたしは楼主じゃないんだから普通にしてな」

「う、うん……」

そう言われても、染みついた習性というものがあるもので。なるべく努力してみますと、雪花は帰蝶に頭を下げて風牙の後を追った。

「酷い。酷すぎる」

雪花は弓を手にして雪山を歩く。横では風牙が腰を摩りながら、帰蝶に対する恨み言をぶつぶつと呟いている。

「帰蝶と風牙って昔からああなの？」

「そうなんだよ！　帰蝶はおじ貴……あー、雪花の父さんの弟子なんだけど、昔から俺を目の敵にしてくるっていうか。え、俺なんかしましたかって感じなんだよな。くそ、俺に一体なんの恨みがあるんだ」

そんなもの、数えだしたら山程あるだろうよと、呆れて何も言う気がしない雪花である。

二人は獣の足跡を探しながら歩みを続ける。

「あいつ、不愛想な割に昔からおじ貴にべったりでさ」

「帰蝶に家族はいなかったの？」

「両親を早くに亡くしてるんだよ。代わりに外戚と暮らしてたけど、これがまたろくでもない奴らで。で、帰蝶の両親と知り合いだったおじ貴が、旅の途中で引き取ったんだよ」

「へえ」

「おじ貴が千珠と結婚してからは、帰蝶は黎家で一緒に暮らすことになってさ。途中から楊任も入ってきて、三人まとめて科挙を受けさせられたんだよ。衣食住の世話をしてやった代わりに、元取ってこいって。俺、一応息子なのに」

あの氷の女、黎春燕なら平然と言い放ちそうだと思いつつ、三人の腐れ縁はそこから始まったのかと初めて知った雪花である。

「三人はそんな昔から一緒なんだ」

「まぁな。あ、そうだ。そういえば雪花。兄貴からもらった袋の中身は見たの？」

元の口調に戻った風牙が、思い出したように雪花を振り返った。兄貴、というのは風牙の兄、黎静のことだ。彼は雪花たちが旅立つ日に突然どこからともなく現れ、何かが入った巾着を雪花に手渡した。餞別だと言って。

「うん、困った時に使えって。火さえあれば使えるからって」

「何それ。秘密兵器？」

「なんか、色々危なっかしいものが入ってた」

「ふうん。ま、もらっといて損はないわ。何が起こるか分からないし。それにしても、お腹空いたわねえ」

風牙の言葉に、雪花は大きく頷いた。山越えのための食料はもちろん持参しているが、一日の活動量を考えると足りないくらいだ。明日も続く山越えのために、活力になる肉が食べたい。

「でも熊はちょっとねぇ。臭いし、苦手なのよねえ」

「鍋があるわけでもないしね」

「そうそう。兎でもいいけど大人数だと……」

そこで二人はぴたりと足を止めた。二人の目がキラリと光る。前方の木々の間に見えるのは、鹿の尻だ。

「外すんじゃないわよ、雪花」

「分かってるよ」

今夜は鹿肉だ。雪花は舌舐めずりすると、弓矢を構えて狙いを定めた。しかし雪花が矢を放つ前に鹿が倒れた。何者かが放った矢によって。

「「あっ⁉」」

雪花と風牙は揃って声を上げ、矢が飛んできた方向を睨む。

「……なんだ、おまえら」

木々の陰から現れたのは、熊かと見紛う程、図体のでかい男だった。紫水楼の男衆よりも大きく、屈強な印象を受ける。それにだ、右頬に走る大きな刀傷が凄みを増している。目つきも鋭く、一睨みするだけで他者を圧倒しそうな強面。雪花と風牙は、柄に手をかけ身構えたが。

「あんたのその目――。もしかしなくとも、あんたが凛殿下か？」

男は目を見開くと、慌てた様子でその場に片膝をついて頭を垂れた。

「えっ、ちょっ、なんでわたしのこと……。ていうか、誰」

すると男は、やはりそうでしたかと納得したように頷いた。

「俺は羅儀の側近の一人、潘行空と申します」

男は威圧感を解くと、歯を見せてにかっと笑った。羅儀の仲間かと胸を撫で下ろしていると、横に立つ風牙がわなわなと震えていた。

「……いい男」

風牙の口からは心の声が漏れ出ていた。雪花は、疲れきったような何とも言えない表情になる。風牙としばらく離れて生活していてすっかり忘れていたが、筋肉質、野性味、豪快な漢らしい笑顔。つまるところ、風牙の好みどんぴしゃりだった。

行空は仕留めた鹿を肩に担ぎあげ、砕けた調子で雪花たちと共に来た道を引き返す。横では風牙が目を爛々とさせて、行空の背中に熱い視線を送っている。

(襲われる前に逃げたほうがいいよ)

一方行空という男は鈍いのか、風牙の視線に気づいていない。まあ万が一風牙に襲われても、それだけ体が大きければ防御はできるだろう。その際は頑張って抵抗してくれと、雪花は密かに合掌しておく。

「行空。やっぱり来てたのね」

洞窟に戻ってきた行空に、玉兎が声をかけた。

「おう。暇だったから、肉でも確保してこようと思ってな。ってか、なんでこんな大人数なんだ？　おい羅儀、誰だよ。別嬪さんとその優男」

洞窟の中でくつろぐ帰蝶と白哉を見て、行空は羅儀に尋ねた。

「その前に自分が名乗れ」

火の準備を終え、丸太に腰かけている羅儀が窘める。

「ああわりい、それもそうだな。俺は潘行空ってんだ、よろしく。玉兎と一緒で羅儀の側近をしている」

別嬪と誉められた帰蝶を風牙がぎろりと睨むが、帰蝶は全く意に介さない。むしろ変態は引っ込んでろと厳しい目で牽制している。

「わたしは帰蝶。医術の心得があって今回同行している」

「お、医師なのか。なるほどな。それでこっちは？」

「俺は蒼白哉。澄王の側近だ。だけど、元は玉兎と同じ穴の狢だ。夜摩っていえば、分かるんじゃないかな」

同じ穴の狢——要するに暗部だと告げれば、一瞬にして行空の顔つきが厳しいものへと変わった。説明を求めるように、彼は玉兎に詰め寄る。

「何よ、行空」

「おまえ、なんでこいつを連れて来た」

「戦力になると思ったからよ」

「おまえ正気か!?　ただでさえ周りが信用ならねえって時に、よりによってそいつなんかを」

「俺が許可した。反論は許さねえ」

羅儀が行空の言葉を遮ってきつく睨む。有無を言わさない迫力を滲ませて。

「だけどっ」

「――行空、同じことを二度言わすんじゃねえよ。そいつは親父が残した未来だ。きっと意味がある」

羅儀は言葉を鞭のようにしならせた。大きな声ではないのに、妙に人を圧倒する。張り詰めた空気が肌を刺した。白哉と玉兎は何も言わない。瞼を伏せたまま、成り行きに任せている。

(何なんだ?)

事情を知らない雪花たちは話の意味を理解できない。行空はまだ何か言いたげであったが、態度を崩さない羅儀に言葉を呑み込んだ。そして気難しい顔のまま、鹿を捌きに外に出て行ってしまった。

ようやく緊張が解かれると、玉兎は息を吐き出して白哉を流し見た。

「別に、夜摩だと名乗らなくてもよかったのに」

「そういう訳にはいかないさ。――殿下。あなたは、俺があなたの父君の腕を奪ったことを承知の上で同行を許可したのですか」

脚を組み替える羅儀に、白哉は静かな目を向けた。薪が爆ぜる音がやけに大きく響いている。羅儀は威圧を与える空気を消し去ると、首裏を掻き、ばつが悪そうに白哉を見た。

「なんだ。やっぱりおまえ、親父のことに気付いていたのか」

「羅儀、という名は表に出ない名前なので分かりませんでした。けれど花嗣、という名前を聞いてすぐに分かりました」

「そうか」

「はい」

「親父のことを知りたいだろうから教えておくが、親父はもういねえんだ」

白哉は息を吞んだ。

「まさか、あの後——」

「いや、その数年後だ。病でぽっくり逝っちまった。だから気に病む必要はねえよ。それに俺はおまえを恨んじゃいない。でなけりゃ、暗部出身のこいつを側近にしてねえし」

こいつ、と羅儀は玉兎を指差す。

「ただ、親父は見えてたんだろう。俺の置かれた今の状況を。だからおまえを生かした」

「え、見えてたってどういう意味？」

口を挟まず話に耳を傾けていた雪花だったが、羅儀の言葉に疑問を浮かべた。

「そのままの意味だ。未来を見たんだ、親父が」

雪花と風牙は驚いて顔を見合わせる。

「未来が見えるの!?」

「神官だったからな」

「へぇー、初めて聞いた。神官はみんなそういった能力があるの？」

「基本は祭事を司るのが主な役目で、そういった能力を持つ奴はごく一部だけだ」

「じゃあ羅儀も？」

羅儀という名は神官としての名だと言っていたことを思い出す。すると彼は眼帯を押さえ、過去を懐かしむように答えた。

「俺も子供の頃は見えてたんだ。親父や妹に比べてはっきりと見えるわけじゃねえが、ぼやけた未来の輪郭は見えてた」

「よく分かんないけどすごい力だね。賭場で稼げそう」

率直な感想を口に出せば、帰蝶にわざとらしい咳ばらいをされてしまったので雪花は口を噤んだ。羅儀は雪花に呆れた目を向ける。

「あのな、そんな都合の良いもんじゃねえよ。良いものも悪いものも見えるんだからな」

「……ごめん」

「別にいいさ。どうせ俺にはもう見えねえ。ある日突然見えなくなった。力がなくなったんだ」

羅儀は雪花たちに続けて説明した。

「前に言ったこと、覚えてるか。俺は半端者だってこと」

「あぁ、うん」

「俺の血筋は傍系で、真の皇族の証しとされる琥珀色の瞳は片方だけ。くわえて、他者より優れていた神官としての力を失った。何をとっても半端な存在。もちろん力がなくとも神官の道は選べたが……選べなかった。生まれてからずっと後ろ指を指されて、なんつうか、自分の価値ってもんが分からなくなっちまってな」

「……そうか」

「ま、話は逸れたが俺に関しちゃそういうこった。あと行空のことだがな、白哉。おまえに突っかかったのは、俺の親父がおまえを庇った時、あいつの父親——海斗が護衛としてあの場にいたからだ。親父が勝手に動いて腕を失っただけで、海斗には責任もなかったが——」

「周りはそうは思わない、でしょうね」

「そういうこった。親父は止めたが、海斗は自ら責任を取って護衛を辞めちまった」

それで彼はあんなに気色ばんでいたのかと、雪花はようやく話を理解した。

(自分も人のことを言えないけど、皆、ややこしいものを抱えてるんだな)

どうやら因縁だらけの顔合わせらしい。重苦しい空気の中、雪花は立ちあがった。

「あら雪花。どこいくの？」

「捌くの、手伝ってくる」

荷物の中から短刀を取り出すと、雪花は洞窟の外へと出て行った。

「手伝うよ」

雪花は袖を捲り上げると、皮を剝いでいる行空に声をかける。

「え、殿下!?」

「お願いだから、その呼び方やめて。雪花でいいから。あと敬語も要らないんで」

「えー、いやあ、でもなあ……」

「出自なんて最近知ったことだし、おまけでついてきたようなもんだし」

「じゃあ本当に、跡を継がないつもりなのか」

「継ぐも何も。血だけで継げばいいってもんじゃないと思うけど。迦羅で育ったこともないし、お嬢様って柄でもないし普通に考えて無理。何より、長いものには巻かれたくない」

「……ぶっちゃけすぎだろ」

「はは」

行空が皮を剝ぎ終えると、雪花も一緒に肉を削ぎ落とし、部位ごとに分けて雪の上に置いてゆく。

「白哉との経緯は羅儀から聞いたか」

「大まかなことは。なんか、色々ややこしいんだね」

「いや……。俺が悪かったんだ。つい、カッとなっちまった。俺の悪い癖でよお」

豪快に笑う行空に雪花は目を瞬かせた後、口元を綻ばせた。

「親父の件でどうしてもな。だけど、俺は玉兎と羅儀を信頼してる。あいつらが連れてきたならそれを受け入れるさ。これは単なる俺の気持ちの問題だ」

「……そっか」

行空という男は、てっきり頭の固い熱血漢だと思ったが、どうやらそうでもないらしい。それなりの柔軟性を併せ持っているようだ。なかなか良い奴を側に置いてるんだな、と羅儀の人となりを考えていると。

（おや？）

洞窟の入り口で、いつのまにかこちらの様子を窺っている羅儀と目が合った。羅儀はばつが悪そうな顔をすると、背を向けて洞窟の中へ戻っていってしまう。

「どうした……ああ、羅儀か」

雪花の視線の先を追い、行空は一人納得する。

「あれ、わたしが逃げないか見張ってる？」

雪花の問いに、行空は「まさか」と大きな口を開けて笑った。

「羅儀の奴、ああ見えて結構世話焼きなんだよ。細かいとこまで気にする奴でさ。多分、さっきのやり取りで俺のこと心配したんだと思うぜ」

「へぇ」

「意外だろ」

羅儀が消えていった空間を見つめながら、雪花は相槌を打つように頷いた。羅儀は柄が悪いのに、人を惹きつける何かがある。だからこそ雪花も彼に同行した。

するとと行空が、にまにました顔を雪花に向けてきた。次に彼が言い出しそうなことは予想できた。

「羅儀に惚れたか？」

やっぱり、と雪花は目を一瞬で不機嫌なものへと変える。

「んなわけあるか。ていうか、さっさと捌いてよ。こっちはもう終わったよ」

「何⁉」

あたふたする行空に雪花は鼻を鳴らすと、捌いた肉に、串を手際よく突き刺していくのであった。

＊＊＊

雪花たちは焚き火を囲み、焼いた鹿肉や山菜の塩漬けを黙々と頬張っていた。そう、黙々と。各々が微妙な雰囲気のため、会話という会話がないからだ。

「ねぇ雪花っ。こういう空気、わたし苦手なんだけどぉ」

風牙が横で雪花に耳打ちしてくる。空気を読んで大人しくしておけよと、雪花の表情がうんざりしたものに変化する。

白哉、玉兎、行空はそれぞれ思うところがあるようで、三人の間に会話はなし。帰蝶に限っては、仕事ならば多少愛想よく喋るが、そうでなければ基本無口だ。そして雪花と羅儀は、気を遣って場を和ませることなどできない性質だ。

「静かにしてなってば。嫌なら一人で喋ってればいいじゃん」

雪花は風牙を窘めるが、風牙がそう簡単に聞き入れるはずもなく。

「嫌ようっ！　そんなのただの変人じゃないっ」

いい年をして駄々をこねる彼に、雪花は苛立ちが交じったため息を吐き出した。言っておくがもうすでに変人で変態である。

どう黙らせようか、いっそのこと気絶させるかと考えていると、雪花が動く前に帰蝶が風牙の後頭部を叩いた。毎度のことだが遠慮のない清々しい叩き方である。

「いったぁああぁ！」

「うるさいね！　黙って食べてさっさと寝な！」

「あんたねぇ！　人の頭叩くの罪悪感とかないわけ!?」

「ないね。むしろ感謝してほしいくらいだよ」

「なんですって!?」

「あんたがこんなだから娘が苦労すんだよ！　見てみな雪花の顔を！　虫けらを見る目で見てんだろ！」

「うそっ」

　虫けらというか呆れている。

　これ見よがしにもう一度ため息をついて、雪花は食事を再開することにした。

「本当にいつもああなんだな」

　雪花の横にいる羅儀も、肉を咀嚼しながら呆れた視線を雪花に向ける。

「無視していいよ」

「でもおまえの養父、そのうち禿げんじゃねえか」

　帰蝶に髪を摑まれ悲鳴をあげている風牙に、羅儀は顔を引き攣らせている。

「禿げた方が、本人も周りも色々静かになるんじゃない」

「そういう問題かよ」

「ちょっと雪花！　あんた仮にも父に向かってなんてこと言っ——いたぁい!!」

「自分で父っていうなら父らしくしろってんだ、このど阿呆!!」

　毟り取る勢いで帰蝶が髪をさらに引っ張るので、ついには頭皮が浮いている。それを視界の端に捉えながら、雪花は羅儀にこれからのことを聞くことにした。少しくらい建設的な話をすべきである。

「あのさ、羅儀」

「なんだ」

「山を下りたあと、どうするつもりなんだ？　なんかあるんだろ、考えが」

雪花の台詞に、皆の視線が羅儀に集まった。共にやってきたはいいものの、今後のことが気になっていたのだ。皇帝を助けるには、彼を帰蝶が診なければならない。それに、紫雲殿下を抑えるには具体的にどうするのか。

羅儀は塩のついた自身の親指を舌で拭うと、懐から一枚の紙切れを取り出した。

「まず、山を下りて俺の屋敷に戻る」

それは迦羅国内の地図で、羅儀は雪花たちがいる由吒山を指差すと、次に真覇と書かれた箇所に指を滑らせる。

「真覇？」

雪花は首を傾げた。

「都のことだ」

「へえ」

迦羅の地図を頭に叩き込んでいる雪花の横で、羅儀は真覇という文字を人差し指で叩いた。

「だがな、ちと問題がある」

羅儀の眉間の皺がさらに深くなった。目には厳しい光が浮かびあがる。

「問題？」

「俺が都に戻れば、すぐに紫雲の知るところとなるだろう。あいつは暗部を手なずけているからな。となれば俺は紫雲に召喚され、そこで身柄を拘束されるな」

「え、どういうこと？」

「母上に、皇帝暗殺未遂の容疑がかかっていると言っただろう」

「……あ。そういえば」

すっかり忘れていたが、彼は母親を紫雲に人質としてとられているのだった。

「母上が拘束されている以上、俺は下手に身動きとれねえ。おそらく紫雲らは、俺が陰で企んだとでも言いだすに違いない。となれば、俺は審議にかけられるため拘束されるってわけだ」

「じゃあ早くお母さんを助けないと」

「それはそうなんだが、母上の潔白を晴らさねえとどうにもならねえ。助け出せたとしても、根本的な問題を排除しなけりゃ一緒だ」

「……となりゃ、わたしの出番ってわけだ」

するといつの間にか、風牙を黙らせた帰蝶が口を開いた。一方の風牙は、頭を押さえてしくしく泣いている。

「あんたの祖父さんを診て、犯人に目星をつけろって話だね」

「ああ、話が早くて助かる」

「この目で診るまで確かなことは言えないが、なぜあんたの母親に容疑がかかったのか、分かる範囲でいい。説明できるかい？」

「ああ」

羅儀は頷いた。

「陛下はこの一、二年前から体調が思わしくなくてな。身の回りの世話を母上がしていたんだ。気難しい陛下の相手ができるのは、身内じゃ母上くらいだったからな。それである日、いつも通り食事が運ばれてきた——もちろん毒見が済んだ食事が。だがそれを食べた陛下はその場で倒れた。部屋には母上と陛下のみ。ここまで言えば分かるだろ？」

「状況的に、あんたの母親しか毒を入れられないってわけか」

「そういうことだ。なんせ毒見役は何の支障もなく生きてんだからな。何か分かりそうか？」

帰蝶は両腕を組んで幾ばくか考え込むと、「疑いを晴らす方法はあるにはある」と口にした。そして横に置いていた煙管を手に取り、火をつける。

「本当か」

「ああ。だが、この目で診なけりゃ分からない。だから下手なことは口にできない。それにわたしは第三者だ。言っとくが、今の情報は身内の意見だ。あんたの母親が白だっていう確証が得られない限り、わたしは全ての可能性を疑うよ。生憎わたしは雪花ほど直感で何かを信じられる性格じゃないんでね」

白い煙を吐き出した帰蝶に、黙って話を聞いていた行空が気色ばむ。

「おい、美夕様を疑うってのか！」

「ちょっと行空！」

玉兎が慌てて彼の袖を引っ張る。

「あのねえ、言っただろう。わたしはね、自分の目で診て判断する。会ったばかりの人間の言うことをほいほい信じて行動できるか。全ての事態を想定すべきだ。何が真実でそうでないのか。まだ判断材料が全然足りないって言ってんだよ。間違った答えを導き出せば、色んな厄災を招くからね」

睨みつける行空を帰蝶は涼しげな顔で受け流して、もう一度煙管を吹かした。

相変わらず、どんな状況にあっても冷静沈着な女である。今までもそうだが、彼女が動揺しきったところなど見たことがない。その腸は一体何で出来ているのやら。

一方の羅儀は怒ることはせず、むしろ感心したように彼女を眺めていた。

「ま、楼主の言う通りだな。それでいい。そっちの方が俺らも信用できる」

「ちっ」

「そりゃどうも」

行空は納得がいかないようで舌打ちしたが、それ以上は何も言わずに引き下がった。

「というわけで、あんたは当初の話通り、毒の正体を突き止めて陛下を治療してくれ」

「だが毒の原因を突き止めたとしても、治療はどうする。どこに敵が潜んでいるか分からない状況で、治療を続けるのは危険だと思うけどね」

帰蝶が指摘する通りだ。毒を仕込んだ者をはじめ、宮廷には羅儀と反目する紫雲殿下の配下がいる。治療を邪魔されるだけならまだしも、命を狙われる可能性もある。

「それに関しちゃ考えがある。陛下を俺たちで保護すれば問題ないだろう」

「あんたが動けないのに？　言っておくが、あんたの身が拘束されるってことは、わたしら仲間からすれば、あんたが人質に取られたようなもんなんだよ」

帰蝶は呆れた顔を羅儀に向けたが、彼は何か考えがあるようで皮肉気な笑みを浮かべた。

「俺は一旦拘束されるが、大人しく拘束され続けるつもりはねえよ。ま、それには色々と手回ししなきゃならねえわけだが……。説明が必要だな」

羅儀は空いた串を手に取ると、地面に何かを描き始めた。三つの円が横に並ぶ。それぞれの円に左翼、中軍、右翼と文字を書き足す。

「何これ」

雪花は羅儀の手元を覗きこんだ。

「軍のおおまかな略図だ。いいか、迦羅の軍は大きく三つに分けられている。国軍の中枢である中軍は、おまえらでいうところの禁軍——皇帝直属の軍だ。左翼は俺が、右翼は紫雲が率いている」

「え、あんた軍人だったの」

雪花は羅儀の顔をまじまじと見た。

「ああ。神官の道を諦めてからは、やることなくて軍に入っていたからな」

「えらく極端な鞍替えだね。神職者から軍人なんて」

目を丸くさせる雪花に、玉兎がくすりと笑った。

「本当にね。なんか一時やさぐれちゃったみたいで、周りに当たり散らすくらい力が余っているなら、軍人にでもなれって陛下に投げ飛ばされたらしいわよ」

玉兎の言葉に行空が頷く。

「元は短気だし喧嘩っ早いし、荒っぽいし、何より負けん気強えし。隠れていた部分が前面に出てな。あっという間に軍でも頭角を現して、気がつけば俺らの大将ってわけだ」

「……おい、てめえら」

「あら、なによ。睨んだって無駄よ。別にいいじゃない、隠す程のことでもないんだし。

ねえ行空」

「おう、そうだそうだ」

　つまるところ、落ち着くべきところに落ち着いたということか。

　気さくな口調で話す三人に、雪花はふと澄にいる翔珂たちを思い出した。翔珂、志輝、そして白哉。今目の前にいる彼らも、家族のような固い絆で結ばれているように見える。

　ちらりと白哉をみれば、彼も同じように思っていたのか、穏やかな笑みを浮かべていた。

「あー、ったく。話が進まねえだろ」

　羅儀はうるさい側近二人を睨むと、再び雪花たちに向き直った。

「いいか。迦羅は元は遊牧民国家。智は勿論のことだが、武にも優れていなければ帝位につく資格はない」

「紫雲殿下と羅儀。二人にはその資格があるってことだね」

「ああ。でも俺は、紫雲が帝位を継げばいいと思っていた。誰よりも国を想っていたし、俺は俺で後継者争いに参加するつもりもなかった。そんなことになったら色々と面倒だからな。だがあいつ——紫雲は皇帝が倒れる前から、少し変わっちまった」

「変わった？」

「ああ」

　羅儀は地面に描いた図を見下ろし、難しそうに眉を顰めた。

「陛下の治世、軍にしろ朝廷にしろ、うまく均衡を保ち、一か所に権力が集中することを避けてきた。だが紫雲は密かに自身の派閥を作ってやがった」

焚き火の影が入り込んでくる寒風に揺れて、洞窟壁の上でゆらゆらと躍る。

「それが、過激派ってやつ？」

「ああ。それが顕著になり始めたのは、江瑠沙から澄、玻璃を落とすための同盟を持ちかけられてからだ」

羅儀は、三つの円の外に〝江瑠沙〟と文字を書き足す。

「俺と陛下は反対を示した。他国を自国の利益のために侵すことは、迦羅の誇りを汚すようなものだ。だが紫雲の言う通り、それを断り江瑠沙を敵に回す危険性も勿論ある。近隣諸国をみても、江瑠沙の勢いは分かっているからな。現に江瑠沙と手を組んだ方が得策だという者もいる。だがそれで澄・玻璃を侵略したとしても、ごうつくな江瑠沙のことだ。近いうちに迦羅をとりにかかるだろう」

「だから羅儀は反対なんだね」

「ああ。血が流れるのは何としてでも避けたい。迦羅は獰猛な民族と思われているが、俺らが戦うのは他国が一方的に干渉・侵略してきた時だけだ。古より、迦羅は自ら攻め入り奪うことはしない。これは始祖である天花が決めた絶対的な国法。いや……国の精神と言ってもいい」

「始祖？」

「おまえは知っているだろ。澄に伝わる始まりの六花のことだ」

「そりゃまあ。澄を興した王と、彼に仕える五人の戦士のことだよね」

澄で生きる者なら、誰だって幼い頃に大人から聞かされる話だ。五人の戦士が五家の始まりともされている。なぜそんな話が出てくるのかと雪花が訝しんでいると、帰蝶と風牙が目を見合わせたのが分かった。

「え、何。その話に何かあるの？」

「……あんたらは知ってるらしいな」

「まあね。知り合いに暇人がいて、この間教えてくれたのよねえ」

風牙は羅儀の代わりに、雪花に説明しだした。

「あのな雪花。澄にはそう伝わっているけど、それは偽りだそうだ」

「え？」

「本当は王と、彼に仕える六人の戦士がいた。それが王の六花。王は数に含まない」

「は、何。じゃあ数が合わなくなってくるよ」

「その一人は、理由は分からないが澄から追い出されたらしい。それが迦羅の始祖、天花というんだな」

「ああ。戦女神、金の瞳を持つ天花。彼女は戦乱に明け暮れる地を平定し、迦羅を築き上げた。そして彼女の子孫が俺たちだ」

「え、ちょっと待ってよ。それが本当なら、迦羅は澄を……」

「そうだ。そこが今回問題の——根の深い問題だ」

羅儀は疲れたように息を吐き出し、複雑な感情が入り交じった目で地面を見下ろした。

「過激派は江瑠沙と同盟を組み、迦羅の国法を変えようとしている。……今こそ澄に古の恨みを晴らす時だってな」

「！」

「始祖の教えで、他国と中立な立場で親交を持てども澄とは一切干渉をせず。その考えを貫いてきた。多少のいざこざはあれども、澄も決して絡んでは来なかったからな」

羅儀は〝澄〟という文字を書き、江瑠沙との間に×印をつける。

「そうした教えもあって、澄に敵愾心を抱くことは表だってなかった。だが最近になって過激派がそう唱えだし、始祖が作り上げたものを変えようとしている」

「……危険だな、そういった流れは」

風牙が揺れる炎を眺めながら呟いた。

「時代の流れが変わろうとする時、人は伝統やしきたりを捨てて新しい思想、国を作り替えようとする。始めは、水面に一粒の水滴が落ちるだけ。けれどもその波紋は、徐々に大きく広がっていく。特に、その指導者が人々を惹き付ける者だとしたら尚更のこと。いずれ大きな渦となる」

時々、そう、極たまに。風牙は物事の核心をついたような物言いをする。なんと言えばよいのだろう。遠い先まで見通したような、達観しているような。

彼に育てられてきた雪花ですら、こういった時の風牙はまるで別人のように感じる。

「紫雲というのは、どういった人物なんだ」

風牙は羅儀に尋ねた。

「紫雲は……そうだな。女の身でありながら、武に秀でていて。広い視野を持ち、頭もよく切れる。武人でありながら血を流すことを厭い、平和的解決をよしとする、俺も尊敬していた人物だった。それこそ次期皇帝として相応しい程に。……だが」

羅儀は串を握る手に力を込めると、その切っ先を〝澄〟という文字に突き立てた。そして目を眇める。

「彼女は変わってしまった。あいつはおそらく、澄に復讐するつもりだろう」

「復讐？」

「ああ。紫雲には動機がある。姉と慕っていた、雪花の母親である千珠姫。そして許婚であった男を澄に殺されたんだ。……千珠姫のことは、今更説明はいらねえだろ。おまえらは、先日の一件で既に知ってるはずだ」

羅儀は、瞼を僅かに伏せる雪花を一瞥した。気遣うような、心配するような目だ。雪花は大丈夫だと小さく微笑を浮かべて、彼を振り返る。

「わたしのことは気にしなくていい。母絡みのことはなんとなく分かる。でも、彼女の許婚が殺されたってどういうこと？」

「だいぶ前の話になる。彼女の許婚は、澄に粛清された旦族を助けようとして殺された」

「旦族？」

聞き覚えのない民族だ。そんな一族がいたかな、と記憶を辿るがピンとくるものはない。

「旦族は、朝焼け色の髪を持つ一族だ。迦羅につこうとして澄から粛清を受けた」

「朝焼け色って――」

自然と、皆の視線が玉兎に向けられる。その視線を一心に浴びる玉兎は、両肩を竦めて笑った。淋し気に、どこか歪んだような笑みだった。

（あれ？）

その表情が一瞬、雪花の記憶の中にいる誰かと重なって既視感を覚えた。だがそれが誰なのか、はっきりと思い出せない。

「わたしは生まれてすぐに、孤児院に預けられたそうよ。そこにいる白哉とは、その孤児院から一緒でね」

だが、こんな華やかな美人なら鮮烈に覚えているはずだ。雪花は気のせいだなと考えを振り払い、羅儀に視線を戻した。

「話を戻すぞ。紫雲の許婚は旦族と所縁があった。男は旦族を迦羅に逃がそうと共闘したが、結局は死んだ」

「……恨みは十分、ってわけか」

「そういうことだ。色々、溜まってたものが彼女を突き動かしたんじゃねえかと俺は思ってる。それで紫雲と陛下が対立して答えが出ないまま、陛下が倒れちまって今に至るってわけだ」

羅儀の長い説明を聞き終えた雪花は、親指の爪を噛んだ。

「古の因縁に私怨、か」

「ああ」

「どうにかなるのかな、これ」

思っていた以上に状況が拗れている。果たしてこんな状況を打破できるのか。前途多難な道のりであるが、話に乗りかかった以上、引くわけにはいかない。

羅儀は水を呷って喉を潤すと、口元を手で拭った。

「どうにかするしかねえんだよ。……ぶつかってでも、紫雲を抑えるしかねえんだ」

自身に言い聞かせるように、強い口調で羅儀は言った。

「ぶつかるって……」

羅儀は決意を秘めた目で雪花を見つめ返した。そして、地面に書いた右翼の文字に枝を突き立てる。

「紫雲を含め、右翼を力ずくで止める」

雪花は唾を呑んだ。それはすなわち、左翼と右翼との内戦である。

「陛下を保護できれば、左翼を宮廷に突入させる」

「勝算は？」

皆の視線が羅儀に集まる。

「正直、分が悪い。元々の兵力の差はないが、紫雲は暗部の蜘蛛も手中に収めている」

蜘蛛という言葉に、玉兎と白哉が目を伏せた。

「蜘蛛は迦羅の暗部組織のことだ。中軍が表の顔だとしたら、蜘蛛は裏の顔。本来ならば、皇帝直属の部隊なんだがな。頭である男が紫雲についた」

いつも飄々とした白哉の顔に翳りが落ちた。幾多もの複雑な感情が渦巻いているように見える。

「だから、俺は賭けに出ることにした。勝算は、こいつが動くかどうかだ」

羅儀は三つの円の真ん中、中軍を指した。

「中軍？」

「詳しくいえば、中軍を率いる大将軍だ。奴は大将軍でありながら朝廷にも顔が利く人物。そして稀なる智謀者だ」

「智謀者？」

「奴は紫雲が抱き込めない、唯一の大物。味方につけることができるなら、状況がひっくり返る可能性がある。だから俺は、自由に動けるうちに奴に会う必要がある。……だが」

「だが？」

羅儀はそこで言い淀み、なんとも言えない表情をした。それは玉兎と行空も同じである。困ったような、げっそりとしたような、現実を見たくないというような虚ろな状態である。

「……奴は、自他ともに認める変人でな」

羅儀の言葉に、雪花は無意識に風牙を見た。白哉と帰蝶も雪花に続く。ひくり、と風牙が口端を震わせる。

「ちょっと！　あんたたち失礼じゃない!?」

いいや。変人なら目の前の風牙も負けていないはずだ。

「あー、そいつとはちょっと種類が違う」

「ああ、種類が」

すかさず羅儀が訂正を入れ、雪花たちはさらに遠くを見るような表情をする。

「種類が違うってなによ！　あんたたちも蔑むようなその目、やめてくれない!?」

「そいつの名は、鄧鴻鈞といってな」

「無視しないでよっ」

無視だ無視。変人は放っておいて話を進める。

「鴻鈞は今、都にいる。奴は本当に変人なんだ。あいつに普通という概念なんてない。あるとすればそれは壊すためにある。それにあいつは今や半分世捨て人だ。軍職は趣味を兼ねた副業くらいにしか思ってねぇよ」

一体どんな奴なんだ、鄧鴻鈞。羅儀たちの様子からして、とことん他者を疲弊させる人間であるということだけは、ひしひしと伝わってくる。なぜそんな人物が軍の頭なのだ。

「詳しくは会ったら分かる。これ以上俺らに説明さすな。とにかく、そいつに駄目元で協力を仰ぐ」

説明もしたくない人物を味方につけることなんてできるのか。これはかなり骨が折れそうである。

「都入りはまだ先だが。――行空、頼んでいたあれを雪花に渡せ」

羅儀は行空に目配せすると、彼は荷物の中から鼠色(ねずみいろ)の布を取り出した。それは平織りの薄い布で透けている。どうやら頭から被(かぶ)る面紗(めんしゃ)のようだ。

「何これ」

それを受けとると、雪花は首を傾げる。

「おまえのその眼はここじゃ目立つからな。山を下りたらそれ、被っておけ」

「ああ、なるほど。分かったよ」

迦羅では意味を持つこの目を晒していれば、自分の存在が明るみに出てしまう。用意周到な羅儀に感心しながら、面紗を被ってみる。多少の視界は奪われるが、何もなければ大丈夫だろう。

「あら、いいじゃないの。それなら雪花、いつもの不愛想な顔してても誰にも文句言われないわよっ」

本当に一言多い奴だ。雪花は問答無用で風牙を締め上げる。

「ちょいと羅儀。あんたそれ……」

ぎゃあぎゃあと煩く騒ぐ親子の横で、何かに気づいた帰蝶が口を開きかける。白哉も白哉で何か言いたそうな表情をしていたが、羅儀は首を振って二人をやんわりと押しとどめる。

「悪いが本人たちが気づくまで黙っておいてくれねえか。色々効率的なのはこれしかねえんだ。それに今説明したら、俺、今ここで二人に殺されるかもしれねえだろ」

「まあ、確かに」

「そうだね。志輝には悪いけど雪花ちゃんの正体を隠しつつ連れ歩くには妙案かも」

帰蝶と白哉、そして羅儀は、うるさい親子を眺めつつ各々呟いた。

何事も知らぬが仏、である。

# 二章

山を下ってから馬宿に立ち寄り、雪花たちは雪の街道を馬で駆けていた。天候には恵まれ、陽光を受けて雪がきらきらと輝いている。

雪花たちを乗せた馬は、ふさふさとした手触りの鬣が印象的で背は低い。澄の馬と比べ、なんとなく可愛い印象を受ける。白い息を吐き出しながら、先頭を行く羅儀が振り向いた。

「ここから先は街を通らなけりゃいけねえ。人目につくから二手に分かれるぞ。俺は雪花を連れて鴻鈞に会いに行く。他は先に屋敷に向かってろ」

「え、わたしも行くわっ。雪花一人にしておけないし」

「……おまえは色々目立つからだめだ」

羅儀の言葉に皆同意する。

「風牙。わたしなら大丈夫だから、先に行って大人しくしてて」

「えぇー」

「えぇ、じゃないよ」

　夜は動いていないにしろ、皆移動し続けてそろそろ疲労が溜まってきている。雪花ですら、久々の長旅に疲れを覚えるほどに。

「んー、じゃあ仕方がないわねぇ」

　風牙は渋々承知すると、馬を羅儀の横につけた。そして笑顔のまま、凄みを利かせた声を出す。

「うちの娘に変な真似したらぶっ殺すからな」

「……こんなおっかねえ相手に何する気も起きねえよ」

「はぁ？　多少は手ぇ出したくなるとか言いなさいよ！」

「おまえどっちなんだよ！　ややこしいな！」

　羅儀すらもすっかり風牙の歩調に呑まれている。はぁ、と一同はため息をついて二手に分かれたのであった。


「でさ。突然訪問して家にいるわけ、その変人は」

　街に入った雪花と羅儀は馬から下りて歩いていた。

「間違いなくいる。堂々と居留守は使ってくるだろうがな」

「……居留守」

「いつものことだから気にしなくていい」

本当に一体どんな奴なのか。不安しかないが、分からないものを考えても仕方がない。

それ以上は何も聞かずに雪花は羅儀の後を歩く。街の様子を興味深そうに眺めながら。

玻璃（はり）、江瑠沙（エルシャ）に足を踏み入れたことはあるが、迦羅（カーラ）は初めてだ。雪国なのでてっきり静かな国かと思っていたが、街には活気が溢（あふ）れている。

「羅儀、あれは何。絨毯（じゅうたん）？」

色とりどりの絨毯らしきものが、くるくると巻かれて山積みに置かれている。

「ああ。あれは家屋（グル）の中に敷く。街に入る前に、山の麓（ふもと）でちらほら見かけただろ」

「ああ、そういえば」

家屋とは遊牧民が使用する移動式住居である。

「今は冬だから数はそんなに多くはないが、夏になればよく目にする。まあ、今じゃ各地に街ができてだいぶ減っちまったが、昔からの伝統を引き継いでいる、俺らにとったら欠かせないものだ」

「へぇ」

他国の生活を見るのはいつも新鮮だ。すれ違う人々の服装も、澄とは少し異なっている。

ゆったりとした長衫（ちょうさん）に下穿（したばき）。その上に外套（がいとう）を羽織り、頭には温かそうな毛皮の帽子。

中には、雪花と同じで面紗を被っている女性ともすれ違う。

「珍しいか」

「そりゃ久しぶりだからさ、他国に入るの」

「他はどこに？」

「江瑠沙と玻璃だね」

「玻璃には砂漠とやらがあると聞いた」

「ああ、あるよ。砂漠越えは下手したら命を落とす。あれは大変だった」

「へえ、それでも一度は見てみたいもんだな。そこの王弟が今、澄にいるんだろ。グレンといったか。おまえと知り合いと聞いた」

「……ちょっと。あんた、どこまで調べてんの」

グレンのことまで話した覚えのない雪花は、訝しげに目を細めた。

「玉兎から聞いた。あいつは諜報に関しちゃ玄人だからな」

短期間とはいえ同じ花街にいたのだから、ある程度の情報を摑むのは朝飯前ということか。それに、グレンの場合は目立つ容姿を隠すこともしていなかったから、気づかれても仕方がない。怖い奴らに見られていたものだと、雪花は嘆息した。

「しかも、そいつはおまえに気があるらしいじゃねえか」

「うるさい。あれは、昔に仕事で助けただけだよ」

「護衛か？」

「言っとくけど、仕事の詳細は言えないよ」

　仕事には守秘義務と言うものがある。取り引きが王族相手ならば尚更のこと、下手なことは言えない。特にグレンの場合は、身内からその身を狙われていた。

「じゃあ、そいつはどんな奴だ。この間捕縛された第一王弟より頭は回るらしいが、話は通じる奴か」

「まぁ、少なくとも悪い奴じゃないね。話は通じるよ」

「へえ？」

　興味を抱いた羅儀を横目で見た後、雪花は前に向き直る。

「あいつは甘ったれの坊ちゃんで何もできない、泣き虫で腕っ節も弱い餓鬼だったけど。でも……あいつは強かったよ。わたしなんかより、ずっと」

『……なんで。あんな奴、死んで当然じゃない』

　雪花は雑踏に紛れる中で、過去の記憶を思い返して呟いた。

　玻璃での旅路の途中、雪花は一度、故意に他人の命を奪おうとしたことがある。理性の糸が切れ、己の中に眠る獣のような感情に駆られたことが。

　命を奪われたなら、こちらも奪えばいい。言葉の通り、本当にそう思った。人を殺し傷つけたなら同じ思いを。いや、それ以上の罰を与えるべきだと。

　だがグレンは——。

「弱いのに強いのか？」

意味が分からないと羅儀が雪花を振り返るが、雪花は微笑を浮かべてそれ以上の穿鑿は断った。空気を読んだ羅儀は、追及せずに会話を変えてくれる。

「江瑠沙にも仕事でか？」

「まぁ、半分風牙の思いつきだったけど仕事だね」

「なら言葉は話せるのか」

「簡単な会話くらいなら。風牙は色々と痛い奴だけど、天才肌だから流暢に話せるよ」

「……おまえの養父、一体何なんだ」

「天才なんじゃない？　なんでも、史上最年少で科挙には合格しているらしいから」

「それであれか」

「それであれだよ。言っとくけど、風牙のことなんて考えても時間の無駄。放っておいたほうがいい。あいつの思考回路なんてまったく予測不可能だから。興味があるなら止めないけど」

「ねえよ、阿呆」

それから二人は飯屋で腹を満たすと、再び歩き出して夕方前に鄧氏の屋敷に辿り着いた。

羅儀が門を叩くと、使用人らしき人物が出てくる。

「これは殿下。どうなさいましたか」

「鴻鈞に会いに来た」

「………留守でして」

違和感たっぷりの間が空いた。

「明らかに居留守だろ。いいから、これをあいつに渡してきてくれ」

羅儀は荷物の中から小汚い短刀を取り出すと男に手渡す。男は頭を下げると、再び中へと戻っていった。羅儀が渡した短刀は、えらく古びていて使い物にならないように思うが、価値があるものなのだろうか。

「何あれ」

「面会料だ」

「は？」

「中に入れば分かる」

しばらくした後、男が戻ってきた。

「お会いになるそうです」

「行くぞ」

一体先ほどの汚い短刀がどうしたのか。さっぱり訳が分からない雪花は、羅儀の後をついていく。屋敷は広く、軍人の屋敷らしく鍛錬場や射場もある。しかし、襲撃にでもあったのかと思うほどに、建物のあちこちに刀傷がある。それに、壊れて錆（さ）びた刀や槍（やり）などの武器が、至るところに積まれている。一体何なんだと、言葉には出さずに疑問に思っていると、本邸ではなく離れの方に案内された。

「鴻鈞様、お連れ致しました」

「入って良し」

皇子に向かって「入って良し」などと言う人間がいるだろうか。会う前から癖の強そうな御仁である。

羅儀は慣れた様子で扉を開け、なぜか雪花の手を摑んで自身の胸へと引き寄せた。何するんだと思ったのも束の間、部屋の中から、光る何かが一直線に飛んできた。それは雪花の横を通り抜け、柱に鈍い音を立てて突き刺さった。振り返ってその正体を確かめれば、突き刺さっていたのは抜き身の刀身だった。とんだ歓迎だと、雪花は頰を引きつらせた。

「そろそろ来る頃だと思ってたぞ、洟垂れ小僧」

「鴻鈞、相変わらずの出迎えだな」

羅儀は頰を引きつらせながら、中へと足を踏み入れた。部屋の中にいたのは、獣のようにぼさぼさの黒髪に、たっぷりの髭を蓄えた仙人のような容姿をした男だった。

そして問題は、部屋の至るところに積まれた刃物の類である。足の踏み場がない。よろけて転げれば、間違いなく怪我をする。

「土産はどうだ」

「中々良い！　研ぎ甲斐がある」

「研ぎ甲斐？」

「こいつは刃物収集家で、何かを研いでないと落ち着かないんだ」

「……なにそれ」

「錆びに錆びた類がいいらしい」

雪花は口元を引きつらせたまま固まった。現に今、羅儀が渡した錆びに錆びた短刀を砥石で研ぎ続けている。機嫌良さそうに。どうやらどの国にも、変人は存在するらしい。

羅儀と雪花は自分たちの座る場所を確保するために、扱いに気をつけながら刃物を隅に退け、その場に胡坐をかいた。

鴻鈞は一心に、羅儀が持ってきた短刀を研いでいた。雪花たちには目もくれずに黙々と。

部屋をよく見てみれば、天井にも刀や暗器の類が突き刺さっていたり、ぶら下がっていたりする。

(地震でもきたら落ちてくるな)

文字通り凶器な空間の中、雪花は羅儀の横で黙って控えていた。

「そろそろ来る頃だと思っていた」

「それはさっき聞いた。なら初めから通せよ」

ごもっともな意見である。

「嫌だ。いいか、こうしておまえと話しているだけで俺は頭を働かせなければならない。時間が無駄になるだけでなく、俺の体力まで消費されるんだぞ」

「じゃあせめて研ぐのをやめろよ」

「こっちが大事に決まってんだろうが阿呆。おまえには傷んだ刃たちの声が聞こえんのか。ああ、研いで。わたしを助けて、ああ、もっと鋭くして、かっこよく、綺麗にしてと叫んでいる声が！　ああ待っていろ、今すぐに俺が綺麗にしてやるからな！」

研いでいる刃に頬ずりし、鴻鈞は一人恍惚とした表情で、しかも時折身悶えしながら雪花たちに力説を繰り広げていく。おぞましい光景を目の前にして、雪花たちは唖然とする。

「なんでこれで大将軍なの」

雪花は羅儀に耳打ちする。

「迦羅の七不思議の一つだな」

「七不思議ってあんたね」

ふざけて話す羅儀に、雪花は呆れてため息を零した。

「だが実力だけは確かだ。それにこいつは陛下の幼馴染みで信頼も厚い」

「よくこんな人を飼えるね、あんたの祖父さん」

「変わり者だからな、陛下も」

爺、おまえもか。というのは口には出さないでおく。

「とりあえずこいつが落ち着くまで黙ってろ。念仏を唱えてるとでも思ったら、なんとか耐えられる」

羅儀の親切な助言に、雪花は仕方なく従い遠い目をするのであった。

鴻鈞がひとまず満足するのに、約一刻はかかっただろうか。外は明るかったはずだが、すっかり日が暮れている。

げっそりしていた雪花たちに、鴻鈞はようやく興奮をおさめてまともな話を振ってきた。

「それでだが」

何が「それで」なのかは分からないが、鴻鈞は研いでいた短刀の切っ先を羅儀に向けた。

「おまえ、この状況になってようやく腹を決めたのか。こののろまめ」

「うるせえ。こっちだって好きで争いはしたくねえの分かってんだろ」

羅儀は鋭い睨みを利かすが、鴻鈞は全く意に介さない。

「したくなくとも流れはそうは言っていない。おまえは相変わらず機の読み方がなっていないな、洟垂れ甘々小僧。何度も言うが、大いなる流れに抵抗など無意味。流れに身を任せよ。そうすれば自ずと先は見えてくる。おまえが対立を示すのならば、それもまた流れの一部。この女を連れてきたのも、また然り」

鴻鈞は難解な言葉を告げると、今度は雪花に視線を向けた。乱れた髪の隙間から見えたのは、全てを見通すかのような目だ。ここにいるはずなのに、ここにいない。まるで遥かなる高みから雪花たちを見ているような、不思議な目だった。

「千珠の忘れ形見とはおまえのことだな、玄雪花――いや、颯凛」

そして彼は、突然雪花の真名を突きつける。雪花は驚き羅儀を振り返るが。彼もまた、雪花と同じ表情をしていた。

「……おまえ、知ってたのか」

「俺と美夕、青遥はこの嬢ちゃんが生きていたことを知っている」

青遥というのは迦羅皇帝のことだと、羅儀が雪花に教えてくれる。

「おい嬢ちゃん、その面紗を取れ。俺の前でそれは不要だ」

雪花は彼に従い、面紗をはらりと外す。すると鴻鈞の目が面白そうに瞠られた。

「ほう。千珠に瓜二つだな」

「母をご存じなのですか」

「無論だ。俺が武と智を叩き込んだ。実に肝の据わった男のような娘だった」

男のような娘……。なんとなく、言いたいことは分かる。母は色々と、大雑把でがさつだった。どうやら昔からそうだったらしい。

「――で、この嬢ちゃんを紫雲にぶつける気か。おまえは」

「いや、あっさり断られた。その代わり、紫雲を止めるのに力を貸すだとさ」

「ほう？」

「おい。それよりこいつのこと、紫雲は知っているのか」

「あいつは知らんだろうよ。紫雲が知っているのは、千珠たち家族が皆殺しにあったということまでだ。だがな、俺が知っているからといって、おまえらに力を貸すかどうかは別の話だ。俺は朝廷の争いにも戦にも興味はない」

「おまえ、仮にも大将軍だろ。朝廷はともかく、戦には興味を持てよ」

「青遥がいたから大将軍になった。青遥がいないのなら意味がない」

鴻鈞はつまらなそうに鼻を鳴らし、再び刃を研ぎ始めた。その目には寂しそうな影が宿る。

「あいつはもはや瀕死(ひんし)の状態。いつ死ぬか分からん。医師はお手上げ状態だと聞いた。古今東西、俺を使えるのは杯を交わした青遥のみ。たとえあいつの孫だろうが姪(めい)だろうが俺は知らん。それは青遥にも言ってある。あいつが死ねば俺はこの役を降りるとな。俺はただ、この国の行く末を眺めるだけだ」

「国の一大事に無責任だとは思わねえのか。力を貸してくれって言ってんだ、鴻鈞」

「ふん。おまえも、紫雲と同じで俺に力を貸せと迫るか。見返りは金か、地位か？」

「そんなものでおまえが動くなんて思っちゃいねえよ」

「ならなぜ来た」

「澄の医師を連れて来た」

僅かに鴻鈞の片眉が動く。

「俺は母上を助けなけりゃならねえ。そのためには真相を突き止め、陛下を助ける必要がある」

「……助かる保証はあるのか」

「さあな。だが賭けるしかねえだろ。それとも爪を嚙んでじっと待っていろっていうのか。今のおまえみたいに」

「なんだと？　言っておくが、俺を焚きつけようとしても無駄だ。面倒なことはしたくない。俺は動かん。新しい時代が来るのならば、その時代をつくる若造たちでなんとかしろ。もう俺は、刀たちと共に引退すると決めたのだ！」

この鴻鈞という男はよく分からない奴であるが、どうやら国のためというよりも、迦羅皇帝一人のために忠誠を誓っているようだ。

雪花は羅儀と対峙する鴻鈞を見ながら考える。

（こんな何を考えてるか分からない変人相手に、口で駆け引きしようなんて無理だな……。でも多少なりとも、突くことのできる部分はありそうだ。となれば問題はそれをどう突くかだが）

羅儀のやり方も間違ってはいない。現に鴻鈞の心は少し揺れているように思う。しかしこの変人相手にはもっと簡潔な、潔く白黒つけられる駆け引きのほうが良いだろう。

いや、白黒というよりも――。

部屋中に散乱している凶器を見渡しながら、雪花はその方法を模索する。

（手を貸すって言った手前、やるしかないか）

雪花はわざとらしく咳払いをすると、睨み合う二人の間に割って入った。面倒くさいが仕方がない。

「なんだ、嬢ちゃん」

「提案があります」

「提案？」

「はい」

雪花は人差し指を立てた。

「わたしと射的で勝負して下さい。もしわたしが勝って、なおかつ陛下の命が助かったなら、その時は一度でいい。羅儀に力を貸してやってくれませんか」

「……負けたらどうする。言っておくが、俺は一割軍人だぞ」

一割軍人ってなんだ。残りの九割は何だというのだろうか。いや、知りたくもない。

「そうですね。わたしの首なんて要らないでしょうし。では、わたしの愛刀を差し上げます。悪い品ではありませんよ」

雪花は刀を鞘ごと鴻鈞に渡した。彼は鞘から刀身を抜くと、目を細めて見定める。

「刀師は沈安」

鴻鈞の目の色が変わったのを確認し、雪花はかかったなと口端を持ち上げた。

――沈安。現役の刀師の中では五本の指に入る名匠である。武器愛好家なら、喉から手が出るほど欲しい品であろう。そんな刀がなぜ雪花の手元にあるのか――答えは至って簡単だ。賭場で出くわした沈安と、さしで勝負して勝ったから頂戴した。ちなみに風牙の刀も沈安が打った。

「さて、どうされますか」

雪花は彼から刀を取り上げ肩に担ぐと、涼しげな笑みを向けた。

「ふん、おまえみたいな小娘がどこで手に入れたのかは知らないが……。確かに本物だ。いいだろう。だが、迦羅の民に弓で勝てると思うなよ」

「ええ、だから少し趣向を凝らしませんか。普通に賭けても楽しくないでしょう」

「なんだ。言ってみろ」

「交互に酒を飲みながら、人が掲げた的に矢を射る、というのはどうでしょう。少しでも外れればその者は怪我か、もしくは命がなくなる。こちらは羅儀にやってもらおうかな」

「それは面白い！　よし、ならば早速始めるぞ」

鴻鈞は楽しそうに目を輝かせると勢いよく立ち上がる。ただ、その際も研ぐのをやめない。よく見れば、籠手に砥石をくっつけて自身の腕で研いでいるではないか。こいつはやばい。噂通りかなりの変人だ。

「はぁ？　てめえ正気か!?　もう日が暮れてんだぞ！　暗闇の中でやるつもりか！」

「松明が何本かあればいいよ」

「いや、だからそういう問題じゃねえだろ」

「羅儀、あんた勝負に出たんだろ。乗りかかった船はお互い様なんだから協力してよ」

「てめぇ……」

まだ何か言いたげな羅儀と雪花の視線がぶつかり合い、結局折れたのは羅儀だった。

彼は髪をがしがしと掻き毟ると、勝手にしやがれと投げやりに叫んだ。

なんとなくだが、羅儀の性格が分かってきた。こいつ、意外と押しに弱い。

「はは！　良い、面白い！　なら俺の矢を受けるのは普賢、おまえだ」

部屋の外で控えていた普賢と呼ばれた男は、心底嫌そうに顰めた顔を覗かせた。彼は雪花たちを案内した男だ。

「嫌です」

男はきっぱり言い放った。

「ふーげーんー！　今の話でどうしてそうなる！」

「まだ死にたくありません」

「大丈夫だ。おまえは俺の副官だ。こんなところで死ぬ男じゃあない」

「いえ、こんなところで死にかけています。大体、あんたのせいで今まで何度死にかけたと思ってんですか」

「だが生きてるだろう」

「ええ、なんとかギリギリでね。ほんっとうにギリギリで」

「というわけでやるぞ」

　全く嚙み合わない会話に疲れたのだろう。普賢は舌打ちをして、盛大なため息を吐き出した。なかなか真っすぐに感情を出す男である。

「わたしの身に何かあれば治療費ふっかけますからね」

「任せろ、おまえの身は俺が守ってやる」

　その言葉、使い方がおかしいぞ。

　雪花たちは胡乱な目をして、そそくさと外へと向かうのであった。


　青白い冬の月が夜空に浮かぶ。凍てつくような夜気を撥ねのける勢いで、雪花たちはおかしな勝負を続けていた。

「羅儀！　もう少し右だよ右ぃ」

「おい！　てめぇが左にずれてってんだよ！　っま、まてまてまて！　そんな姿勢で射つんじゃねぇええ！」

始まった鴻鈞と雪花の戦いは、両者互角であった。かれこれ一刻は続いていて、両者ともそろそろ足元が覚束なくなってきているのにも拘らず、互いに的を外すことはない。酒樽はあと少しで空になりそうだ。

「ほぉーやるなー小娘ー」

「あんたこそさっさと外しなよ、この爺ー」

ふらつきながらも雪花が放った矢は、羅儀が頭上に抱えた的の中心に突き刺さる。

「ぬかせぇ！　さっさとその刀を俺によこさんかーい」

「嫌だっての！」

両者酔いながらも、睨みあって火花を散らし合う。鴻鈞は柄杓ですくい上げた酒を飲むと、普賢に向かって矢を構えた。

「おまえ、なんでそこまでする必要がある……うぇっぷ」

「吐きながら射つな！　この変人将軍！　わたしを殺す気ですかこの野郎！」

鴻鈞が放った矢も、的に突き刺さる。

「ははっ、普賢が俺を褒めてるな」

「褒めてません！」

次に雪花が酒を呷ると、ふん、と鼻を鳴らす。

「わたしだって面倒くさいっての」

酒で濡れた口元を手で拭うと、再び立ち上がる。

「でも、そろそろ鬱陶しいんだ、よ……」

弓矢を構えて、ぶれる視界を振り払うように頭を振れば、さらに視界がぶれた。よろめき倒れそうになるが、足を踏ん張り堪える。

「おい小娘ー、手元がブレてるぞー。そろそろ負けて終わりにしろー」

「うっさい変人っ」

「おい雪花！　てめえ俺の顔狙うんじゃねえ！　もっと上だ上！」

「いい、わたしはねえ――」

羅儀が何やら叫びながら、掲げた的をふらつく雪花に合わせて動かしている。気を遣っての行動だろうが、逆に的を絞りにくい。動くなと吐き捨てながら、雪花は弦を強く引いた。そして目を眇める。

「自分で、自分に、ケリつけるんだよ」

そう言うと、迷いなく矢を放った。

＊＊＊

「酒くさっ!! 雪花、あんたどんだけ飲んだのよ！」

結局酔い潰れた雪花は羅儀に背負われて、彼の屋敷に帰ってきた。あまりの酒臭さに、周りの人間が顔を顰めている。風牙は羅儀から雪花を受け取り抱え上げると、強い目で彼を睨んだ。

「おい、雪花に何しやがった」

だが羅儀も、風牙と同じ表情を返してきた。いや、風牙以上に不機嫌だ。恨みの籠もった目で睨んでくる。

「いいか。俺は、被害者だ」

「あん？」

「こいつは、酒を飲みながら俺を的代わりにして射った。何度も何度もな！ そんで最後には俺の背中に吐いた。俺は風呂に入って寝るからな。ったく、そいつは大した女だよ」

羅儀はそれだけ言い残すとその場を後にした。風呂場に向かう彼の背は雪花が吐いたせいで濡れていて、どっと疲れている。

「……変人に会いに行って、なんで雪花が酒を飲みながらあいつを撃つの？」

「鄧将軍と賭けをしたみたいなんです」

玉兎が水差しを持ってきた。同室の帰蝶が受け取ると、雪花の頬を叩いて無理やり飲ませていく。

「この子、はじきなんてできたかい？」

「はじき？」

「帰蝶。うつっていっても弓矢のことよ」

意味の分かっていない玉兎に代わり、風牙が説明する。

「ああ、そっちか。で、なんでまたそんな羽目になったんだい？」

「ええと、鄧将軍相手に賭けを持ち掛け、酒を飲みながら射的を。それも、的を羅儀と鄧将軍の副官に持たせたようで」

「あー。だからあいつ、あんなに怒ってたのねえ。悪いことしちゃったわね。それで、賭けの行方は？」

「酒が尽きて痛み分けになったようです」

「……どんだけ飲んだんだい、この馬鹿娘は全く」

風牙と帰蝶は困ったように、水を飲み終えて意識を手放した雪花を見下ろした。

「では、わたしは失礼しますね。今日はゆっくりとお休み下さい」

「ごめんねぇ、ありがとう」

玉兎が退室し、部屋には帰蝶、風牙、雪花の三人が残される。

風牙は敷かれた布団の上に寝転がると、大きく伸びた。そして鏡の前で髪を梳かしている帰蝶をちらりと見る。

「なぁ、帰蝶。言葉には気をつけろよ」

「分かってるよ」

「宮廷に上がるなら尚更だろ。おまえの顔、覚えてる奴がいるかもしれねぇし」

「あのね。言っとくが、あたしはあんたと違って悪いことしたんじゃないからね。お尋ね者じゃない」

「まぁ、そりゃそうだけど……。って、なによ！　わたしだってお尋ね者じゃないわよ！」

「あんたは色んな意味でお尋ね者だよ」

帰蝶が鏡越しに呆れた視線を送ってきたので、風牙もムッと睨み返しておく。この女は、昔から本当に口が立つのだ。今までどれだけ泣かされてきたか。

「わたしを覚えている奴なんていないだろうよ。わたしがここに来たのは、洪潤様に付き添っていた餓鬼の頃だ」

「……そうだけど」

「あの時と、今のわたしの役目は違う。今のわたしは洪潤様と同じ。医師としての役割を果たすだけさ」

「その割には、物騒なもんを懐に入れてるわよね」

風牙は帰蝶の胸元に目をやり、指差した。

「助平な目で見てんじゃないよ！」

「あいてっ」

帰蝶は両目を細め、手にしていた櫛を投げつけてくる。

「これはあんたには無いもんだ、変態」

「誰もあんたの胸なんて興味ないわよ！」

「あぁん!?」

あくまで誤魔化そうとする帰蝶に櫛を投げ返すと、風牙はそれ以上の追及をやめ、再び布団に寝転がった。頭の下で手を組んで天井を見上げる。

帰蝶が昔、洪潤に付き添っていた意味。確かに洪潤は帰蝶の師であった。しかし、それ以外の意味があった。各地を転々とする彼にとって、必要な――。

「風牙、心配しなくていい。これはただの護身用だ」

帰蝶は、風牙の横に敷かれた布団に体を潜らせて呟いた。

「なぁ風牙」

「ん？」

「雪花のことだけど。この子、もしかしたら本当の荒らし女なんじゃないかい」

「どういう意味?」

互いに背を向けながら、二人は会話を続ける。

「雪花はあんたと違って大そうな容貌を持ってるわけでもなく、性格は負けん気強いし、正直女らしくない。……でも、この子は誰よりも優しく強い。それこそ千珠様のように、人を惹きつける何かがある。だから紅志輝をはじめグレン、そして羅儀も惹かれ始めてる」

「雪花はそんな男タラシじゃないわよ」

「いいや、千珠様と同じでタラシだよ」

帰蝶は笑った。懐かしさを愛おしむように、柔らかな声だった。

「このわたしだって千珠様には参ったね。あんだけ嫌だったのに、いつのまにか絆されてた。風牙、おまえが惚れていたのも分かるさ」

「……初恋だったからな」

風牙は視線の先にある自身の指先を眺めながら呟いた。

そう、千珠は風牙の初恋の女性だった。彼女は自分の世界を切り開いてくれた、太陽のような人。あっけらかんとしていて、明るく、優しく、そして強く。そんな女性だった、千珠は。きっと、彼女のような人は二度と現れない。

「雪花も同じだよ。他者と同じ目線で人を見る。真っ直ぐに。そんでもって、どこまでもお人好しだ。あの紅志輝を釣り上げるくらいにね」

「あのねぇ、雪花は釣ってもないわよ！　ああもう、思い出すだけでうざいわ」

「でも、ちっとは認めてるんだろ？　でなけりゃ、おまえが雪花を一時とはいえ任せないはずだ」

あの時――雪花が暴漢に襲われた娘を助けて、怪我を負った時だ。志輝は、意識の戻らない雪花の傍を片時も離れようとしなかった。その姿を見て、風牙は昔を思い出した。深手を負い、峠を彷徨う雪花の傍から離れられなかった、かつての自分を。

風牙は長い睫毛を伏せた。

「あの時は仕方がなく、よ。それにあんたが働け働けって、わたしを連れ帰ったくせに。まったく人遣いが荒い――ってえええ！」

帰蝶はくるりと反転し、無防備な風牙の背中を足でどついた。容赦のない一発である。

「それはおまえが働かないからだ！」

「っこの暴力女！」

「あぁん!?」

風牙も涙目で振り返り、今度こそは許さないと帰蝶の上に圧し掛かって、互いに睨みあうが。

「……………」

物音で目を覚ました雪花が、だるそうな金色の瞳でじっと二人を見ていた。少し、気まずそうに。雪花の目に映っているのは、乗りかかる風牙と、押し倒されている帰蝶。そして彼らの寝間着は乱れている。

「二人って、そういう……？ うぇ、気分わる。どうでもいいや。気にしないからどうぞ続けて。おやすみ」

雪花は寝ぼけているのか目を擦ると、再び布団に突っ伏した。

とんでもない誤解であった。

＊＊＊

「はぁ。本当に帰ってきちゃったよ。あー邪魔くさい面倒くさい。相変わらず汚い空だ」

船から降りた楊任は久しぶりに自国の地を踏んだ。白いシャツに黒のズボン、その上にコートを羽織り、どんよりとした曇り空を見上げる。

本当ならば戻りたくなかったが、黎家の怖い女主人が働けと脅すので仕方があるまい。彼女を怒らせればさらに邪魔くさいので、言われた通り動くしかないのだ。

「そういえば大丈夫？ 志輝君」

楊任は、思い出したように後ろを振り返る。そこには船を降りても、まだ気分の優れない表情の志輝がいた。楊任と志輝は、船で江瑠沙へとやってきたのだ。

「……まぁ、多少は」

「船酔いは辛いらしいからねぇ。僕は分かんないけど」

「それは羨ましい限りですね。よくあんな中で本なんて読めますね……」

志輝は船酔いが辛かったようで、船内でずっと桶を手放せなかったのだ。ただ、青白い顔をしてげっそりしていても、彼の美麗な顔は万国共通らしく、すれ違う女性たちが彼の横顔を二度見していく。

まあそれもそうか、と楊任は思う。彼が今着ているのは楊任と同じものだ。すらりと伸びる長い脚に、細身の体。艶のある黒髪に、その美顔だ。実に洋装も似合っている。

(目立たないようにと思って、服を着てもらったけど。これは何を着ても同じだな)

顔は帽子でも被って隠してもらおうと考え、まずは馬車に乗って目的の場所に向かうことにした。隠居生活を続けるために、さっさとここでの仕事を終わらせるのだ。

「あー面倒だよねえ」

すれ違う人々は気づかない。

常にやる気がない男が、かつて議会を搔き乱すだけ搔き乱して消えた〝黒い天使〟だということに。

＊＊＊

「あー、頭が痛いぞ。普賢」

「そりゃ、あれだけ飲めばそうでしょうよ」

文字通り二日酔いの鴻鈞は、寝台から起き上がれなかった。珍しく刃物の類すら手にせず、大人しく突っ伏している。それを良いことに、従者である普賢は運びこまれてきた書簡の山を黙々と処理していた。この男が静かな時など滅多にないので、今のうちに処理するに限る。

普賢は基本忙しい。鴻鈞の代わりに仕事をこなし、なおかつ彼のお守りも一任されている。正直迷惑極まりないが、普賢しか適任者がいないから仕方がない。昔は普賢の他にもお守り役がいたのだが、この変人将軍を相手に精神的不調を訴え遠のいていった。唯一残っている普賢は、給金に特別手当（危険・迷惑手当ともいう）を上乗せしてもらっている。

「あー結局引き分けとは、俺もそろそろ終わりだ」

「あなたに引けを取らないあの娘が異常なんですよ。化け物です」

筆を滑らせながら、皇帝と同じ金色の目を持つ娘を思い出した。

玄雪花という女は、ふらつこうとも的を外すことはなかった。どれも的の中心を狙い、空いた穴はほぼ同じ個所。迦羅の民でも、あれほどの腕を持つ弓使いはそういない。

「それでどうするんですか。羅儀殿下につくんですか？　それとも流れのまま紫雲殿下に？」

勝負は引き分け。力を貸すも貸さないも、結局は何もない。

しかし雪花が去り際に告げた大胆な一言は、鴻鈞の興味を引くには十分だった。

「さぁな。だが、いずれ時が俺を必要とする。その時の俺に任せるのみ」

相変わらず訳が分からない答えだ。しかしこの男は、常人では見えない何かを見ているのは確かだ。彼なりの考えがあるのだと信じたい。

「あー、頭いてえー。刀たちが俺を呼んでいるのに起き上がれん。だめだ、死ぬ。普賢、俺は死ぬかもしれん」

「そうですか。その時は屋敷に溢れているがらくたと一緒に埋葬しておきますので、安心して成仏して下さい」

「がらくたじゃない！　あれは俺の家族だっ……うっ、きもち悪い……。俺は死ぬのか……？　この気分の悪さは尋常じゃない。きっとこれは何かの病に違いない！」

「尋常じゃないのはあなた自身ですよ。ただの二日酔いで大げさなんです。まったくうざったいです。頭良いのか悪いのかどっちかにして下さい」

たかが二日酔いでうるさい男だと、普賢は仕事をてきぱきとこなしていくのであった。

一方、その頃の雪花も。

（……気分、最悪）

皆と一緒に朝餉の席につきながら、げっそりとしていた。内と外から金槌で殴られているような頭痛と、ひどい胸やけに襲われている。つまるところ完璧な二日酔いだ。

「おら、食べねえと余計にひどくなるぞ」

真正面に座る羅儀が睨んできた。しかも、妙に言葉も刺々しい。

「羅儀、機嫌悪いの？」

「ああ。昨日おまえが俺の背中に盛大にぶちかましてくれたからな」

どうやら自分はやらかしてしまったらしい。素直にごめん、と謝っておく。鴻鈞の屋敷を出てからの記憶がほとんどないのだ。

「……それで、いつあんたにお呼びがかかるんだい」

帰蝶は茶を啜りながら羅儀に尋ねた。

「早けりゃ今日だな。紫雲はこういった仕事は早いからな」

「はん、それは助かるねえ。さっさと仕事を終わらせたいし。……雪花、ちんたら食べてないでさっさと片付けちまいな」

「……はい」

気分が悪すぎて食事の味がしないが、無理やり胃に放り込んでいく。

茶葉で味をつけた牛乳の中に、乾酪や栗、肉が煮込まれていて、慣れない味だが食べられないことはない。皆、麵麭を浸しながら食べているので真似しておく。

（……あれ）

そこでふと気づく。雪花と風牙は食べ方がよく分からず周りを真似ているが、帰蝶は慣れた様子で黙々と食事をしていることに。

「なんだい雪花」

「え、あぁいや」

「そんな目で見ても残すのは許さないよ。出されたものは残さず食べな」

別にそういうことを言いたいわけではないのだが。指で頰を搔くと、どうでもいいかと食事を黙って続けることにした。

「帰蝶さんは、雪花ちゃんのお母さんみたいね」

玉兎が二人の様子を見て、上品にくすりと笑う。

「はぁ？」

「ちょっと！　母兼父はわたしなんですけど！　その座は譲らないわよ！」

「誰も譲って欲しくもないわ、この阿呆！」

食事中くらい静かにできないのか。横で座っている白哉も呆れた視線で二人のやりとりを眺めている。

「あの二人、いつも賑やかだよね。もう一人の楊任って人も、普段はあんな感じで交ざるわけ？」

「まさか。楊任はいつも白けてる、というか無視してますよ。我関せず、彼は静かに寝て、読書して、たまに楽器でも弾いて散歩に行ったりと、本当にふわふわした居候なんで」

「じゃあ、志輝とはうまくやってくれてそうだね。志輝、うるさいのが苦手だから」

「はぁ」

どうやら白哉は、別行動で江瑠沙へと向かった楊任と志輝のことを言っているようだ。なんでも、あの居候をしていた楊任は江瑠沙に顔が利く元・有力貴族らしく、江瑠沙の暴挙を止める努力をしにいくとのことだ。そして志輝は、使節として楊任に同行している。

「それでさ、雪花ちゃんは無事に澄に帰ったら志輝と結婚するの？」

「……どこでどうなったら、そんな考えに行きつくんですか」

雪花は白目になりかけた。胸やけと頭痛が一段と強まる。

「え、だって結構いい感じなんでしょ？」

「どこを見ていい感じとおっしゃっているのか、わたしにはさっぱりですが」

「えー、なんだかんだ面白いよ」

面白いというだけで、あんな御仁とくっつけられるのは御免被る。

「無駄話してると食事が冷めますよ。早く食べて下さい」

「あ、無理やり話題変えようとしてるね」

「それ以上ぐだぐだ言うなら、星煉にあなたのこと全部教えちゃいますよ。いいんですか、どうせその調子ならまだ言ってないんでしょう」

「いや、それはちょっと……その、自分で説明するというか」

「ならこの話はここまでです」

　話を強制終了させて、雪花は黙々と食事を再開する。面白くなさそうに白哉が唇を尖らせているが、いい年した大人がしても可愛くもなんともない。

（でもまあ、元気そうだ）

　玉兎たちとは友好的な雰囲気ではなく、口数も少なかったので実は心配していたのだ。志輝も白哉のことを気にしていたから、余計にそう見えたのかもしれないが。

　志輝と白哉こそ馬が合わなそうであるが、なんだかんだ互いに認め合っていて仲が良いから不思議だ。雪花には仲の良い友人などいなかったから、少し羨ましい。そんなことを思っていると、誰かが廊下を歩いてくる音が聞こえてきた。足音は、雪花たちがいる部屋の前で止まる。

「なんだ」

　羅儀は外に向かって声をかける。姿を現したのは羅儀の配下である男だ。彼は一通の書簡を羅儀に差し出した。

「なんとか間に合ったか」

羅儀は書簡の内容に安堵の笑みを浮かべたが、続いた男の言葉に、その笑みは苦いものへと変化する。

「はい。ですが今、宮廷から使いの者が。いかがなされますか」

「……本当にぎりぎりだったな。食事が終わるまで待たせてろ」

羅儀は手早く指示を出すと、雪花に視線を向ける。

「てなわけで、挨拶でもしに行くとするか。おまえも、いとこに会っておきたいだろ？」

「え。挨拶って、わたしを連れて？　あんた大丈夫なわけ？」

いきなり敵に会いに行こうとする羅儀に、雪花は不審そうな顔を向ける。

「ああ。どうせ俺は身動きを封じられるだろうからな。だからその前に、帰蝶とおまえを陛下の元へ送り込む。堂々と正面から」

帰蝶と雪花は瞬きし、そして目を見合わせた。

「そんなこと、できるの？」

「おおまかな話の流れは俺が作る。二人は適当に合わせろ。そして入りこんだら陛下の身柄を安全な場所へ――大神殿へ移すんだ。大神殿に話は通してある」

たった今届いた書簡を、羅儀はちらりと見せた。

「大神殿か……。だが、どうやって移す。内部の協力者なしには事は進まないよ」

帰蝶は頷きつつ、鋭い目を羅儀へと向けた。

「陛下の側には、母上に代わって莉陽という小うるさい婆がいるはずだ。俺の名を出してあいつをこちら側に引き込め。〝力を貸せ、くそ婆〟とでも言えば状況を察して協力するだろう」

小うるさい婆とは随分な言い方である。大体そんな言葉を告げれば、協力どころか反発を食らいそうだ。変人将軍に小うるさい婆さん。静かでまともな人間はいないのか。一方の帰蝶は、なぜだかくつくつと笑っている。

「面白そうだね、やってみようか」

「移す際に、外に向けて派手な合図をくれ。左翼を突入させる。狼煙でも持っていけ」

「あぁ、それは多分大丈夫。色々事足りてるから」

雪花は、黎静から渡されたものを思い出して断った。彼は物騒なものを、色々と巾着の中に詰め込んでくれている。あれだけあれば足りるだろう。

「なら構わないが……。玉兎と行空は、合図があるまで左翼と共に待機だ」

「おう」

「白哉と風牙の二人は、左翼が動いたのを見計らって、紫雲の屋敷に向かって欲しい」

「紫雲殿下の屋敷？」

首を傾げる風牙に、羅儀は大きく頷いた。

「蜘蛛の連中がやけに出入りしている。母上がそこにいる可能性が高い」

「なるほど……。左翼が動けば、屋敷が手薄になる可能性が高いものね」

「ああ。それともう一つ頼みたいことがある。紫雲が江瑠沙と通じている証拠を探し出してほしい。それさえあれば、あいつの首根っこを摑んだのも同然だ」

「分かったわ、任せておいて」

風牙と白哉は揃って頷いた。

羅儀は前髪を掻き上げ、緊張を解すように、細く長い息を吐き出した。

ここからは、各々分かれて行動する。果たしてどんな結末が待ち受けているのか、誰にも分からない。でも、やるしかない。進むしかないのだ。そのために集まった。

「ここから先、後には引けねえぞ」

羅儀の言葉に、皆は神妙に頷いた。皆、揺らぎのない澄んだ目をしていた。答えはそれだけで十分だった。

「……なら、準備するか。雪花、さっさと飯を食え。てめえの準備が一番時間がかかるんだ」

羅儀は、なぜだか雪花に視線を向けて食事を急かした。

「準備？」

雪花は目を瞬かせた。

◆◆◆ 閑話◆闇夜を越えて ◆◆◆

酔いつぶれた雪花を羅儀が背負って帰ってきて、屋敷の中は一瞬騒がしくなったが、帰蝶がてきぱきと介抱したのですぐに静けさを取り戻した。志輝が知れば目くじらを立てるんだろうなと苦笑しつつ、白哉は灯りを消して布団に潜り込んだ。

鼻から入り込んでくる空気は、肺を凍らせてしまうかのようにひどく冷たい。でもどこか懐かしい。ああ、迦羅に戻ってきたのだと感じる。冬は雪に閉ざされる国に。

昔ならこの寒さが当然だった。きっと自分は慣れてしまったのだ。澄での暖かな生活に。

白哉は澄を出立する前のことを思い返す。過去を清算するため玉兎たちに同行すると、母親である蒼逍遥に告げた日のことを。

『なんで今更あんな場所に戻るの！　あなたの居場所はもうここでしょう!?』

彼女の言葉が今でも耳に残っている。怒っているのに、今にも泣きそうな声色。

申し訳なく思った。自分を保護し、育ててくれた家族に恩を仇で返すようで。

けれども過去から今にかけて、全てが繋がっていると感じたのだ。迦羅に戻るために自分は生かされていたのだと。

吐息を手の甲に吹きかけ、白哉は過去に思いを馳せた。

＊＊＊

物心がついた頃、自分に名などなかった。俗にいう名無し、孤児だ。自分がどこの誰かなんて分からない。親の顔も知らない。孤児院を抜け出してからは掃き溜めの中で暮らしていた。貧民街で生き抜くには力が必要だった。力がなければ奪われる。力があれば奪われない。実に単純な世界だ。そうやって生きているうちに、子供だった自分はいつしか周りから夜摩と呼ばれるようになった。

『おまえが夜摩か』

『すまねえ夜摩……！』

『夜摩、逃げてっ』

『そいつやばいよ！』

掏った品を換金し終えて住み家に戻れば、仲間が何者かに伸されていた。

『あんた、誰。そいつら、大人相手でも簡単にやられる奴じゃないんだけどな』

男は一人だった。年は三十辺りか。口元は覆面で隠し、濃紺の胡服を身に着けている。

（……こいつ）

手には何も持っていない。子供相手とはいえ、武器を持つ奴らと丸腰でやり合ったらしい。だがそうか、この装束。この男はもしかしなくとも——。

『ただの餓鬼じゃなくて、そこそこの悪餓鬼だな』

『目的は何だよ』

『色々心当たりはあるだろう。自分の胸に聞いてみるんだな。それとも無理やり聞き出してみるか？』

男はせせら笑った。夜摩は両目を細め、小刀を取り出した。

『ならその口、割らせてやる』

夜摩は床を蹴った。一気に男の懐へと飛び込む。

『小さいだけあって中々速いな。だが、正面突破とは芸がない』

男は夜摩の手首をなんなく摑もうとした。だが、男の視界から夜摩が消えた。夜摩は男の手をかわして身を床に沈ませると、四肢をばねのように使って、男の顎をめがけて片脚を振り上げた。

『！』

男は顔を逸らして寸前で回避する。夜摩は舌打ちして後ろへ跳びすさり、体勢を素早く整えると刃を構えて横に跳んだ。石の壁を蹴り、男の項めがけて刃を振り落とす。一切の迷い、無駄な動きがない。

『なるほど、これはなかなか……。死神の名は伊達じゃないということか』

男は近づいてくる刃を視界に捉え、口端を持ち上げた。そして夜摩の手首に手刀を叩き込み、小刀を手放させる。夜摩は舌打ちすると、男の脇腹めがけて蹴りを繰り出すが、片腕一本で容易く防がれた。

『それによく見えている。迷いがない』

夜摩は拳や蹴りを入れようとするが、男は全てを受け流していく。

『孤児院の院長殺し、おまえなら訳ないわけだ』

男の台詞に、その場にいた子供たちはびくりと肩を震わせた。夜摩は歯ぎしりし、怒りをぶつけるように攻撃の手を強めていく。

『あんな奴は屑だ』

元々、夜摩たちは孤児院にいた。だが昼夜を問わず行われる院長からの虐待に耐えきれず、夜摩がその院長を刺し殺したのだ。仲の良かった劉、須佐、玉兎と共に逃げ出して以来、この貧民街で暮らしている。

『屑は死んで当然ってか』

『あいつは偽善者の面を被った悪党だ』

『餓鬼のくせに中々言うじゃないか』

男は両目を細めた。夜摩の両手を拘束すると、男は夜摩の鳩尾に重い蹴りを入れた。ようやく動きを止めた夜摩の頬に、男は止めとばかりに拳を叩き込む。壁へ勢いよく叩きつけられた夜摩は、苦し気な声を上げ、血が混じった唾を吐いた。

『夜摩っ！』

『まだ意識があるとは。急所を寸前で回避したか』

男は蹲る夜摩の前に立つと、手を差し伸べた。夜摩は眉をひそめる。

『何の真似だ』

『おまえ、暗部に来ないか』

『……やっぱりあんた、暗部の野郎か』

『らしいな。それで、おまえは目をつけられた。その装束、前に一度、やり合ったことがある』

『で、どうする？　おまえが来るなら、こいつらには手を出さないでおいてやるが』

いつの間にか、夜摩の仲間の傍には複数の人影があった。いつでも彼らの命は奪えるとでも言いたげに。

『夜摩……』

掃き溜めで育った仲間たちが、不安げに夜摩を見上げていた。

『そいつらに、手を出すなよ』

夜摩は男の手を取って立ち上がると、金の入った巾着を彼らに投げて背を向けた。だがその金を、仲間の一人——劉が地面に払い落として声を張り上げる。

『ってめぇ夜摩！　何カッコつけてやがる！　おい覆面野郎！　俺らも連れていけ！』

『夜摩は、わたしたちの家族なのよ！』

『わたしたちも、連れていって！』

『……劉、玉兎、須佐。おまえら状況読めよ』

　するとその光景を見ていた覆面の男は、くつくつと喉奥で笑った。

『おまえらも暗部に？　まあ確かに、子供にしては腕はそこそこたつが』

『てめぇ笑ってんじゃねえよ！　こっちは真剣だっての！』

『真剣、ねえ』

『ったりめえだろ！』

　両目を細めて笑う男に、夜摩は足を竦ませて息を呑んだ。得体の知れない目だ。何を、どこを見ているのかも分からない、底なし沼のような目。今まで感じたことのない戦慄が、背筋を這う。

『おいっ、おまえらやめろ』

『別に構わない』

『は!?』

『ちょうど年に一度の試験が控えている。それに残れば、暗部に入れてやろう。ま、生きたきゃ頑張って残ることだな』
この時、彼らを強引にでも説得していればよかったと後から悔いることになる。
暗部入り——迦羅の表には出ることはない悪習、蠱道の秤である。

＊＊＊

迦羅の暗部、通称〝蜘蛛〟。孤児を各地から集めて鍛えあげ、暗部の駒にする。ただし暗部入りをする際に、集められた子供の人数は半数以下となる。

それは悪しき風習である蠱道の秤のせいだ。同じ釜の飯を食らい、互いに武を高めあった者同士が殺し合うのだ。生き残る方法は、一対一で戦って相手の命を奪うこと。それだけ。逃げ出そうという者がいれば、その場で殺される。相手の命を奪うことでしか生き残れない。

あの男が言った真剣という言葉の意味。それを容赦なく突き付けられることとなった。

夜摩と玉兎は動揺する心を押し殺して、それぞれの対戦相手の命を奪った。生き残るためだと、愚かにも己にそう言い聞かせて。だが劉と須佐は——。

『ごめん、なさい。ご……なさい』

全身に血を浴びて戻ってきた須佐は、血と混じり合った赤い涙を流していた。須佐が握りしめていたのは劉の髪だった。彼女は虚空を見つめ、涙した。何度も、何度も何度も懺悔の言葉を繰り返した。まるで、その言葉しか知らぬように。

全てが終わってから知った。須佐の対戦相手は劉だった。劉は須佐を殺せず、彼女の構える刀に自ら飛び込んでいったのだ。

慰めることはできなかった。仕方がなかった、そんな言葉で片づけられるわけがない。劉の存在を否定してしまうから。だからといって、須佐を責めることもできなかった。できるわけが、なかった。夜摩はただただ後悔した。

自分が暗部に目を付けられなければ、こんな事態にはならなかった。彼らを巻き込まずに済んだのにと。劉を殺してしまったのは、須佐ではなく自分だと。

そうして夜摩たちは、それぞれ心に深い翳りを抱えて暗部に入ることになったのだった。

＊＊＊

『おまえだけか、無事戻ってきたのは』

暗部に入って三年が経過した頃。任務を終えた夜摩は報告のため、頭――かつて自分を勧誘しにきた男、元璋の元を訪れていた。

『相変わらず優秀な死神だな』

『弱い奴は負ける。強ければ生き残る。ただそれだけだろ。ほら、お求めの書簡だ。確かに渡したからな』

夜摩は回収してきた書簡を元璋に投げ渡すと、もう話は終わりとばかりに薄暗い部屋を後にした。この後は任務の予定は入っていない。家に戻ってゆっくり過ごすかと考えたが、その前に腹の虫が鳴った。そういえば、任務のため丸一日水以外何も口にしていないことを思い出す。

（……飯、食べてから戻るかな）

任務に集中すると、食べることを忘れてしまう。夜摩は行き先を馴染みの飯屋に変更して、来た道を引き返した。迦羅の夜は夏といえどそれなりに冷える。軽く身震いしながら、夜摩は飯屋の扉を開いた。入り口で羊肉の串焼きと蒸餃子を先に頼んで中へ入ると、そこには見知った顔ぶれがあった。

『あら、夜摩じゃない。そっちも仕事、終わったんだ』

『ああ』

先に丸太の椅子に座って食事をとっているのは、夜摩と同じ暗部にいる須佐と玉兎だ。声をかけてきた玉兎は燃え盛るような長い赤毛を、肩のあたりで二つに結んでいる。同年代の中でも背が高く、どこにいても赤毛と相まって目立つ少女だ。

『わたし、今から出ないといけなくて。須佐がまだ食べてるから付き合ってあげてよ』

　夜摩は須佐をちらりと見て、気づかれない程度の、しかし僅かな間を空けて答えた。

『……ああ』

『じゃあまたね、須佐』

　そういうと玉兎は立ち上がり、須佐に手を振って店を出て行った。

　店内は酔いのまわった輩もいるから騒がしい。夜摩は玉兎が座っていた席、須佐の隣に腰かけた。

『……久しぶりだね』

『ああ』

『会いたくなかった？』

　須佐は長い睫毛を伏せて、手元に視線を落として言った。自嘲するような笑みが唇に浮かぶ。

『そんなわけない』

『そんな顔、してるよ』

　彼女は視線だけを夜摩に向けた。

　かつては鮮やかな光彩を秘めていた瞳が、今は翳りを帯びている。憂い、葛藤、絶望。

　そんな薄暗い感情をごちゃ混ぜにして。

　須佐は元来大人しくて、引っ込み思案で、いつもおどおどしていて。でも、掃き溜めの中にいても彼女はほんのりとみんなを照らしてくれる、柔らかい光のような存在だった。

だが暗部に入ってから彼女は変わってしまった。いや、厳密に言えば劉を殺してしまってから、だ。大きな傷を抱えて暗部に入った彼女に、夜摩と玉兎も少し距離を置いてしまった。いや、どう接していいのか分からなかった。

まるで腫れ物に触るように、以前と同じように接することができなくなっていたのだ。

彼女を前にすれば、劉の存在を否が応でも思い出す。

普通の会話はできていても、何かが違う。昔には戻れない。そんな言いしれぬ違和感が三人の間にはあった。

そして気がついた時には彼女は心を壊してしまっていた。二人が気づかないうちに……。

いや、気づこうとしなかったのかもしれない。夜摩も玉兎も、目を逸らしていたのだ。


『ねえ、夜摩。わたしを抱いて』


そして暗部の任務をこなすうちに彼女は突然、夜摩の部屋を訪れてそう言った。

一体何を言っているのかと驚いているうちに、彼女は夜摩を押し倒して腹に跨がった。

どうしたのだ、何を言っているのだと彼女を正気に戻させようとしたが、彼女の手首に走る幾つもの傷痕――自傷行為の痕を目にして夜摩は言葉を呑み込んだ。

『夢を見るの。わたしが劉を殺す夢。劉がわたしを殺す夢。おまえのせいだって、血まみれの手でわたしの首を摑むの』

『須佐、落ち着け。あれは、俺のせいだ』

『きっかけはそうでも、結果的にわたしが殺したの。わたしは汚いの。家族を殺したんだもの。わたしの手が、劉を殺した』

『須佐、違うだろ！』

『違わないよ！　玉兎だってわたしを恨んでる、劉のことが好きだったもん。そんなこと、傍にいれば気づくよ。わたしなんか、残らなきゃよかった。わたしが死ねばよかったんだよ！』

『そんなこと、俺も玉兎も思ってない！』

『じゃあ証明してよ……！　汚くないなら、抱いて……。それともわたしは抱けない？　汚いわたしなんか、触りたくもないんでしょう？　ねえ、夜摩。わたしは、何のために存在してるの？』

どうすればいいのか分からなかった。ただ須佐は涙を流さずとも、深く傷ついていることは痛い程伝わってきて。

出口の見えない夜、夜摩は須佐と体を重ねたのだった。

そして今。言葉に詰まる夜摩に須佐は力なく首を振ると、前髪を耳にかけて無理やり笑みを作った。

『夜摩は嘘つくのが下手だね。……ごめんね。そんな顔させちゃって。わたし、最近どうかしてるの』

『……須佐』

『ごめん。わたし帰るね』

須佐は立ち上がって、運ばれてきた食事と入れ替わるように店を出て行った。

(どうすればいいんだよ)

羊肉の串焼きに齧りつくと、焼きが甘い部分があった。ほんの少し血なまぐさい味を覚えた夜摩は顔を顰めた。

＊＊＊

任務がないと暇だ。何をすればいいのか分からない。

思考を、体を働かせていないと、考えないようにしていることを考えさせられる。

もやもやとした晴れない気持ちを抱えながら、夜摩は人気のない川べりで寝ころんでいた。

『おや、珍しいですね。先客がいるとは』

ぼんやりと空を眺めていると、釣り竿を手にした男がやってきた。

『ここに来るの、僕くらいなのに。日光浴でもしにきたんですか？』

『……あんたに関係ないだろ』

『ツンケンしてますねえ。子供のくせにえらく難しい顔をしてますよ』

男は子供のようににこりと笑いながらそう言うと、大きな川石に腰かけて、よいせと針を川の中に落とした。艶のある長い紫紺色の髪を纏めもせず背中に流し、男にしては大きい瞳はじっと水面を見つめている。肌は色白で、まるで女のようないで立ちだ。浅葱色の衣は、今日の空色とよく似ていた。

『君、幾つなんですか？』

『知るかよ』

まだ話しかけてくるのかと夜摩は邪魔くさそうに答えると、男は驚いた表情を返した。

『え、知らないんですか？』

『知らない。孤児だから』

『ああなるほど。だから、修羅場を踏んだような目をしているのですね』

変な男だと思った。大抵こう答えれば、皆、気まずそうに視線を逸らしたりするものなのに。それどころか、男は夜摩に興味がなくなったのか鼻歌を歌いだす始末である。

普段なら夜摩もこれ以上は関わらないが、なぜかこの男とはもう少し話をしてみたいと思った。気になる点があったからだ。

『……なあ』

『なんですか』

『あんた、釣りするんだよな』

『そうですけど』

『なんで餌をつけないんだよ。しかも針、真っすぐだったよな。釣りする気、ないだろ』

のほほんとした柔らかい空気を全く崩さない男に、夜摩は呆れながら尋ねた。

『あはは、確かにそうですよね。でも、僕はこれでいいんです。魚を釣りにきたわけじゃないから』

『は？』

意味が解らないという目を向けると、彼は穏やかに両目を細めて夜摩を振り返った。

『こうしてると、見える時が多いんですよね』

『何が』

『幽霊です』

夜摩は寝転がったまま表情を強張らせた。こいつ、相当危ない奴だと。

『嘘です嘘！　そんな塵屑を見るような目で見ないで下さいよ！』

『じゃあもっとマシな嘘つけよ』

『やー、すみません』

『ただぼんやりしたいだけの暇人だろ』

『ははは。――でも、君と出会えましたよ』

二人の間を軟風が吹き抜け、男の髪が風に躍る。川はさらさらと優し気な音を立てて流れていく。

夜摩は男の顔を改めて見た。不思議な男だ。人にほんの少しの敵意も抱かせない。だが同時に怖いとも思う。するりと心に入り込まれ、全てを許してしまいそうな。

男は陽だまりのような笑みを浮かべて夜摩に尋ねた。

『せっかくだから、君の気が晴れない理由を聞いても？　こんな暇人でも、話を聞くくらいはできますよ』

夜摩は戸惑った。普段なら、見ず知らずの相手と話すことなど決してないが、彼相手だとなぜか調子を狂わされる。

『……あのさ』

夜摩は寝返りを打って男に背を向けると、戸惑いながらも言葉を切り出した。

『友達がさ、二人いたんだ』

『はい』

『どちらかしか生き残れない状況で、一人は死んで、一人は生き残った。……俺がそんな状況を作ってしまって』

　ふと視界に入ってくる自分の手。この両手はもう血みどろだ。自らそれを選んだ手だ。

　しかし須佐は違う。自分が優しい彼女を巻き込んだ。須佐は、自分が痛みを負う方が傷つかない性質なのに。

『残った友達は優しい奴で。……心が壊れかけてる。何かに縋ってないと、そのうち自分で死んじまうんじゃないかって思うくらいに。俺を恨めばいいのに、自分を恨んでる。俺はどうしたら――――』

　そこで夜摩は口を閉ざした。川のせせらぎの音と共に、綿雲がゆっくりと流れていく。

　男は何も言わない。身じろぎする気配すらない。

（やっぱりこんな話、するんじゃなかったな）

　謝ってさっさと立ち去ろうと、夜摩は体を起こそうとした。だが夜摩は中途半端な体勢のまま固まった。男はこちらを見ていたのだが、問題はその表情だ。

『あんた何泣いてんだよ！』

　男は顔をくしゃくしゃに歪めて、静かに泣いていた。

『ぼ、僕にも子供がいるんですけど、』

『あんたに⁉』

『はい、って、ぐす……なんか失礼ですよ』

『いや、だってなんかそういうの無理そうだし』

『ひどいっ』

『鼻水垂れてるし』

『泣いたら不可抗力です』

『あんたが泣く理由どこにもないだろ。馬鹿なんじゃねえの』

そう言うと、男は袖で目を擦りながら答える。

『こういうの、駄目なんです。……見えすぎ、て』

『……じゃあ人に聞くなよ』

最後、男が何を言ったのかは涙声でもはや分からなかったが、夜摩は呆れ果て、終いには笑えてくる始末だ。

『あんた、本当に変な奴だよな。こんな屑みたいな餓鬼、普通相手にもしないのに』

『あなたは屑なんかじゃありません。同じ、人です。もっと伸び伸びしていい子供です』

男は涙を拭くと、夜摩と向き合うためにその場に座りなおした。そして洟を啜りながら口を開く。

『そのお友達のことは、僕はよく知りません。しかし人は、過去を抱えて生きるしかありません。こんなことを言うのは簡単で、大人の都合のいい解釈かもしれません。でも、抱えながらも前を向いて生きるのと、後ろしか見ないのは違うと思うのです』

『前……？』

男は両の掌を合わせ、目を閉じて言葉を続ける。

『亡くなったお友達を忘れろというのではありません。ですが彼の分までも生きるつもりで生きないと、それこそ失礼に当たると思います。状況はどうであれ、奪ってしまった命なら尚更のこと。守られた命なら尚更のこと。失われてしまった魂を救済する術はありません。でも、今を生きている人々は別です。その命に報いて生きること。苦しくても、罪に苛まれようとも前を向く勇気を、その一歩を。彼女が気づいてくれるといいですが』

男はそう告げると、そっと目を開いて微笑んだ。

夜摩はそれ以上何も言わずに、立ち上がって一礼するとその場から去った。

彼の言葉が胸の内で、小さな光となって温もりを与えてくれているのを無意識に感じながら。だがふと、夜摩は不可解な点に気が付いた。

(友達としか言ってないのに、なんであいつ、彼と彼女だって分かったんだ？)

『どうやら、会えたようだな』

夜摩が去った後も釣りを続けている男に、遠くから見守っていた一人の男が近づいて声をかけた。服の上からでも見て分かるほど、その男の体は鍛え上げられていた。

『ええ、まさかあんな少年だったとは思いませんでした』

『……あれは少年の形をしてようが死神だぞ。暗部じゃ有名だ。元璋のお気に入りの弟子としてもな。全く、本当に肝が冷えたっての』

『あはは、すみません』

『あはは、じゃねえよ。このお気楽野郎が』

『相変わらずきついですねえ、海斗は。だから娘さんに嫌われるんですよ』

比埜が唇を尖らせれば、海斗の拳骨が容赦なく脳天に振り下ろされた。余りの衝撃に、目の前に星が飛ぶ。

『痛いですよっ』

『あれは思春期なんだよ！』

『ガミガミ怒る父親は嫌われるんですよ』

『おまえは怒らなすぎるんだ！』

『あはは。怒りは物事を見えなくさせますので』

『俺に対する厭みか！……で？ ずっとここでぼんやり釣りをして、ただただのんびりぐうたら奴を待ってた甲斐はあったんだろうな、神官様よ』

海斗は比埜をじろりと見下ろした。

『なんか言葉にたくさん棘があるんですけど』

『うるせえ。護衛になる奴の身にもなれ』

『それはすみません。そうですねえ』

比埜は竿先を見つめながら、どう説明すべきかと言葉に迷った。彼は皇子の身でありながら神官だ。この場所で誰かと話す光景を見たから、数日間、此処でのんびりと過ごしていた。そうしたら彼と出会った。そして言葉を交わすうちに、彼が悲しい過去を抱えていることも見えた。だが問題は、先ほど垣間見えてしまった光景だ。

『それがですね』

『ああ』

とりあえず、見たままを伝えることにする。

『蒼い月が出る夜。どうやら僕、彼と再会して血まみれになるらしいんですよねぇ』

『へえ、血まみれね……』

そして二人は互いに首を傾げ――。

『はぁあああ!?』

海斗の驚きの叫びが、河原に響いたのであった。

＊＊＊

あれ以降、河原に出向いても男の姿は見えなかった。あの男と会って話をすれば、今まで見えなかった、見ようとしなかった何かが見えるような気がした。きっと須佐も変われるんじゃないか。だからもう一度会いたかったと、柄にもなく夜摩はそう思っていた。だから、まさかあんな状況で再会する羽目になろうとは露ほども思っていなかったのだ。

『次の任務だ。こいつらを始末しろ、今夜』

元璋は呼び出した夜摩に書簡を手渡すと、そう告げた。

『えらく急な話だ』

『相手に時間を与えたくない。……気味が悪い相手だからな』

珍しく歯切れの悪い元璋をふと不審に思ったが、興味のない夜摩は何も言わなかった。

自分たちはただ、国にとっての害を排除するだけだ。己の私情は、心は、ここには必要ない。夜摩は渡された書簡に目を通して記憶すると、それを元璋に返して部屋を出た。

標的は四人――とある家族の暗殺だ。

(傍系とはいえ皇族を殺せ、か)

お偉い方々の考えることは分からないが、どうせ腐っている連中に違いない。なんせ皇族であり、神職者でもある彼らを殺せというのだから。それも、子供も交じっている。

決行は今夜。

随分急な命令だと、夜摩は表情を殺しながら本部を後にした。

＊＊＊

静かな夜だった。夜空に蒼い満月がかかっている。風一つない、穏やかな夜。

夜摩は仲間たちと共に、絶壁の上に立つ神殿に侵入していた。絶壁の下は黒い海。開け放ったままの窓から、静かな波の音が子守歌のように断続的に聞こえている。

事前の調査で、彼ら家族が普段使用している寝室の位置は把握済みだ。幸いにも彼らは一室に固まって寝ている。

夜摩たちは寝室へと足を踏み入れた。彼ら家族は二つの寝台に分かれ、二人ずつ布団に包(くる)まっているのが分かった。足音を殺し、それぞれ寝台の周りを取り囲む。

夜摩は手で仲間に合図をすると、自らも刀を振り下ろした。だが突き刺したその感触に、夜摩は驚いて布団を捲(まく)り上げる。

『……これは』

そこにあったのは人ではなく、人に似せて丸められた布団や枕であった。

失敗だ。そう判断した夜摩たちは、すぐさま脱出しようとした。しかし、部屋の外から近づいてくる大勢の足音。窓から脱出しようにも、下は断崖絶壁の海が大きく口を開けて待っている。

『てめえら。暗部の者だな』

『あんたたちは護衛か』

『おまえが夜摩か？』

手燭を向けられ、夜摩の鼻から目元が照らされた。

『情報が漏れてたのか』

『いいや、別に漏れちゃいねえよ。こいつが先を読んだだけのこった』

『こいつ……？』

すると彼らに守られるようにして、白い外套を被っている男が前に歩み出た。

その者は頭巾を外すと、いつかのように穏やかな笑みを浮かべて夜摩を見た。

『こんばんは』

『……あんたは』

彼は、あの河べりにいた男だった。

『僕は甄。神殿での名は比埜です。君たちが殺そうとしてる男ですよ』

男は怯える素振りもみせずに、この場にはそぐわない、あの時と変わることのないのんびりとした空気をその身に纏っていた。

元璋が言った〝気味が悪い相手〟。それが彼のことだと直感で分かった。

『あんた、神官だったのか。それで予見してたってのか』

『まあ予見といっても、そんな大げさなものじゃないですよ。光景の一部分が見えるだけで、結局は何もできませんから。……さて、大人しく投降してくれると助かるのですが』

そう言うと、比埜は夜摩に向かって真っすぐに手を伸ばした。その掌を夜摩は一瞬見つめ、改めて刀の柄を強く握り締める。

『無理に決まってるだろ』

『無理じゃありません。僕は君たちを殺そうとは思っていませんよ』

『そういう問題じゃないことくらい、呑気なあんたでも分かるだろ』

夜摩はそう告げると、一人、真っ先に比埜に斬りかかった。だが屈強な男が比埜の前にでて、夜摩の刃を大刀で受け止める。

『おい比埜！　おまえは奥にすっこんでろ！　足手まといだ！』

『でも、彼はまだ子供で――』

『子供だろうが、こいつは死神だって言ってんだろうが！　こいつが今までどれだけの屍を築いてきたと思ってる！』

『でも！』

『うるせえ邪魔だ！』

男は声を上げ、夜摩を力で押し返して振り払う。そして間合いに踏み込み、激しく斬りこんだ。

『あいつが何と言おうとここで殺させてもらう！　おまえは危険な餓鬼だ』

『っ！』

男の一振り一振りがとてつもなく重く、気を抜けば刀を弾き飛ばされそうだ。受け止める度に、腕全体に振動が走る。時間をかけられない、そう判断した夜摩はその太刀筋を読むと、彼の刀を絡めとって体勢を崩させた。驚く男の一瞬を利用し、目にも留まらぬ速さで彼の背後を取ると頸に手刀を叩き込む。

『お、まえ……！』

音を立て倒れ込んだ男を、肩で呼吸をしながら夜摩は見下ろす。夜摩は刀を構えなおして、自分を取り囲む男たちを仄暗い目で見やった。周りで戦っていた仲間は、全員床の上に倒れている。

『おい、気を抜くなよ。少数で忍び込んだのが仇となったか。こいつ海斗を一人で――』

『待って、待って下さい！』

『比埜様！』

護衛たちの制止を振り切って、比埜は丸腰のまま夜摩の前に立った。

『……何なんだよ、あんたは』

夜摩は奥歯を噛みしめ、そして吠えた。

『あんたは何がしたいんだ！　俺は、前に言ったように人間の屑だよ。あんたを殺すことに何の迷いもない！』

『君は、屑なんかじゃありませんよ』

『さっきこいつが言ってたの聞いただろ!?』

『ならなぜ、海斗を殺さなかったのですか。死神の異名を持つ君なら殺せたはずです。君は迷っているんですよ。僕を殺すことに』

『ふざけたことを言うな！』

『君は優しい。友のことで心を痛ませるほどに。屑なんかじゃない』

『黙れよ！』

夜摩は刀を突き出した。彼の言葉を否定すべく。だがその刃の切っ先は、比埜の喉元に届く寸前でぴたりと止まった。あと少しというところで。

比埜は微動だにしなかった。あの時と同じ凪のような静けさを湛えた目で、夜摩を見ている。

『何なんだよ、あんたは……』

夜摩の手から刀が滑り落ちた。刀が転がる音が虚しく響き、そして止んだ。

比埜は夜摩の視線に合わせるように屈むと、夜摩の目を覗き込んでにこりと笑んだ。

『ただ、君がいる場所から出てきて欲しい。そう思っただけです』

夜摩は何も答えられなかった。ただ、自身の中にある何かが音を立てて崩れていったのは感じていた。

負けだ——自分から視線を逸らそうとしないその男に、夜摩は両目を伏せた。

『ざけてんじゃねえぞ。夜摩、てめえ裏切るつもりか!』

すると同胞の一人が、口から血を流しながら起き上がった。彼は夜摩に向かって飛び出すと刀を振り下ろした。その迫りくる刃を視線では追えても、夜摩の体は動かなかった。

いや、避ける意思が夜摩にはもうなかった。正直、もうどうでもよかった。屍の上に生きる方法しか知らなかった自分が、それ以外を認めてしまったら。

どうしたらいいのか——。

夜摩は迫りくる刃に目を閉じ、その時を覚悟した。が、その瞬間は来なかった。

『——ああ、そうか。君はまだ、やっぱり死ぬべきじゃないんだね』

『比埜様!!』

比埜の、何かを悟ったかのような、あいかわらずのんびりした声がした。夜摩の頬に飛び散る生温かい何か。それは血だ。今まで、嫌という程鼻にこびりついて離れない匂い。

まさかと思い目を開ければ、比埜が夜摩の前に立ち塞がっていた。鈍い音を立て、床を転がるのは人の腕――夜摩を庇った比埜の片腕だった。

比埜の上腕から噴き出す血飛沫。彼は腕を失っているというのに、その場に崩れ落ちずに夜摩を庇うようにして立っていた。

片腕を刎ねた同胞は、比埜の護衛に斬られてその場に倒れる。

『比埜様！』

『みんな、悪いけど動かないで。まだ、終わってないんですよ』

近づこうとする護衛たちに、比埜は強い眼差しで牽制する。比埜は残った片腕で夜摩の襟首を掴むと、放心状態の夜摩を窓辺まで引きずった。細身の体格からは考えられないほどの強い力だ。腕から噴き出す血など気に留めやしない。

『……なん、で』

夜摩は声を震わして問いかけた。比埜は痛みなど感じないのか、悠然と笑う。

『そのうち分かるよ、生かされた意味が』

潮の香りを乗せた一陣の風が吹いて、夜摩の横を通り抜けていく。

『だから生きなさい。君はまだ、変わることができる』

比埜は渾身の力を振り絞り、夜摩を片腕で窓の外へと放り投げた。

『そしていつか、あの子の力に――』

最後、彼が何を言っているのか分からなかった。

蒼い満月を見上げながら落下していく自分の体。海の水面に叩きつけられ、激しい泡と共に夜摩の体は冷たい海に沈んでいく。蒼い月を海の中から見上げながら、夜摩の意識は途切れていった。

＊＊＊

少年が目を開ければ、視界の先に見知らぬ天井が飛び込んできた。

（どこだ……）

体を起こそうとした瞬間、全身に走る激しい痛みに顔を顰め、彼は呻き声をあげた。

『あっ。起きたわ！』

横から幼い子供の声が聞こえ、勝ち気そうな大きな瞳が少年を無遠慮に覗き込んできた。髪を頭上でお団子にしている年端もいかない少女だ。

『お母さま、お父さま、起きたわ！』

『静かになさい、桂林……よかったわね、あなた』

次に声をかけたのは、少女を膝に抱え、椅子に腰かけている上品そうな女だ。その横には、髪を三つ編みにした男が立っていた。少女の口調からして、三人は家族のようだ。

『いやあ、本当によかった。甲板でのんびりしてたらおまえが流れてくるからさ。初めは死体だって思ったんだけど、生きてるし。乗組員皆でおまえを助けたんだ。いやあ、意識が戻ってよかったよかった』

『流れて……？』

『そうだよ。海の上をぷかぷか。体は全身打撲。全身真っ青だ』

『海を……』

『にしても、どうして海を漂う羽目になったんだい？』

少年は説明しようと口を開いたが、言葉が何も出てこなかった。彼は視線を彷徨わせて黙り込む。何か変だと。真っ白なのだ、自分の頭の中が。思い出そうとしても、何を思い出すべきなのかも分からない。何を話せばいいのか、何も分からない。

『もしかしてあなた、覚えていないの？』

真っ先に異変を察したのは子供の母親だった。安堵の表情が一変、心配する目つきになる。父親も気づき、少年の顔を同じ表情で覗き込む。

『あなた、名前は？』

『俺の名前は――』

そしてまた、言葉に詰まる。名前は、自分は、一体何だ。

頭を抱えて苦し気に黙り込む少年に、夫婦は困ったように顔を見合わせた。

『色々思い出すまでうちに居ればいい。あと、名前がないと呼ぶのに不便だから、白哉でいいね』

船で自分を助けた男──蒼承侑は軽い口調でそう言って、白哉を自分の屋敷に引き取った。

白哉は結局何も思い出せないままだった。自分の生い立ちに関する記憶がすっぽりと抜け落ちている。名前は、中身が真っ白だから白哉でいいなと承侑が名付けてくれた。あまりに適当なつけ方だったので逍遥が怒ったが、白哉はなんでも良かったので、その名を受け入れた。自分にちょうど良い名前だ。

『ねえねえ、お兄ちゃん。一緒にあそびましょっ』

『……え』

『部屋の中に閉じこもったままじゃ、病気になっちゃうのよ』

助けてくれた夫婦の一人娘、蒼桂林は怖いもの知らずだった。得体の知れない自分の手を引っ張ってはどこかへ連れ出そうとする。それに、彼女の両親たちはそれを止めることはしなかった。庭で遊ぶ桂林と白哉を、のほほんと茶を飲みながら見守っているだけだ。

『桂林は白哉によく懐くねえ。父親としてはちょっと寂しいなぁ』

『ふん、あなたたなんてそのうち相手にもされなくなるわよ』

『じゃあ、そのぶん逍遥に構ってもらおうかな――って痛いから！』

『昼間から不埒な手つきするからよ』

腰のあたりを彷徨っていた承侑の手の甲を捻り上げ、逍遥は鼻を鳴らした。不機嫌そうに拗ねる承侑を一瞥した後、庭に視線を戻す。すると、いつの間にか桂林が木によじ登り、困る白哉を見下ろしていた。

「あっ！　あの子また木登りしてる。こら桂林!!』

『みてみて、お兄ちゃん！　わたし、すごいでしょ！』

『あの、桂林……。俺は兄じゃないし。というか、危ないから降りてきた方がいいよ』

『待ってて、柿を取ってから……んしょっ』

桂林は生っている柿に手を伸ばすが、指先が掠る程度だ。だが彼女は諦めない。白哉の制止を振り切って、さらに身を乗り出す。

『あっ、取れた……っわぁ！』

『桂林！』

均衡を崩して彼女は木から足を滑らした。逍遥の叫び声と、承侑が走り出すのよりも早く、白哉の体は反射的に動いた。地を蹴って桂林の小さな体を受け止めると、彼女を胸に抱えて地面に転がり込んだ。

『桂林！　白哉！』

逍遥と承侑二人が慌てて駆け寄り、桂林たちを覗き込んだ。白哉の腕の中にいる桂林は状況が理解できていないのか、言葉を失くして固まっていた。けれども両親二人の顔をみるなり、声を上げて泣き出した。

『馬鹿娘！　危ないとあれほど言ったでしょう！』

『ごめんなさいぃぃいいい』

『まったく。白哉、おまえも大丈夫かい？　……白哉？』

白哉は桂林を二人に引き渡すと、庭の茂みを厳しい目で睨んでいた。子供には似合わない冷たく厳しい目だ。思わずぞっとした承侑はその視線の先を辿ると、茂みががさりと音を立てて動いた。白哉は一歩、前へと出る。

その茂みから現れたのは、一匹の野良猫だった。黒猫は「にゃあ」と鳴くと、庭園を駆けて行ってしまう。ようやく肩の力を抜いた白哉は、泣きじゃくっていた桂林が自分をじっと見上げていることに気づいた。

『あ……。桂林、大丈夫？』

桂林はこくりと頷いた。

『ごめん、なさい……。柿、美味しいから、あげようと思って』

桂林はそう言うと、必死に握りしめていた柿を白哉に差し出した。どうやら柿だけはしっかり握りしめていたらしい。

『落ちても柿を手放さないなんて……。あなたって子はまったく、この馬鹿娘！』

『だってぇええぇ』

『いいかい桂林。木登りは危ないから、これからはやめなさい。もしするなら、落ちる覚悟でしなさい。今度は誰も助けないよ』

『……はい、お父さま』

承侑は基本的に穏やかで放任主義であるが、時に母親の逍遥よりも厳しい言い方をする。しょんぼりと肩を落とした桂林に息をつくと、彼は白哉に向き直った。

『分かったならそれでいいよ。白哉、おまえもありがとう』

『あ、いや』

『そうよ。手を擦りむいているから中で手当てしないと。柿を食べるのはその後ね』

白哉の手に血が滲んでいるのを見て、逍遥は彼の手を引っ張り屋敷の中へと連れていく。

『あ、いや、このくらい大丈夫です』

『大丈夫じゃないわよ！　子供は大人のいうこと聞いてなさいっ』

『はぁ……』

『はぁ、じゃない！　はい！』

『は、はいっ』

腕に桂林を抱きかかえながら、承侑は白哉を拾った時のことを思い返していた。

(血まみれの装束に、子供にしては鍛えぬいている体。そして今の反射神経、警戒心)

彼を拾い上げた海は、迦羅との国境沿いの海だった。彼が着ていた濃紺の装束は、血を含んで変色していた。彼の体に打撲の跡はあれど、出血したような跡は見られなかった。

となれば、あれは他人の血だ。

迦羅は隣国にありながら国交が途絶えている。容易に人が出入りできる土地ではない。だが、旅人から噂を耳にしたことがある。迦羅には、手練れを集めた諜報機関があると。通称蜘蛛。濃紺の装束に身を包み、闇に紛れる者たち。

(もしかして彼は――)

今のうちに彼の身柄を密かに迦羅に返すべきか。蒼家の力を使えばなんとかできるだろう。しかし記憶のない彼が、ましてやあの海を漂う羽目になった理由は、彼にとって良くない事態が起こったからではないのか。

彼に承侑の推測を告げて記憶を思い出させるべきか。だが、もし彼が忘れたいと願って記憶を封じたのならば。

(薄々分かっていたが、どうしたものか)

近いうち、仲間の迎えが来るのかもしれない。彼を生かすのか殺すのかは知らないが。

となれば、彼を保護した自分たちもどうなるか。だが逍遥の彼に対する接し方を見ていると、彼を簡単に渡す気はないだろう。白哉が自分で出ていく時は分からないが。

逍遥と承侑の子は桂林だけであるが、本当は彼女の上に一人、男児がいた。しかし難産の末、生まれてすぐに亡くなってしまったのだ。次に桂林が生まれたが、彼女を産むときもまた難産だった。命からがら逍遥は桂林を産んだが、逍遥は二度と子が作れない体になってしまった。だからか、彼女は白哉を桂林と同じく自分の子供のように育てている。

（……ま、それは俺もだけど）

これは今更無理だなと、承侑は苦笑した。屋敷が騒がしくなるその時まで、白哉を保護しておこうと承侑は密かに決め、桂林を抱きしめる腕に力を込めた。

選ぶのは自分たちではない。選ぶのは彼だ。

そして皆が屋敷の中へ消えて行った後、人影が屋根から姿を消したことに、誰も気づくことはなかった。

『夜摩の行方を追え。戻って来ないのならば、殺せ』

迦羅の隣国にあり、迦羅の祖を追い出した国――澄。澄の宿屋に同胞と共に泊まっている須佐は、木の天井を見上げ、頭から告げられた命令を思い出していた。

須佐は正直、暗部の中では実力は劣る。自覚している。それなのに自分が、今回の班に入れられた理由は明確だ。夜摩と同郷であり家族のような存在であるからだ。

彼を説き伏せる。それが無理ならば――。

(わたしの手で、彼を殺す)
夜摩は手練れだ。だが、須佐相手であれば彼は躊躇う可能性もある。
(また、わたしは家族を。友を殺さないといけないの……?)
須佐は両の拳を握りしめ、ぎゅっと瞼を閉じた。

＊＊＊

白哉が蒼家に引き取られてから半年、記憶は戻らなかった。居候の身であるというのに、蒼家の夫妻は追い出すどころか、出ていこうとすれば怒る始末だ。優しい人々と出会えたことに白哉は感謝しつつも、記憶が戻らないことを申し訳なく感じていた。何度か記憶を探ろうとしたのだが、そうする度に激しい頭痛が襲い掛かる。心配した承侑たちの計らいで医師に診てもらったが、記憶の喪失は一時的なもので、そのうち思い出すであろうと説明された。確かに最近では、意識しなくともふとした瞬間に頭痛が起こっている。あと少しで何かが摑めそうなのだ。

果たして、記憶が戻った先に何が待ち受けているのか。白哉は言い知れぬ不安を感じていた。期待ではない、漠然とした不安を。まるで真っ黒な闇の中で、何かが手招いているような、底なしの深い闇に吞まれてしまいそうな気がするのだ。

——俺は、何者なんだ。

答えを知った時、自分はどうなるのだろうか。

正直不安でしかない。けれども、共に過ごしている彼らのためにも思い出したい。自分は、自分を見つけなければならない。出口の見えない暗闇から、前へ一歩、踏み出すために。彼らといる今の自分なら、受け止められるような気がするのだ。


その夜は、あと少しで春が来るというのに粉雪がはらはらと舞っていた。

『わあ、雪だぁっ』

『こら桂林。湯冷めするから早く布団に入りなさい』

『えーっ』

『明日の楽しみにとっておきなさい』

『でもお母さま、明日は降ってないかもしれないわ』

『その時は諦めなさい。ほら、さっさと寝るわよ』

『えー』

今にも庭へ飛び出しそうな桂林を、有無を言わさず寝室へ引きずっていく逍遥。二人を苦笑して見送っていると、後ろで忍び笑いをしている承侑がいた。

『少しは笑うようになったね、おまえも』

『そう、でしょうか』

『苦笑いだけど少しは進歩じゃないか。子供はもっと、伸び伸びしていいもんだよ』

白哉は優しい主人に曖昧に頷きながら窓を閉めようとした。しかし視界の端で、闇夜に紛れて動いた影に気づき手を止める。

それは人影だ。それも複数。白哉は幾ばくか逡巡すると静かに窓を閉じ、窓を背にして承侑に向き直る。鈍い痛みが頭を襲うのを堪えながら。

『白哉？』

『侵入者が、います』

『！』

『狙いはきっと俺です』

承侑は驚いた表情をすると白哉の両肩を掴んだ。

『おまえ、記憶が戻ったのか』

『いえ。でも、頭痛が最近ひどくて。さっきの影、たぶん俺は知ってます。逃げて下さい。俺が、奴らを引きつけます』

引きつけてどうかなるのか。いや、自分ならそれが可能だと本能が告げている。混乱しながらも淀みない口調で話す白哉に、承侑は彼の目を覗き込んだ。

『白哉。今まで黙っていたが、俺はおまえの正体に見当をつけている』

『え？』

『あれは、かつておまえと一緒にいた連中だろう。おまえを連れ戻しにきたか、それとも
――』

『消しに、きたか』

『そうだ』

白哉は驚かなかった。むしろ、欠けていた断片が埋まっていくような感覚すらあった。

彼は白い寝間着の帯を手早く締めなおし、承侑に逃げるように告げる。

『なら尚更（なおさら）、あなた方は逃げて下さい。俺が一人で出ます』

『白哉、待て。丸腰で出るつもりかい』

『武器がないなら奪えばいい』

一体何を口走っているのだ。だが、それがごく当然のような自身の口ぶりに、白哉は自分でも驚く。

『……確かに、おまえならそれができるのかもしれないけどね』

承侑は白哉の手を引き、承侑の私室へ向かった。

『これを使うといい』

掛台に飾られていた刀の一つを白哉に手渡し、承侑自身は別の刀を手に取った。

『さて、俺とておまえの援護くらいはできるだろう』

共に戦おうとする承侑に、白哉は首を振って押し留める。

『いけません、承侑様は屋敷の皆をお守り下さい。お気持ちは嬉しいですが、これは俺の問題なんです』

『白哉、だが――』

『俺が片を付けなければならない。記憶がなくても分かるんです。俺の役目だって』

白哉は凛とした声で答えた。決意の光に満ちた眼差しとともに。承侑は何かを言いかけ唇を動かしたが、白哉の言い知れぬ気迫に根負けしたように嘆息した。彼は白哉の肩に手を置き、改めて口を開く。

『なら、必ず刀を俺に返しに来い。ここを出ていくにしろ、ここに居続けるにしろ』

『はい』

『なら行ってきなさい。――負けるなよ』

白哉はしっかりと頷くと駆け出して行った。その背を見送りながら、承侑は言葉の続きを呟いた。

『自分の運命に、絶対に』

そして両肩を竦ませると、屋敷の者たちを呼び寄せ避難させるのであった。

雪は便利だと誰かが言っていた。血を覆い隠し、匂いを消し、足跡すらも覆い隠してくれると。途切れ途切れだが、埋もれていた記憶が蘇りつつある。

『出てこいよ』

白哉は広大な庭に出ると、誰もいない空間に向かって言葉を放った。すると人影が六人、闇から現れる。見覚えのある濃紺の装束。

『夜摩。なぜ戻ってこない』

男の一人が槍の穂先を白哉に向け、言葉を返した。――そうだ、それが自分の名だ。人の命を奪うことしかできない、愚かな自分にふさわしい名。

『戻る必要が、あるのか』

記憶はまだ戻らない。だが白哉は、あえてそれを悟られないよう慎重に言葉を選ぶ。

『あれはこちらの落ち度だった。あの男は、先を読む』

あの男とは誰だ。まだ思い出せない。いや違う、知っている。白哉の脳裏に過去の光景が浮かぶ。昼の光、川べり、草の匂い、釣り、そして誰かの笑顔。

次に浮かんだ記憶の光景は、夜だ。床に転がった片腕、噴き上がる血飛沫、蒼い月。そしてあの男の言葉。

――だから、生きなさい。

頭が痛みで割れそうだ。白哉は顔を僅かに顰めながら、隙を見せないよう警戒を続ける。

『元璋はおまえを殺さないとさ。素直に戻るならな』

『……素直に』

『ああ。おまえの幼馴染みもわざわざ迎えに来たんだ』

するると、小柄な人影が前に一歩進み出た。

『夜摩。お願い、戻ってきて』

それは小柄な、大人しそうな少女だった。か細い声は緊迫した空気に強張り、伸ばされた手は小刻みに震えている。

――ねえ、夜摩。

記憶の中で、自分を呼ぶ声がする。さらに頭の奥が痛んだ。

『ここの人たちはどうなる』

白哉は痛みを振り払うように頭を振ると、再び彼らを強く睨みつけた。

『はっ、平和呆けしたか？　おまえと関わってんだ、全員消すに決まってんだろ。言っとくが、おまえが戻らなくともやることは同じだぜ』

凍えた空気に緊張が走る。白哉は鞘から刀身をそろりと引き抜いた。

『それは、どっちの答えなんだ。夜摩』

『どっちも断る、ってことだ』

白哉の返答に男はため息をつき、少女の目は悲し気に翳りを帯びた。薄っすらと積もり始めた雪を、白哉は音を立てて踏みしめた。

それが合図だった。白哉を挟み込むようにして、左右から刺客が襲いかかる。投げられた苦無を避けると、隙を突かれる前に彼は屋根に飛び移った。背後から追ってくるのを確認し、振り向いて一人一人を順に斬り捨てていく。躊躇いはなかった。むしろ手にした刀が、この緊迫した空気が、白哉の中に馴染んでいく。

『奴を屋根から降ろせ！　サシでやるな！』

一人で多数を相手にするには、囲まれていては不利だ。死角をなくし、一人一人を相手にして活路を開く。記憶は戻らなくとも、体に染み付いたこの感覚、命のやり取り。

そうだ、確かに自分はそこにいた。命を奪う側に。

三人目を斬り捨て屋根から蹴り落とすと、白哉は軽い身のこなしで地面に着地した。

着地の瞬間を狙った二人とすぐさま斬り合い、一人の胸を刀で貫く。

肉を断つ感覚も、返り血の生温さも、恐れや苦しみ、恨みが渦巻いた最期の眼差しも。

ああ、体が全て覚えている。

屋根に残った一人が白哉に向かって苦無を投げた。先ほど、手を伸ばしてきた少女だ。

白哉は刀で貫いた男を盾にして防ぎ、息が完全に止まった彼から刀を引き抜く。音を立てて地面に倒れた男を無情な目で見下ろし、刀に纏わりつく血を振り払った。

白雪の絨毯に、赤が飛び散る。――残るは二人。

『随分な仕打ちじゃねえか、夜摩。ここの奴らに絆されたか』

『おまえに答える義理はない』

『白哉、と名乗っているらしいな。今更暗部を抜けて生まれ変わろうってか？』

『……暗部？』

『おいおい、何言ってんだ。俺たちは蜘蛛だろ』

頭の中枢が脈打つように激しく痛み、白哉は呻いて膝を折った。頭を片手で抱え、もう片方の手で刀を地面に突き立てる。

『蜘蛛、暗部……蜘蛛、迦羅、元璋、皇族……』

膨大な記憶の波が一気に押し寄せ、眼振とともに体が震え出す。屋根の上で控えていた少女も、異変を察して男の傍に降り立った。

『おいおい。おまえ、まさか記憶がないのか？』

『……っ』

『はは！　まじかよ、そりゃ戻れねえはずだ！』

男は大声で嘲笑って白哉を見下ろした。

『それなら尚更生かしてはおけねえ。いつ思い出すかも分からないおまえを、敵国に放っておくわけにもいかねえしな。おい須佐。おまえの出番は必要なかったみたいだな。本人が覚えてなけりゃ意味ないぜ』

傍に立つ少女を、男は須佐と呼んだ。彼女の悲しみと絶望に満ちた目が、白哉を見下ろしている。

俺は彼女を。彼女と共にいた奴らを知っている。

――ってめえ夜摩！ 何カッコつけてやがる！

――夜摩はわたしたちの友達なのよ！

――ねえ、夜摩……。


記憶の奥底から、かつての自分を呼ぶ声が聞こえる。

男が槍を構えた。白哉の眉間に矛先を定める。

『思い出さないうちに死ね。そのほうが、おまえも幸せってもんだ』

言葉を失い動けない白哉に向かって、男は槍を一直線に突き出した。

ああ、しまった。体が思うように動かない。体がその場に縫い留められたように少しも動かない。いや、違う。自分が動こうとしていないのだ。恐れていた大きな闇が、自分の体に蛇のように巻き付いて、その奥底へと引きずり込もうとしている。

白哉は、脳天を貫かれ死ぬ自身の姿を思い描いた。

『……ハッ……ぅあ……』

だが、それは裏切られた。

目の前に飛び出した小さな影が、白哉の身代わりとなって槍を受け止めていたからだ。

少女の胸を貫き、白哉の目の前で止まった赤く濡れた穂先。

そしてほぼ同時に、男の喉元から激しい血しぶきが噴き上がった。少女が握った苦無が、男の喉元を深く切り裂いている。

『おま、え……』

血走る男の目がぎょろりと少女を睨み、彼女の胸から槍を力任せに引き抜いた。男は断末魔の叫びを上げることもできず、ふっと糸が切れたようにその場で事切れた。

一方胸に風穴を開けられた少女も、背に庇った白哉を振り向くことなく前に倒れ込む。音を立てて雪の上へ。

『須佐』

彼女の名が、自然と口から零れ落ちた。嘘のように、頭痛は一瞬にしてぴたりと止んだ。返ってきた記憶の代わりに。

『須佐！』

白哉は叫び、彼女の体を胸に抱きかかえた。胸に開いた風穴からは、強く押さえてもとめどなく血が溢れ出る。

彼女の定まらない視線を追いながら、白哉は必死にその名を呼んだ。

なぜ彼女を。なぜ仲間を。なぜ自分を。なぜ自分の業を忘れていたのだ。

『なんで俺なんか庇った！　なんで、なんで……！　俺なんて殺せばいい！　俺は生きる価値なんて元からないんだ！』

『殺せ、ないよ……。もう、二度と、嫌だよ』

須佐の言葉に、白哉は目を見開き息を呑んだ。瞬時にとてつもない嫌悪感に襲われ、後悔する。須佐に自分を殺せなどと——それは劉の時と同じだ。須佐にとって、それは残酷な言葉だった。須佐に自分を殺せなどと——それは劉の時と同じだ。彼女にまた地獄を味わえと言っているようなものだった。

混乱し、言葉を失くして唇を歪めるしかできない白哉に、須佐はゆっくりと首を振ると、白哉の指先を握った。

『ごめんね、そんな顔をさせて、ばかりで。……わたしが、弱かったから。縋るみたいに、甘えて、縛ってしまって』

そして彼女は吐息のような声で、途切れ途切れに伝える。

『忘れて、夜摩。思い出さなくて、いい。もう、君は自由だから——』

須佐は最後に〝夜摩〟に言葉を告げると、人形のように動かなくなった。彼女の呼吸が止んで、静寂だけが辺りを支配する。

死はいつも隣にあった。奪うのはいつも死神である自分だ。そして、今回も。

白哉は一筋の涙を零しながら、ただただ須佐の骸を抱きしめていた。

急に静けさを帯びた庭園に、中から姿を現したのは承侑だった。彼はあたりの惨劇を目のあたりにすると、顔を顰め、骸を抱きしめている白哉に視線をやった。

『白哉』

『……承侑様』

彼は手の甲で涙をぬぐうと、須佐をそっと地面に横たわらせた。承侑から借りた刀を手にして立ち上がる。

『思い出しました。自分が、何者なのかを』

『……そうか』

『はい。俺の名は夜摩。迦羅の暗部の者です』

そう告げても、承侑は驚いた素振りはみせなかった。彼はやはり気づいていたのだ。

『だけど任務に失敗して、あの日、海に落ちました。そして今日……。俺は、同郷だった仲間を、家族を――』

骸となった須佐を苦し気に見ると、白哉はそれ以上何も言えなくなり俯いた。洟を啜ると、承侑から借りた刀を差し出す。

『……白哉』

『すみません、大切な刀を血で濡らしてしまって』

刀を受け取った承侑は、首を緩く振ると白哉に尋ねた。

『それよりも、おまえはどうするつもりだ』

『出ていきます。このままではご迷惑をおかけするだけです。これ以上、巻き込むわけにはいきません』

白哉は血の付いた両手を見下ろし、滑る掌を握りしめた。

『おまえはそう言うけどねえ。すでに巻き込まれた後なんだよ』

承侑はあちこちに転がっている死体を見渡し、困ったように息をついた。

『本当に、申し訳ありません』

『いやいや、謝ってもらうために言ったんじゃないよ。それに、こういう事態が起きるんじゃないかって予想はしてたんだよ。俺も、逍遥もね』

『……え？』

すると奥から、使用人たちの制止の声を振り切って駆け出してくる人影があった。夜着に羽織を重ねただけの逍遥が、透き通るくらいに顔を青ざめさせ、白哉の元へと一直線に走ってくる。

『逍遥様？』

『白哉！』

彼女は、驚き戸惑う白哉を強くその胸に抱きとめた。ふわりと包み込むような、柔らかな茉莉の香り。

『無事なの⁉』

『あの、それよりも離れて下さい。衣が、汚れてしまいます』

真っ白な夜着がこのままだと汚れてしまう。白哉は彼女から距離を取ろうとしたのだが。

『このっ！ 大馬鹿者!!』

凄まじい怒声とともに、鳩尾に彼女の容赦ない拳が減り込んだ。言葉にならないうめき声を上げ、白哉は一瞬白目を剝く。

『服なんて汚れたら洗えばいいの！ 繕えばいいのよ！ 何よ、心配かけて……！』

彼女は安堵の涙を、その目一杯に浮かべていた。

『す、すみません……』

『全くよ！ 本当に、無事でよかった！』

彼女は唇を嚙みしめると、もう一度、今度は優しく白哉を抱き寄せた。触れあった手から、温もりが伝わってくる。

『逍遥。やっぱり彼、迦羅の暗部だったんだって』

『ふん、そんなことだろうと思ってたわよ』

『お二人は、知っていたんですか』

『ちょっと、迦羅に詳しい知り合いがいたからね』

『でも気づいていたなら、どうして俺なんかを……』

そういうと逍遥は目を三角にして、白哉の鼻を指で摘まんだ。

『俺なんか、じゃなくってよ！　困っている子がいたら、助けるのが当たり前でしょう！』

『……ず、ずびまぜん』

『あなたは一人前の暗殺者かもしれないけれど。その前に、一人の子供なの！　泣き方も甘え方も知らない子供なの！』

逍遥の言葉に、白哉は目を大きく見開いた。逍遥はまだ白哉をじろりと睨(にら)んだままだが、とりあえず鼻から手を離してくれた。

『今日だってそうよ。勝手に承侑は一人で行かせちゃうし、変に手を出したらそりゃ、国を跨(また)いだ問題になるかもしれないけどっ。どれだけ心配したと思ってるの！』

『で、でも、巻き込みたくなくって……』

『巻き込まれるのを承知の上で、あなたを傍に置いていたのよ。そのくらい暗部にいたなら悟りなさい！』

『そんな無茶な』

『無茶じゃない！　このにぶちん！』

『に、にぶ……？』

『なによ。それなのに今更出ていくっていうの？　巻き込んだ責任放っておいて？』

『でも』

『でもじゃない！　男ならはっきりなさい！』

一方的にまくし立てる逍遥に、白哉は助けを求めて承侑を見た。彼は肩を竦(すく)めて、けれども柔らかに微笑んだ。

『おまえが選ぶんだよ、白哉』

『え？』

『俺たちは、もう一人家族が増えたらいいなって思ってるけどね。というか、もう家族？』

承侑は白哉の傍に来ると、彼の頭に手を置いた。

『白哉って名は、まっ白な始まり。つまり、生き方次第でどんな色にもしていけるんだ』

はらはらと舞う粉雪。冷えた体に優しい温もりが伝わってくる。

白哉は声を押し殺して再び泣いた。温もりをくれる優しい腕に縋りついた。答えはもう、一つしかなかった。


その後承侑の指示の下、死体の処理は秘密裏に行われた。

白哉は知らない、須佐たちがどこに眠っているのか。だから代わりに、彼は毎年花を手向けに行く。春がやって来る前に、迦羅に続く広大な海へ。

白哉はその後、蒼家の正式な養子となった。逍遥は蒼家の一員になるならと、徹底的な鬼教育を施してきた。とにかく厳しく、時にどつかれながら教養を一から叩き込まれた。

けれども彼女たち家族は、愛情も同じように注いでくれた。白哉が笑えば、彼らも笑みを返してくれた。それが単純に嬉しくて、白哉は少しずつ彼らに心を開いていった。

そして月日が流れ、白哉は翔珂と出会った。当初の目的は彼の護衛だったが次第に彼と友人となり、蘭瑛、志輝、珠華たち腐れ縁と出会うことになる。


──そして現在。

羅儀の屋敷で寝返りを打ち、白哉は暗闇を見つめていた。

体は山越えで疲弊している。早く眠った方が良いと理解しているが、心が妙にざわめいて眠りに落ちることができない。

ここでの役目を終えたら自分はどうなるのだろう。果たして澄に戻れるのだろうか。正直、無事に済むとは思っていない。けれども、必ず帰ると約束した人たちがいる。

(そうだ。帰らないと母上に呪われるんだった)

白哉は苦笑し、出立前の逍遥とのやりとりを思い出す。彼女を説得するのには骨が折れた。彼女は『行かなくていい』の一点張りで、終いには泣きながら怒り出す始末。後から現れた承侑になんとか諭してもらい、渋々認めてくれたのであるが。

『必ず帰ってきなさいよ。絶対よ。いい、戻ってこなかったら呪うから』

と、逍遥は白哉を怖い目で脅した。それが子供に言う台詞かと思ったが、彼女なりの愛情表現だと知っている。白哉は逍遥たちに深く頭を下げて澄を発った。

許婚である星煉には会わなかった。時間がなかったこともあるが、全てを終わらせてから彼女と向き合おうと決めた。

白哉は星煉に過去を話していない。それだけでない。彼女の想いに気づかないふりをして、自分の想いを彼女に伝えることはしなかった。

引け目があった。こんな自分が彼女の傍にいて良いのかと。だから、全て決着をつけてから彼女と向き合うと決めた。

彼女に文をしたためた。必ず澄に戻り全てを話すと。とことん身勝手な男だと白哉は自嘲した。けれども決めたのだ。後ろではなく前へ進むと。それが、自分が生かされている意味だ。待ち受ける未来がどんなものなのか想像もできない。

それでも進め。

自分を生かしてくれた人たちに報いるために。大切な人々を守るために、この闇夜を越えて進め。

白哉は熱い息を吐き、拳を握った。

# 三章

雪花は面紗を被って、張りつめた空気の中を羅儀と帰蝶と共に歩いていた。場所は迦羅宮廷、それも外殿。大勢の高官たちが犇めいている。

彼らの突き刺さるような視線をものともせず、羅儀は中央を堂々と歩いていく。それは帰蝶も同様だ。そして雪花といえば――。

（まじで気持ち悪い……）

胸元を摩りながら二日酔いと必死に戦っていた。

「しゃきっとしな、雪花。せっかくの衣装が台無しじゃないか」

「そう言われても、苦しい」

帰蝶が小声で叱咤してくるが無理だ。

今の雪花の服装は、銀糸の刺繍が施された赤い旗袍に白い下袴。胴を太い腰紐で強く締めているので、胃が圧迫されて非常に苦しい。髪は結い上げられ、髪飾りが幾つか頭に挿さっている。

二日酔いの胃に無理やり食事を放り込んだ後。羅儀は戦準備だと言って、雪花をこの一張羅に着替えさせた。そして本当に、雪花と帰蝶を連れて宮廷にやってきたのだ。

羅儀の屋敷から馬車に揺られ、慣れない香の匂いを纏っているからか、雪花の二日酔いは悪化の一途を辿っている。今なら、いつかの時の紅駿の気持ちが分からなくもない。

いや、今はそんなことはどうでもいい。自分の存在は公にしない方が良いのに、なぜ羅儀は自分を連れてやってきたのか。帰蝶は医師なので連れ歩く必要性は分かるが、自分がわざわざ表舞台にでる必要はあるのか。大まかな話の流れは羅儀が作るから、適当に合わせろと言っていたが――。

「久しぶりだな、羅儀」

深みのある青い衣に身を包んだ女性が、玉座の下に立っていた。

「おまえの地獄耳には感心するな」

「こんな時期に行方をくらます奴を心配して悪いと？」

羅儀は形ばかりの挙手をして、いきなり肝の冷える挨拶をする。だが女、紫雲は全く気にしていないようだ。涼しい顔をしている。歳は帰蝶よりも少し上だろうか。凛とした立ち姿、腰には刀。雪花と同じ琥珀色の瞳は冷たい印象を他者に与える。黒髪を一つにまとめて背に流し、頭には邪魔にならない程度の小ぶりな髪飾り。

「それは悪かったな。誰かさんが母上に罪を擦り付けたおかげでひどい憤りを感じてな。

頭を冷やすために遠ざかっていただけだ」

羅儀はいきなり本題をぶつけにいった。ざわ、と周囲にどよめきが起こる。

「それで、母親を放っておいて遊びに呆けたわけか？」

次に紫雲は、羅儀の後ろに控える雪花に厳しい視線を送った。

（……遊び？　なんでわたしを見る）

はて、と雪花は内心首を傾げる。助けを求めるように帰蝶を見るが、彼女は視線をさっと逸らしてしまう。とぼけるような表情で。なんだか嫌な予感がしてきた雪花である。

「こいつは俺を慰めてくれただけだ」

「手を出したことには変わらんだろう。皇族としての責任感はないのか」

「だから連れ帰ったんだ。構わないだろ？　どうせおまえにも俺にも、そして沙羅にも子はいない。それとも何か、俺の子を身ごもったかもしれない女を放っておけと？」

この場に自分を連れてきた意味がようやく分かった。羅儀は、雪花を彼の手つきになった情人として連れてきたのだ。

（ぶん殴りたい）

雪花は薄っすら笑いながら、拳を握りしめた。この面紗の意味――街でこれを被っていた人たちは、若い女性が多かった。つまり、これは婚姻間近の人間が被るものではないのだろうか。そういった習慣を持つ国があると、昔風牙が教えてくれたような気もする。自分も風牙もすっかり忘れていたが。それに今思い返せば、洞窟内で風牙と言い争っている時、羅儀たちがひそひそと話をしていた。絶対にこれのことだ。

（こいつめ……。許さん）

いつの間にかこいつのお手付きになっているなんて。雪花は騙したな、という殺気の籠もった目つきで羅儀の背中を睨みつける。一方の羅儀は、背後から向けられる殺気に背筋を震わせた。

「おまえ、名を何という」

紫雲は不機嫌丸出しの雪花に名を尋ねた。

いっそのこと、意趣返しで正体をばらしてやろうかと考えたが思い留まる。そんなことをすれば、自分の立場が余計にややこしくなる。

「雪花と申します」

「本当に羅儀とは恋仲なのか」

「……それは勿論」

口をへの字にさせて頷いたが、反応に出遅れた。紫雲は剣呑な目を細めた。

「なぜ間が空く。それに、なぜそんなにも殺気立って羅儀を見ている」

しまった、ばれている。羅儀は無表情を装っているものの、若干表情が引きつっているようにも見える。ちなみに帰蝶は「この馬鹿」とでも言いたそうな目をしていた。どうやら馬鹿正直に態度に出ていたらしい。皆の不審そうな目が、容赦無く雪花に突き刺さる。

(いやいや、わたしに非はないだろ。騙して連れて来た羅儀が悪い)

色々言いたいことはあるが、まずはこの場を切り抜けなければ。

(嫌だけど、仕方がないか)

雪花は無理やり周りを黙らせる方法を一つ思いついた。少々体を張らないといけないが。

非常に、本っ当に不本意ではあるが、この際背に腹は代えられない。

雪花は一つ咳払いをした。

「殺気立ってなど……。ただ、このような場に緊張していただけです」

雪花は平然とそう言いのけると、羅儀の横に立つ。

「わたしの心は、全てこの人に捧げております」

面紗を口元だけ捲り上げ、爪先で立つ。そして羅儀の襟首を引っ張った。

「怒るなよ」

羅儀だけに聞こえるようにそう囁くと、羅儀の唇に自分のそれを重ね合わせた。

妓楼でよく見る光景を思い出しながら、なるべく深く羅儀の唇を奪う。羅儀は一瞬目を瞠ったが、すぐさま雪花の意図を察すると腰に手を回し、上手いこと合わせてくれる。雪花を見る目だけは渋々と言った様子であるが。

(こっちだって仕方なしだっての。我慢しろよ)

と、雪花も目で言い返しておく。

大体こんなことをしていると、否が応でも志輝を思い出してしまうではないか。考えないようにしているというのに。

(……思い出すなよ、こんな時に)

奴のことは考えない。そう、今は。全てに方が付いてからだ。彼と、自分の心に向き合うのは。なので一旦、自身の頭の中から奴の存在は締め出しておく。

周りが咳払いし始めたところで、雪花はようやく羅儀から離れた。透明な糸を舌で切ると、雪花は面紗の下から、これでどうだと紫雲を見た。

「もう良い、分かった。女、おまえは下がっていろ」

紫雲は興味が失せたように、雪花を手で払い退けた。雪花は羅儀の後ろに戻る。

「忘れているようだから言っておくが、羅儀。おまえへの疑いはまだ続いているぞ。そんな中、遊びに呆けるおまえの神経はどうなっている」

「無実だってのにこうも疑われると、やさぐれもするさ。それに言っておくが、おまえこそ状況証拠だけで母上を捕らえていることを忘れるなよ。確かな証拠は出たのか」

「調査中だ」

「ふん、疑いだけで母上を捕らえるとはな。調査中といっても、おまえの息がかかった暗部にやらせれば、証拠をでっちあげられる可能性がある」

羅儀は、紫雲の後ろに立つ一人の男に厳しい目を向けた。髪の半分以上が白髪の男だ。

「ひどい言い草ですな、殿下」

「元璋、俺はおまえを信用していない。いつから暗部は表舞台に出てくるようになった。暗部という存在意義を捨て、紫雲の私兵となったか」

「一体何のことやら。わたしたち暗部は国の為にあるのみ。今舵(かじ)を取っているのはあなたではない、紫雲殿下ですよ。彼女に従うことが国に従うこと」

「相変わらず口が良く回る野郎だな」

辛辣(しんらつ)な言葉の応酬に、空気が一気に冷え込む。

「羅儀よ、皇族はそう簡単に処断できない。調査中だと言っているだろう。くどいぞ」

紫雲は火花を散らす両者の間に割って入り、それ以上の会話を遮った。

「ふん……。それで陛下の容態はどうなんだ」

「相変わらずだ。どうなるか分からぬ」

「ああそうかい。だがな、俺だって何もせずふらふらしていただけじゃない。腕のある医師を連れて来た」

「……なんだと？」

羅儀は帰蝶に視線を向けた。

「この者は雪花の親族で帰蝶という。流れの名医で、雪花の師でもある」

いつの間にか雪花が帰蝶の弟子になっている。話の流れは羅儀に任せるしかあるまい。

あらすじを書くのは羅儀の役目、演じるのは雪花たちだ。

「お初にお目にかかります、殿下。帰蝶と申します」

帰蝶は頭(こうべ)を垂れた。紫雲は探るような目を帰蝶に向けた。

「ここの医師たちにできなかったことを、この女ができるとでも？」

「別に診るだけならいいだろう？ 少しの可能性にでも賭(か)けるべきだ。それとも何か、陛下が回復したら困る理由でもあるのか？」

「……羅儀。口の利き方には気をつけよ」

二人の殺伐とした応酬に、さすがの雪花も肝が冷える。まるで見えない氷——それも刺々(とげとげ)しい氷柱(つらら)で空間が埋まっていくような感覚を覚える。

（もうちっと友好的にはできないもんかね）

と、思わなくもないが、同じ血筋である雪花も似たようなものなので人のことを言えた口ではない。

「美夕(みゆ)殿の嫌疑が晴れない以上、おまえにも疑いの目があることが分からぬか」

「んなこたぁ分かってんだよ。だからこそ、俺らの身の潔白を晴らすためにも、事件の解決が先決だろうが。それとも陛下がこの状態のまま、江瑠沙(エルシャ)との同盟を結んで戦をおっ始めるか？ 古(いにしえ)の盟約を破ってまで」

「……おまえも古い考え方しかできぬようだな。いいか、情況を鑑みよ。江瑠沙は大国、我が国よりも文明は進んでいる。かの国の近隣諸国が江瑠沙の支配下になっている現状が分からぬか。逆らえば国の危機だが、同盟を締結すれば我が国は生き残れる。国土も民も傷つかずに済む」

「それで江瑠沙と共に玻璃、澄を落とすのか。迦羅が今まで貫いてきた矜持を捨てて、他国の人々を己の都合で殺して大地を荒らすか。何の大義もなく？　言っておくが江瑠沙はこちらの大陸での地均しを終えれば、いずれこの国を取りにかかるぞ」

「だからこそ、今のうちに同盟を組み、奴らの技術を手に入れ備えなければならぬのだ。それに大義だと？　いいか、わたしたちの祖が澄から追いやられたことを忘れたか。祖のために立ち上がって何が悪い」

「その祖が禁じたことをなぜ覆す。おまえは大義と言いながら、祖の教えを良いように利用してるだけだろ。大義の無い戦など無意味だ。いずれ自分の首を自分で絞める羽目になるぞ」

激しい論戦を繰り広げる二人に、誰も口を挟むことができない。両者とも怯む気配は全くなかったが、紫雲が周りの空気を察したように目を閉じた。

「おまえとはどこまでも平行線だな」

紫雲は嘆息した。

「いずれ忽鄰塔で全てが決まる。国の行く末も、玉座の行方も。それでその者の話に戻るが帰蝶、と言ったか。おまえ、腕に自信があるのか」

紫雲は冷ややかな目を帰蝶に向けた。

すると帰蝶は一つ瞬きをすると、睫毛を伏せて薄っすらと嗤った。

「自信、ですか。自分の技量は測りかねますが、そうですね……。医師であることの証明を致しましょうか。この場を借りて」

「なんだと？」

帰蝶の言葉に、紫雲の片眉が動く。

「そうだねえ、誰がいいか……。ああ。一番分かりやすそうな、そこのあんた」

帰蝶は辺りを見渡して、官吏の一人を指さした。帰蝶に指さされたのは、ずんぐりむっくりした男だった。

「そう、顔色が悪いあんただよ」

「えっ、わ、わたしですか……？」

男は自分が指さされていると思わなかったようだ。辺りをきょろきょろと見回していたが、人々の視線が自分に集まっていることに気づき、驚いて一歩後ろへと下がった。反応の鈍い男である。

帰蝶は男の元に足を進め、男の体をまじまじと見つめた。それだけでなく帰蝶は男の足元に屈み、下裳の裾を持ち上げ脚を見た。

「な、何をするんだ！」

男は声を上げて後ずさった。

「だいぶ浮腫んでいるね。あんた、最近体が重くなったんじゃないか？　太ったんじゃなくて浮腫みで」

「え、あ、それは、そうだが……」

「小水の量が減っているだろう。食欲もないはず」

「なっ、なんでそれを」

「それにその太った体型だと、長い間暴飲暴食したね」

「……な、ななな何なんだ、あんたは！」

図星だったのか、見るからに動揺して男は唾を飛ばす。

「だから、ただの医師だよ。あんたに死亡予告している、ね」

「は!?」

「あんたは五臓のうちの一つ、腎臓をやられてる可能性が高い。だから今のうちに身辺整理でもしておきな。本当に長くないからね、あんたの命」

水を打ったように、広間は静まり返った。医師というより、死を告げる死神にしか見えないのは雪花だけだろうか。ただでさえ悪い顔色をさらに悪くさせ、男は戦慄いた。

「ど、どうすればいいんだ。おいっ！」

「今の医学じゃ根本的な治療法は確立されていない。出来ることといえば、喉が渇くだろうが水の飲みすぎに注意することだね。小水が外に出ないってことは、内に水が溜まる。そうなれば血は薄まるし、血を巡らせる心臓に負荷がかかると言われている。腎臓も心臓も人体の要だ。だから五臓に数えられる。あんたの場合、そのうちの二つが危機だってことだ。そしていずれ、五臓全てに影響が出る」

言葉を失い、今にも倒れてしまいそうな男から視線を逸らすと、帰蝶は周辺を見渡した。

「さて、次は誰がいい。今なら無料で診てやるよ」

涼し気な顔をする帰蝶に、皆、唾を呑んで後ずさったのであった。

＊＊＊

「さっさとついてきなさいよ」

雪花と帰蝶は、杖をつく老女に引き連れられ、内宮に足を踏み入れていた。彼女は内宮を仕切る偉い方で、一度は引退したが最近戻ってきたそうだ。皇帝の世話をしていた羅儀の母親の代わりらしい。おそらく彼女が、羅儀が言っていた莉陽という女性だろう。

「この非常事態だというのに、こんな訳の分からない者を送り込んできよって。あの小僧め、何を考えておる。こーんなちんちくりんの小娘に手を出すとか正気じゃないよ。なんであたしが見張らないといけないんだ」

ちんちくりんの小娘と言われた雪花は、悪かったねと内心で毒突きながら彼女の後ろを歩く。帰蝶が小さく噴き出したのを横目で睨みながら。

「そんでその小僧は禁足を食らったようさね」

ちなみに小僧とは羅儀のことだ。羅儀は紫雲から、宮廷内での禁足を言い渡された。予想していた通りである。

そしてこの婆さん。仮にも皇子である羅儀を小僧呼ばわりするとは、只者ではないだろう。といっても、莉陽に対する羅儀の物言いも大概であったから、遠慮のない仲なのか。

「陛下と母親が大変な時に、そんな阿呆なことをしておったら当たり前さね。だいたい医師とその見習いってのも本当かどうか……。どうも胡散臭い」

「それは、ご自身の目でご判断いただければ」

そして強気な態度を崩さない帰蝶。こんな状況でも涼しげな顔ができる精神力は、一体どこで培われたのか。

言っておくが、自分は医術の〝い〟の字も知らないぞ。父は確かに医師であったが、共に過ごす時間も少なかったため素人同然である。

「大した自信さね。昔にも、おまえさんみたいな怖いもの知らずの医師が来たことがあるよ」

「？」

「この国の者は奴に世話になったが、大切な宝を持ち逃げしよった」

雪花は面紗（めんしゃ）の下で瞬（まばた）きした。それは、もしかして――。

帰蝶は老婆の背中を見つめながら、ふっと笑う。

「失礼ですね。わたしは宝なんかに手を出しませんよ。盗人（ぬすっと）じゃない」

「ふんっ」

すると、鼻息を荒くした老婆は帰蝶を振り向いた。彼女は杖の先を帰蝶の眉間（みけん）に突きつけ、鋭い目を向ける。

「ともかく、陛下を害する者であればすぐさま殺すからね」

殺（や）る気満々である。

だがそれでも帰蝶は面白そうに笑みを深めるので、彼女は舌打ちして再びくるりと前を向いたのであった。

皇帝の私室は意外にもこぢんまりとした、落ち着いた風情の部屋であった。寝台と卓と椅子。そして横になれる長椅子（ベンチ）が置かれているだけだ。調度品は必要最低限で、余計なものは一切置いていないのでその割に広く感じる。部屋には三人の若い女官がいて、寝台の周りに控えていた。

「おまえさんら、ちょいと退いてな」

「あの、莉陽様。その方々は一体……？」

「あぁ、もういいから黙って退いてなって言ってんだよ。で、おまえさんらはさっさと前にいかんかい」

やはり、彼女の名は莉陽というらしい。彼女は雪花の背中を杖で突き、ぐいっと前へと押し出す。乱暴な婆さんだなと頬を引きつらせながら、雪花は帰蝶と共に前へ――迦羅皇帝の前へと歩み出た。

寝台の上には、目を閉じたまま寝台に横たわっている一人の老人がいる。

長い白髪に、痩せこけた頬。顔色は悪く、唇は乾き、香が焚かれていても病人独特の匂いがしている。

（この人が、祖父か）

不思議だな、と雪花は彼を見下ろしながら思った。胸を打たれるような何かがあるのかと少しは考えていたのだが、そんな感情は浮かんでこない。まあそれもそうだろう。何しろ今まで何の接点もなく、その存在を知ることもなかったのだから。

一方の帰蝶は彼の前に屈み、手首を取った。脈を診ているようだ。一応雪花は、帰蝶の〝親戚兼助手〟という立場になっているので、彼女の傍に控えておく。

「彼の状態を診たいのですが」

「構わんよ」

「では悪いのですが、莉陽様以外は立ち退いて頂けますか。皇帝といえども一患者。個人の情報をむやみに他者に晒したくはありませんので」

帰蝶は、部屋の隅で団子になっている女官三人に向けて告げた。案の定、彼女たちは気分を害したようで即座に難色を示す。

「なっ！　あなた、突然やってきて失礼じゃない！」

「そうよっ」

「ちょ、ちょっと二人とも……」

二人は気色ばみ、残る一人は二人を止めようとする。

「とりあえず言う通りにしなさいな。この者はご立派な医師らしいからね。ほれほれ。呼ぶまで休憩でもしてな」

莉陽は杖で彼女たちを追い払って扉を閉めると、お手並み拝見といったように遠くから帰蝶と雪花を眺めていた。突き刺すような鋭い目で。小さい体から発せられる威圧感が半端ない。

「……怖いんですけど、あの婆さん」

雪花はぽそりと訴える。

「あの人は昔からああだよ」

「え？」

「それより雪花。陛下の服を脱がせる。手伝いな」

「あぁ、うん」

――昔からああだよ……？

やはり帰蝶はこの国にいたことがあるのか。それも、この宮廷に。

帰蝶は自身のことを何も話さないから、彼女の謎は深まるばかりだ。だが今考えても仕方がないので、黙々と皇帝の寝衣を脱がしていく。

「莉陽様、陛下がこうなってしまうまでの経過は分かりますか」

帰蝶は、皇帝の頭のてっぺんから足先まで念入りに診ていく。その目はいつもの楼主としてのそれではなく、医師としての真剣な目だ。

「悪いがあたしは、羅儀の母親の代わりに呼ばれただけさね。だから詳しいことは分からん」

「美夕様、でしたか」

「ああ。彼女が老骨のあたしに代わって世話をしてくれていたからね」

老骨だと。さっき元気に杖を振り回していなかったか？

すると、雪花の心の声を読んだかのように莉陽がぎろりと睨んできた。

「なんだい小娘。何か言いたいのかい？　えぇ？」

「いえ、滅相もございません」

首を横に振っておく。なんて鋭い婆さんだ。

「歳をとると腰も悪くなるんだよ」

「はぁ」

「だけどこの非常事態、そうも言ってられんからね。鞭を打って出て来たわけだが」

莉陽は横たわる皇帝を見下ろしながら、深いため息を吐き出した。胸元から冊子を取り出して帰蝶に手渡す。

「これは？」

「美夕様が密かにあたしの手元に回してきたんだよ。陛下の不調が始まってからの、日々の記録さね。あたしが代わりに来た時は、陛下はすでにこんな状態だった。意識が戻ったり、戻らなかったり。今じゃ目覚めてもほとんど食べないよ」

帰蝶は話を聞きながら冊子を捲り、その記録に目を通していく。

「見知らぬおまえさんに言っても意味がないかもしれないがね。美夕様は、決して仇をなしたりしない女だ。陛下の信頼も厚く、それはあたしもよおく分かっとる」

「……状況的にそうは言えないと聞きましたが」

「そうさ。毒見を終えた食事が運ばれてきて、それを食した陛下が倒れた。その場には美夕様しかいなくてな。後から囚人を使って確認したら、その者も倒れて死んだそうだ。美夕様は己の置かれた立場をすぐに理解して、捕らわれる前に小僧を呼び、奴を経由してあたしにそれを託してきた。そして小僧が姿を消し、帰ってきたと思ったらおまえさんたちを連れてきた。この意味が理解できないほど、あたしは耄碌してないつもりだよ」

「……なるほど」

冊子の記録と皇帝の体を見比べながら、一人頷いている帰蝶。黙り込み、額に指を当てて何かを思案しているようだ。その横顔は神妙で、こんな顔を彼女でもできるのだな、と雪花は新たな発見をする。いつも目くじらを立てているか、金儲けを企む顔しか見たことがないので驚きだ。こんなことを口に出せば、しばかれること確実なので言わないが。

「おかしいんだよ。仮に美夕様が毒を盛ったとしたら、なぜこんな詳細な記録を残しておく必要がある。彼女は嵌められたとあたしは思っている」

莉陽は疲れた様子で椅子に腰かけた。

「紫雲様も美夕様をどこかに捕らえてしまったし……。彼女も一体何を考えておるのかさっぱりさね。――で、帰蝶とやら。何か分かったのかい？　何も分からないのなら今すぐ出ていきな。部外者を置いておきたくないからね」

するとと帰蝶は立ち上がり、卓の上に置かれた茶碗を見下ろした。茶碗の中にはとろみがついた液体が入っている。

「これは湯薬ですか」

「そうさね」

茶碗の側に置かれていた銀の匙を摑むと、帰蝶は薬湯をかき混ぜた。そして匂いを嗅ぎ、何の断りもなく口に含む。

「何してんだい！　それはもう、毒見を終えたものさね！」

莉陽は叱るが帰蝶は気にも留めず、神妙な顔をして味わっていた。何かを確かめるように。すると帰蝶の秀麗な顔が僅かに歪み、湯薬を懐紙に吐き出した。湯薬と匙を見比べた後、匙を舌で舐める。

「……なんでこんなもんがここにある」

帰蝶は匙を睨み、忌ま忌ましそうに呟いた。

「はぁ？　銀食器を使うのは当たり前だろうに、医師なのにそんなことも知らないのかい。というか、何の断りもなく勝手なことをするんじゃない！」

「そういうことが言いたいわけじゃありません。雪花、道具の中から印籠を持ってきな。螺鈿細工が入った印籠だよ」

「え、あ、うん」

帰蝶の荷物の中には様々な器具があり、印籠といっても幾つもある。螺鈿細工、螺鈿細工……と漁りながら、目的のものを見つけた雪花は急いで帰蝶の元へと運ぶ。五段に分かれた美しい印籠だ。帰蝶は受け取ると、一番下の段を捻り開け、中に入っていた粉を匙にまぶし始める。

「何を始めるの？」

「まあ見てな」

莉陽も訝しみながら、二人の元へと杖をついて歩いてくる。

「莉陽様も見ていて下さい」

帰蝶はそう言うと、部屋の木戸を全て閉め切ってしまう。陽光が遮られ、室内を暗闇が支配する。

一体何がしたいんだと莉陽と雪花が首を傾げたその時だった。盆に戻した匙が、薄っすらと白い光を放っていることに気づいたのは。

「なんだい、これは。なぜ光る」

「……ふん、やっぱりね」

訳が分からない雪花たちと違い、帰蝶は一人納得したように呟く。

「忌ま忌ましいことだよ、全く」

強い嫌悪感を口調に滲ませ、帰蝶は木戸を開け放つ。部屋に光を入れると、雪花たちの元へ戻ってきた。そして二人の疑問に答えるべく、彼女は外を気にしつつ小声で説明し始める。

「わたしが振りかけた粉末は、とある毒と混ざり合った時に不気味な光を放つんだ」

「え……。毒って、まさか――」

「匙に、塗られていたって言うのかい」

莉陽は表情を曇らせ、眉根(みけん)の間に深い皺(しわ)を刻んで帰蝶を見た。

「おそらく」

帰蝶ははっきりと頷いた。

「この毒の特徴は、大きく二つあります。まず、砒霜(ひそ)と同じく無味無臭でありながら、銀に反応を示さないということ。ですから、いくら銀食器で確認しようとも無駄です。現に匙に直接塗布しても色の変化はみられていない。そしてもう一つの特徴が、即効性でなく遅効性の毒であること。体内に少量ずつ蓄積させ、長い時間をかけて人を死に追いやります。これは、とある国で生み出された〝沈黙の死神〟と呼ばれているものでしょう」

一体なんの冗談だと思った。そんなものは聞いたことも見たこともない。しかし帰蝶の目には、確信めいた光が浮かんでいる。

「その毒を微量ずつ摂取させていくと、初めは風邪のような症状がでます。毒が蓄積されていくと次は中毒症状が。特徴的なのは淋巴(リンパ)節に広がる発赤、発熱。そして循環不全から脈が乱れ、全身の浮腫(むく)みが。さらに進むと、ついには臓器をやられ死を迎えます」

水が淀(よど)みなく流れるように、すらすらと帰蝶は告げた。にわかに信じられない話ではあったが、彼女が嘘を言っているようには見えない。

莉陽は忌ま忌ましげに舌打ちし、苦虫を嚙み潰したような表情を露わにする。

「美夕様が残した記録の通りじゃないか」

「ええ、そうです。ついでに言っておくと、匙に塗布していれば薬湯に混ぜるよりも確実です。今の状況のように飲むことができなくとも、介抱する流れで一度は匙は口元に運ばれますからね」

「だが、なぜおまえさんは毒に気づいた」

「舌触りです。無味無臭とは言いましたが、ほんの僅かに、舌先に痺れが感じられたので。ですがほとんどの人間は、気づかないでしょう」

すると、黙って帰蝶の話を聞いていた雪花が口を開いた。一つの疑問が生まれたからだ。

「ちょ、ちょっと待って帰蝶。なら、なんで皇帝は急に倒れたんだよ。しかも、確かめた人が死んだって、この婆さんが言ってたじゃないか」

思わず〝婆さん〟と言ってしまい、彼女に鋭い目で睨み返される。怖いので、後ずさりして小声で謝っておく。

「そのことだけどね。これはあくまで推測だが、犯人が焦って別の毒を使ったんだろう」

「え？」

「この毒は一度に多量摂取したからといって簡単に死にやしない。毒そのものはさほど強くないんだよ。長い期間、体内に蓄積されて効力を発揮する。病死に見せかけるために作られた毒だからね。おそらく、倒れた際に盛られたのは即効性のある別の毒だろう。皇族は幼い頃から、暗殺に備えて毒の耐性をつけている。死んだ囚人とは違い、陛下が無事だったのはそのせいか。それとも、毒同士が拮抗しあったか」

「じゃあ、焦ったってどういうこと？」

「初めに言っただろう。この毒は、とある国で使われているって」

帰蝶は両腕を組んで、雪花を見た。

「江瑠沙だよ。この毒を生成できる技術を持っているのは」

雪花は息を呑み、寝台に横たわる皇帝を振り返った。

「今の国内外の情勢を考えてみな。江瑠沙と紫雲殿下にとって、同盟を結ぼうとしない迦羅皇帝は邪魔なはずだ。そして同じ考えを持つ羅儀も。皇帝が倒れた日付を見てみな。ちょうど去年の年の瀬。澄と玻璃が同盟を結んだ頃だ」

「！」

「悠長なことを言ってられなくなったんだろうね。とっとと迦羅皇帝を始末し、その責任を羅儀の母親に押し付ければ、流れで羅儀も不利な状況になるわけだ。となれば、紫雲殿下が跡を継ぐしかない。紫雲殿下と江瑠沙にとって好都合だ」

「じゃあ、紫雲殿下と江瑠沙はやっぱり水面下で――」

「繋(つな)がっているとみて間違いないだろうね。まぁ、実行犯が誰だかは知らないが」

一気に押し寄せてきた重苦しい空気に、雪花は無意識に俯(うつむ)いた。部屋に入る日差しが橙色(だいだいいろ)に変化してきた。次第に夜がやってくる。

「裏で糸を引いている人間なんざ、調べりゃすぐに分かるさね。運ばれてきた食器に手を加えることができるのは、さっきここにいた皇帝直属の女官、侍従くらいしかおるまい」

莉陽は、沸々と沸きあがる怒りで声を震わせた。彼女は杖の先を床に突き立て、帰蝶を毅然(きぜん)と見る。

「それよりも陛下のことだ。救う手立てはあるのかい」

「解毒薬は調合できます。ただ、毒に侵されていた期間が長いこと。別の毒も影響してか、全身状態が悪いのでどこまで回復するか……。一命を取り留めたとしても、何らかの症状は残ると思われます」

「構わん。陛下が助かるのであれば、こちらは努力を惜しまない」

「ありがとうございます。ただ、犯人が誰だか分からない以上、この部屋で治療するのは危険かと。敵に気づかれると、あからさまな行動に出られる恐れが。なので信頼のおける環境が必要です」

「むぅ、環境か……。宮廷内は、どこに目と耳があるか分からんからな」

「ええ。ですから、ここから出て大神殿に移りましょう」

「大神殿にだって!?」

莉陽は驚いた声をあげた。

「あそこは皇族といえども、迦羅の民にとって不可侵の領域。うかつに手を出すことはできないでしょう。それに莉陽様なら、人目につかない道筋を知っているはず。〝力を貸せ、くそ婆〟……と、羅儀より伝言です」

帰蝶の最後の台詞に、莉陽は全てを悟ったように目を見開いた。そして帰蝶と雪花の顔を交互に眺める。

「あの小僧は、本当に陛下を助けるために戻って来たんだね」

帰蝶と雪花は大きく頷いた。宮廷に入る直前、羅儀とは話を合わせてある。まずは皇帝の身柄の確保。安全に治療ができる場所へ移ること。これは帰蝶と雪花の役目だ。

莉陽は下唇を嚙みしめ、小刻みに何度も頷いた。

「なら、おまえさんたちは一体なんだい。何のために力を貸す」

帰蝶は、ふと笑った。莉陽に目線を合わせるように屈み、彼女の目を覗き込んだ。

「人を助けることに理由はいらない。助けたいと思ったから助ける、それの何が悪い。理由を探す暇があるなら動け、力を貸せ。敵か味方か、そんなものは後から判断しろ」

帰蝶の台詞に、莉陽は驚愕して息をつめた。そして帰蝶を凝視する。

「その言葉……。おまえさん、まさか、黎洪潤と共にいた――」

帰蝶は頷いた。莉陽の目が、みるみるうちに大きく開かれる。

「お久しぶりです、莉陽様。今は帰蝶と名乗っています」

「なんてことだい……。そうか、おまえさんだったか。そうか、そうか」

莉陽は帰蝶の手を、皺の走った手で強く握りしめた。帰蝶も表情を緩ませ、背丈の小さい彼女を労わるような優しい眼差しで見つめる。どうやら帰蝶は、雪花の父である洪潤と共に、この国にやってきたことがあるようだ。

「なら、この娘は本当におまえさんの弟子なんだね」

「いえ、雪花は違います」

「えぇ？　なら本当に小僧の情人なのかい。こんな色っ気のないまな板小娘が？」

随分な言われようであるが、本当のことなので否定はできない。

「いえ、それも違います。雪花、顔を見せてやりな」

「……もう良くない？」

「この人は、千珠様の教育係だったお人だよ。そして陛下の乳母だ」

雪花はしばし逡巡すると、面紗を取って莉陽に向き直った。どんな顔をすればいいのか分からず、笑うのも変だろうと思い、キュッと唇を引き結んで莉陽と向き合う。

「……姫様？」

莉陽は今度こそ、目玉が落っこちるのではないかと思う程に極限まで目を見開き、そして──。

「おいっ、婆さん！」

その場で卒倒した。

＊＊＊

【お待ちしておりました、ラスター伯】

【お久しぶりです、ルフ大司教。その名はもう捨てていますから、楊任(ようにん)って呼んで下さい】

志輝は楊任に連れられ、江瑠沙の中心地、帝都にある大聖堂へと足を運んでいた。

普段ならば礼拝に訪れる国民たちで混雑するようだが、今は志輝たちの姿しかない。一人一人の足音が響き渡る程静まり返っている。いつも国民に開かれているはずの大扉が固く閉ざされているからだ。

江瑠沙語で交わされる二人の会話に耳を傾けながら、圧倒的な建築美を誇る建物に感嘆のため息をついていた。外観からして大きく、かつ荘厳であることはすでに分かっていたが、内部の美しさには呑み込まれそうになる。

祭壇へと延びる長い身廊は石畳でできているが、ずらりと灯(とも)された蠟燭(ろうそく)の光を受けて艶(あで)

やかに光り、まるで光でできた絨毯のようだ。

次に上を見れば、半円を描く高い天井。そこには煌びやかな神々の世界が描かれており、見る者を一瞬で虜にする。柱や壁にも繊細な彫刻がぎっしりと施されているが、一番目を奪われるのはずらりと並ぶ硝子窓だ。どういった技術なのかは知らないが、色鮮やかな幾何学模様や聖人たちが浮かび上がり、光の加減でなんとも神秘的に目に映る。

（綺麗だ）

本当なら、ゆっくりと滞在して見て回りたいがそれは叶わない。今回は旅で来たわけではないのだから。志輝は気を引き締めると、二人の会話に意識を戻した。

【ラスターの姓は、まだあなたさまのものですよ】

【もう要らないよ、本当に。それより、この静けさだともう始まってる？】

【はい。今朝方、皇女殿下は動きました。おそらく直に終わると思います】

ルフ大司教と呼ばれた白髪の男は、鷹揚に頷いた。ゆったりとした黒い祭服を身に纏っている。

【なら、終わるまでここで待っていようかな】

【それがよろしいかと。報せが入れば、すぐに面会の手はずを整えますので。どうぞ座ってお待ち下さい】

慣れない言葉を聞きとりながら、志輝は楊任と共に長椅子に腰を下ろした。この国にやってきた理由は、江瑠沙と外交の話をするためだ。

——今から即位するであろう、新しい女帝と。

江瑠沙国内では現皇帝の求心力は落ち、新しい流れが起ころうとしている。江瑠沙出身の楊任はそこに目をつけ、戦を避けるために海を渡ってこの国へ入った。そして志輝はというと、正式な澄からの使者として楊任に同行している。

「皇女殿下は、上手くやってくれますか」

志輝は楊任に尋ねた。

「あの子はやるよ。彼女には目的があるから」

楊任は寸分の迷いなく断言した。

現皇帝は、若くして亡くなった先帝——実兄に代わって帝位を継いだ。当時、先帝には皇女がいたが、跡を継ぐにはあまりに幼かったためだ。しかし現皇帝は帝位を我が物とし、彼にとって邪魔な皇女を辺境へと追いやり自らの基盤を整えた。そして今の今まで我が物顔で権力を振るってきたが、その基盤はもはや崩れかけている。

他国へ武力で侵攻し、植民地政策を推し進めた結果は悪く、また内政を疎かにしたため民心を失い、国内のあちこちで反発を買っているのだ。

そして今。先代の忘れ形見が立ち上がり、宮廷内で反乱を起こしている。

「この機を逃せばこの国はさらなる混乱に陥る。国民の不満は爆発し内乱が起きるのは必至。だからこそあの子は――この国を先に導く覚悟がある」

楊任の言葉に、ルフ大司教は微笑んだ。

【一時とはいえ、あなたに彼女を任せて良かった】

だが楊任は両肩を竦めて彼の目を見返す。

【それはどうかな。君自身の目論見もあるだろうから、僕は素直に頷けないけどね】

【相変わらず怖いお方だ、あなたは。……ですがそんなあなたでも、彼の存在には気づいておられましたか？】

ルフ大司教の視線が、後方の長椅子へと向けられる。人がいたのかと、志輝は彼の視線を辿るのだが。

「あれは……」

そこには長椅子に寝そべり、我関せずすやすやと眠っている一人の男がいた。小麦色の肌に、癖のある白金色の短髪。どこかで見たことのある容姿だ。

「あれ、誰？」

「グレン殿下と似ていますね」

「ああ、雪花に入れ込んでる？」

志輝の目が一瞬冷ややかになるが、楊任は気づかないふりをして話を進める。

「うーん。似てるってことは、兄君だったり？」

「グレン殿下の兄君は国王本人しかいませんよ。そんな人がこんなところに一人でいるわけが……」

と言いながら、いや、ちょっと待てと志輝は言葉を切った。そして口元を引きつらせる。

いつの時だったか。グレンが自身の長兄のことを、蒲公英(たんぽぽ)の綿毛のようなふわふわした人、と言っていた気がする。まさか本当に綿毛のように飛んできたというのか。

妙な確信を得ながらも、あまり信じたくない志輝はルフ大司教に答えを求める。

【そのまさかです】

彼に大きく頷かれ、志輝は眉間(みけん)を揉(も)んだ。一体何がどうなっている。

【あなた方と同じで、皇女殿下と話をしに来られたのですよ】

【……一人で?】

【どこかに護衛の方はいるそうです】

【どこかに】

【はい】

国王もおかしければ護衛もおかしいのだろうか。

【こんな所で寝ていていいんですか?】

【寝ることができるならどこでもいいそうです】

胡乱(うろん)な目で見てしまうのは許してほしい。一国の王がこんな無防備に寝ていて大丈夫なのか。自分たちの王が常識のある男でよかったと心底思う志輝である。

「えー。じゃあ僕も寝て待ってようかな」

「はぁ!?」

「だって疲れたし。君も休んだら?」

そう言いながら空いている長椅子に移動し、楊任はいそいそと横たわる。こんなところで、なぜ寝ることができるのか。どんな神経をしているのか、まったく理解できない志輝は勝手にしてくれと、自分も長椅子に座り込んだ。長い息を吐き出して両手を組んだ。

(あの娘は今頃どうしてるのだろうか)

床に視線を落として考えるのは、玄雪花のことだ。彼女は戻ってくると約束してくれたが、本当は心配でたまらない。あの娘は、自分で気づいているのだろうか。自身の存在が、思っている以上に危ない立ち位置にあるということを。

うまく継承権を放棄できればいいが、それを迦羅皇帝が許すだろうか。しかも雪花の存在は、皇帝の座を狙うところからすれば邪魔なはず。いくら雪花にその気がなくとも、その存在は脅威に違いない。

(どうか、無事でいてほしい)

無愛想な口調とは裏腹に、彼女は他者のために自ら身を挺して、傷つくことを恐れない。それは彼女の強さであり優しさでもあるが、志輝はいつも気が気でない。

紅家で療養していた時に見てしまったが、彼女の肌には幾多もの傷跡があった。特に、背に走る大きな刀傷。当時の彼女の気持ちを思えば、自身の心はひどく痛んだ。

一体今まで、どれほどの死線をくぐり抜けてきたのだろうか。きっと彼女は傷つく度に、自分を奮い立たせ、立ち上がってきたのだろう。

もう、いいだろうと思う。もう何もしなくていい。ただ、守らせてほしいのに。

でも、それでも彼女は前を向く。逃げたくないと言い、この手からするりと抜け出し羽ばたいていってしまう。

（そんな彼女だからこそ、惹かれている。分かっている。だからこそ、もどかしい。本当は閉じ込めてしまいたいけれど、彼女はそれを許さない）

志輝は眉根を寄せて下唇を噛んだ。何度、この問答を繰り返せばいいのだろうか。

こんなにも誰かを大切にしたいと思ったことはない。でも、それがひどく難しい。

自分が強く想うばかりで、彼女の心がどこを向いているのか分からなくて、不安で。だからこそ彼女の不器用な優しさや、ふとした瞬間に見せる弱さにつけ込んででもその心が欲しいと思う。少しでも振り向いて欲しいと、自分を見て欲しいと心が願うのだ。長期戦で構えてはいるが、焦りがないわけではない。正直、余裕はない。なんせ彼女の周りには男が多すぎる。

でも、焦って強引に手に入れたいわけではないのだ。本当はすぐにでも欲しいけれど、違う。自分が雪花を想うように、彼女にも自分を同じように見て欲しい。求めて欲しい。心を、少しでも預けて欲しい。自分が心を彼女にさらけ出したように。

（どうか無事で。そして次に会えたその時は――）

志輝が握った拳を額に押し当てたその時、大きな鐘の音が響き渡った。国中に響かせるように、何度も何度も。神聖で、力強い鐘の音色。知らずのうちに鳥肌が立つ。

さすがの楊任も、寝転がったまま片目を薄っすらと開け、「せっかく寝ようとしたところだったのに」と身を起こした。グレンの兄は、どういった神経をしているのか全く起きる気配はない。

【どうやら、終わったようですね】

鳴り響き続ける鐘の音を聞きながら、ルフ大司教は安堵が交じったような吐息を零した。

【皇女殿下が、宮廷を制圧した報せです】

そして、と言葉を続ける。

【最後の、皇帝の誕生ですよ】

大鐘楼の鐘が鳴り響いてから、しばらく待つこと一刻程。一人の女性が護衛を伴って姿を現した。黒い軍服に身を包み、腰には剣。輝きを放つ眩い金色の髪を二つにまとめ、空色の大きな瞳は驚くほど澄み切っている。艶やかで大きな唇は官能的で、軍服の上からでも蠱惑的な体の線が見て取れる大人びた女性だった。

【予定より遅くなってしまったわ】

【ソフィア様、よくご無事で】

出迎えたルフ大司教と話す女こそ、ソフィア・グランディエール皇女だ。

【ほぼ無血で終わったんだけど、おじ上がちょっと暴れてくれちゃって。大人しくさせるのに時間がかかってしまったわ。――あら、アレク？　やだ、本当にアレクじゃない！】

ルフ大司教の後ろに控える楊任に気づいたソフィアは、嬉しそうに声をあげて彼に飛びついた。どうやら楊任の元の名はアレク、というらしい。まぁアレクというのも愛称かもしれないが。

【久しぶりだね、ソフィー。みないうちに大きくなったじゃないか】

現に、楊任もソフィア皇女のことをソフィーと呼んでいる。

【だって何年ぶりだと思ってるのよ！　どう？　あの時あなたに言った通り、わたしはやったわよ！】

【でもこれからが正念場だろうから、まだギャフンとは言わないよ】

【少しは言いなさいよ、馬鹿！】

親密な空気といっても男女特有のそれではなく、言うならば兄と妹のような、家族的な温かな空気が二人の間には流れている。

【先に渡した手土産は役に立った？】

【十分よ！　これで邪魔な侯爵家を黙らせることができたし。おかげで彼の取り巻き連中は急に掌を返したわ。我が身可愛さにね】

【彼の存在は存分に使うといいよ。……あ、違うか。もう彼じゃないんだっけ】

【え？】

【なんでもないよ。それより、そろそろ離れてくれないかな。ほら、君の友人の弟がやってきたよ】

　ぎゅうぎゅうと彼に抱きついているソフィアが、ようやく志輝の存在に気づいて目をまん丸くさせる。

【君が珠華の弟!?】

　ソフィアは楊任から離れると、志輝との距離を一気に詰める。

【珠華そっくり！　美人！　本当に男？　お肌の手入れはどうしてるの？　うーわ、まつげ長っ。女顔負け！　モテるでしょ、恋人はどんな人？　結婚してるの？　あ、でも根暗なんだっけ】

　矢継ぎ早に質問された志輝は後ずさる。肌の手入れなんて何もしていないし、この顔は生まれた時にもれなくついてきたもので、結婚や恋人の話はさて置き。聞き捨てならないのは最後の呟きだ。どうせ姉が吹き込んだに違いない。

【ソフィー。彼、引いてるから。あと、本当のことを言ったら失礼じゃない】

困っている志輝を見かねて、楊任がソフィアの襟を掴んで引きはがしてくれるが、彼も彼で大概失礼である。

【あっ、ごめんなさい。規格外の美人に驚いちゃって興奮しちゃったわ。あ、珠華とは友達なの。彼女が仕事でこっちに滞在してた時に知り合ってね。双子の弟がいるって聞いていたから気になってたの！　今度また、落ち着いた時に話を聞かせてもらうわね！　ええと、自己紹介がまだだったわね。わたしはソフィア・グランディエール。本当の名前はもっと長いんだけど、ややこしいからそれでよろしく】

【紅志輝と申します。この度は澄からの使者として参りました】

互いに握手を交わして、二人は目を合わせる。

【ごめんなさいね、突然来てもらって。君が珠華の弟なら信頼できる。澄王とも皆、幼馴染みと聞いたわ】

【ええ】

【澄王にもお会いしたかったけれど無理よね。何せ、お隣の迦羅と緊迫している最中だもの。それなのにあいつったら――。そろそろ、真面目な話をしないとね】

明るく無邪気な態度を急にひっこめると、ソフィアは護衛たちに目配せをし、どこからともなく書簡の類を持ってこさせた。それを聖堂内の机に広げさせる傍ら、彼女は踵を鳴らして、いまだに眠りこくっている男の元へと向かう。

【シグレ！　起きて！】

【ん～】

【起きなさいってば！】

なかなか目覚めない男に、ソフィアは容赦なく頬をぶっ叩いた。乾いた音が静かな空間に響き渡る。

【いったー……。あれ、ソフィー？　やっと俺と結婚する気になった？】

【しません。十番目の妻なんてお断り申し上げます】

【えー。別に順番なんて、愛の前には関係ないよ】

【君との間に友情はあれども愛なんてないわよ】

【友情から芽生える愛だってあるよ】

【勝手に言ってなさいよクルクル頭。ほら、澄からも使者が来てるのよ】

【え、そうなの】

シグレと呼ばれた男は気だるげに体を起こすと、大きく伸びあがった。そして癖のある髪をがしがしと掻きむしると、志輝の存在に気づいた彼は赤い目をぱちくりとさせて。

（な、なんだ……？）

何を思ったのか、志輝に向かって勢いよく駆け寄ってきたのだ。そして志輝の手を握る。

「やあやあやあ！　噂通り美人な君が紅志輝君だよね？　弟が世話をかけて申し訳ないね！　グレンは元気にしてるかい⁉」

弟、ということは、やはりこの男が玻璃王で間違いないらしい。

髪と肌の色はグレンと同じだが、目の色は珍しい血の色だ。燃え盛る、赤い炎のような色をしている。

「初めまして、シグレ様。グレン殿下は元気にされています。それに先日はご協力頂き、ありがとうございました」

「いやだなあ、シグレでいいって。あ、先日のことはお互い様だよ。いい加減、ヒサメを放っておけなくなってねえ。いやぁ、捕らえられて助かったよ。それにしても君ってば綺麗だよね。なんだか同じ男として妬けるなあ。一体何人囲ってるんだい？　あ、ちなみに俺には奥さんが今のところ九人いてね。今、ソフィアを勧誘中なんだ」

聞いてもないことを色々と勝手に喋ってくれる国王様である。それも大国の皇女相手に大胆発言。玻璃は一夫多妻制のため、彼にとったら当たり前の価値観なのかもしれないが、江瑠沙と玻璃は違うというのに。どこにいようが女を口説くのは、この兄弟にとっては挨拶のようなものなのだろうか。

【ちょっと、志輝君に色々話を聞きたいのはわたしも一緒なのよ！　でも今は外交の話が先よ。わたしだって時間も限られてるんだから。ほら、さっさと集まって！】

【はいはい。――あ】

【なに？】

【ソフィア皇女殿下。この度は即位、おめでとうございます】

シグレはそう言うと恭しく腰を折った。志輝たちも彼に倣い、同じように頭を下げる。

【ありがとう】

ソフィアは力強く頷いてみせたあと、軽く瞼を伏せる。

【でも、今からなのよ。わたしはおじがしでかしたことを償わなければならない。玻璃と澄。君たちの国に対しても】

大きな机の周りに皆は集まると、ソフィアは積み上げられた書簡を漁りながら言葉を続ける。

【まず、君たちの国でおじたちが裏で麻薬を流したこと。彼らの処分は江瑠沙が責任を持って対処するわ。謝罪と賠償金等の話は、後ほど正式な場を設けようと思ってる。でもなによりも急ぐのは、迦羅とのことよ】

ソフィアは書簡の中から目的のものを見つけ出すと、机の上に広げて志輝たちに見せる。

【見て、おじが隠していた密書の一部よ。彼は迦羅内部の、それも深いところに手を出していたことが分かってね】

【これは――】

箇条書きに書き綴られた文字。

その内容に、志輝たちは食い入るように目を通し、各々神妙な面持ちになる。志輝は柳眉を顰め、シグレは嘲笑に似た笑みを浮かべて。楊任はいつもと変わらない気だるそうな面持ちだ。

【迦羅の紫雲殿下との間に交わされた密約よ。紫雲殿下が玉座を手に入れた暁には、江瑠沙と共に玻璃・澄を落として江瑠沙が玻璃を、迦羅が澄を属国として事実上支配すること。それだけじゃない、ここを見て。江瑠沙からの技術提供の代わりに、迦羅の島の一部を江瑠沙に引き渡すことまで書かれている】

【……でも、今まさにその江瑠沙皇帝は失脚。計画は頓挫。となれば紫雲殿下にとっては、この紙切れは希望どころかただの自爆材でしかありません】

【そうよ志輝君。これと同じものを、彼女はまだ持っているわ。何せ彼女はまだ知らないから。江瑠沙の頭が、今ひっくり返ったことを】

ソフィアはにぃっと口端を持ち上げた。

【もしこの件が明るみに出たら、彼女は徒では済まないわよね？】

彼女の狙いに気づいた志輝は、まさか、と驚きに目を瞠る。

【……羅儀殿下に、この密書の存在を伝えたのですか】

当たりだと言わんばかりに、ソフィアは笑みを深めた。

【羅儀殿下と紫雲殿下が対立関係にあることは分かっていたわ。彼ならわたしと似た立場にあるし、互いの利害は一致するはず。ならばと、楊任の提案もあってわたしたちも手を結ぶことにしたのよ。時を同じくして、反乱を起こすことにね。これは全部彼が書いた脚本(シナリオ)よ】

彼、と言ってソフィアは楊任に視線を向けた。

【僕が春燕(しゅんえん)様に命じられたのは、策を練ること。だから一応考えたんだよ。同時に二つが動けば、互いに言い逃れする時間を与えなくて済む。一方だけが瓦解(がかい)するより、両者とも瓦解したほうが戦は回避できるでしょ。……ただねえ、気がかりはあるんだよね】

ソフィアの視線を受けて気だるげに補足した楊任は、再び長椅子に座り込んで大きく欠伸(あくび)をした。

【江瑠沙は、ソフィーが勝つと分かってた。内部をほとんど掌握してたからね。だから無血で終わったけれど、迦羅の場合はそうはいかないだろう。左翼、右翼の衝突は避けられない。話を聞く限り、紫雲殿下にはそこまでしなければならない信念があるようだしね】

志輝は俯(うつむ)き拳(こぶし)を握る。迦羅で反乱が起こることは分かっていたが、その中心には雪花がいるのだ。そして親友の白哉(びゃくや)もいる。彼らは自ら、その渦中に身を投じた。

【志輝君、どうしたの？　気分悪い？】

ソフィーが首を傾げ、志輝の顔を覗(のぞ)き込む。

【あー……。彼の大事な娘が、迦羅にいるんで】

【えぇっ恋人が!?】

まだ恋人ではないが、志輝は肯定する代わりに瞼を伏せる。

【でもまあ、僕の腐れ縁組も一緒についてるし。あの悪運の強い二人がついていれば大丈夫なんじゃない？　雪花自身も悪運強いし。ほら、三人寄れば文殊の知恵とか言うんでしょ？】

【……それは使い方が違うと思いますが】

気を遣っているのか、楊任が珍しく慰めようとしてくれる。確かに、得体の知れないあの二人が傍にいてくれるならばそんな気もしなくはないが、それでも心配なものは心配なのだ。すると突然、冴えない表情をしている志輝の横で、なぜかシグレが反応を示した。

【えっ。今、雪花って言った？　え、言ったよね!?】

【何よシグレ、急に】

【いやあ、グレンが求婚している女の子も雪花っていうんだよ。あはは、偶然にも同じ名前ってすごいよねえ。なんだか親近感が湧くよね！】

志輝は一つ瞬きして口元だけで笑い、楊任は面倒くさそうに明後日の方向を向いた。にこにこと笑うシグレには申し訳ないが、親近感どころか敵愾心しか湧かない。

【え、どうしたの志輝君。目が全然笑ってないんだけど】

【気のせいですよ】

【ううん、シグレの言う通りよ。無駄にきらきらしてるけど、結構おっかない顔してるわよ？】

【あのさー。そんなことより早く、不戦条約結んじゃってよ。そのために集まったんでしょ？　僕、早く帰ってのんびりしたいんだけど】

このままだと無駄話で時間を取られてしまうと、うんざりした様子で楊任が話の軌道修正をしにかかる。彼は興味のないことに関しては、極力無駄な労力を使いたくないらしい。だらだらと過ごせる穏やかな日常を確保するために、嫌々来るはめになったと公言していた。

【ああもうせっかちね、分かってるわ。まず、この三国で署名を】

ソフィアは用意していた書類を取り出すと、志輝たちに順に回す。それぞれ内容に目を通して署名をしていると、軍人と思われる男が聖堂内に慌てて入ってきた。

【ソフィア様！　大変です！】

【今は大切な話をしているところよ。何かあったの？】

【そ、それが……！　おじ君がとんでもないことを、牢で言い始めまして】

男はソフィアの耳元で何かを呟く。

【なんですって！　あのくそったれ……！】

報告を聞いたソフィアの顔は一瞬で強張り、あまり使うべきでないお上品でない言葉、つまり卑語を吐き捨てた。

【どうしたの、ソフィー】

【どうしたもこうしたも……！　おじは、迦羅に刺客を放ってるらしいのよ。迦羅皇帝を殺すために】

ソフィアは舌打ちし、どうしようと呟く。

【刺客？】

【あのピエリ家が絡んでるらしいの】

【あの死神の毒か……。なるほど、毒の提供元は江瑠沙だったのか。まぁ確かに、言うことを聞かない迦羅皇帝は邪魔だけど、随分と思い切った手段に出たね】

【あの、ピエリ家とは……】

志輝とシグレが話についていけず首を傾げていると、楊任が説明してくれる。

【ピエリ家は元、貴族でね。秘伝の毒である〝沈黙の死神〟を使い政敵を排除し、かつて江瑠沙の中枢を掌握した悪の貴族だよ。その毒は、病死に見せかけて殺すことのできる代物でね。その毒が今回、迦羅皇帝に盛られたのかもっていう話】

【ああもう、あそこまで馬鹿な奴だとは……！　どうしよう、アレクっ】

頭を抱えて取り乱すソフィアに、楊任は冷静に答える。

【今更焦っても仕方がないよ。海を渡ってしまったものは仕方がないし。それに幸いにも今、迦羅には医術の専門家が派遣されているからね】

【そうなの!?】

　楊任は大きく頷いた。

【助けられるかは状態次第だと思うけど。でも、鼻が利く帰蝶ならすぐに気付くよ。この毒と、江瑠沙の存在に。報せるまでもなく、すぐに警戒してくれるはず。だから今はそのくそったれに全部吐かせて、後の処理をどうするか考えないと。彼の独断なのか、紫雲殿下も共謀者なのか。僕らの目的は果たしたんだから行っておいで。やることは山積みだよ。悩んでる暇も、息をついている暇も、後悔する暇も、今の君にはないはずだ】

　淡々と話しながらも厳しく叱咤するような声に、ソフィアは表情を引き締めた。

【ええ、そうするわ】

　ソフィアは力強く頷くと、志輝たちに断りを入れ、部下を引き連れ聖堂を出ていってしまった。

「へぇ。噂の黒い天使は、意外と親身なんだね」

　二人のやり取りを黙って眺めていたシグレが、面白そうに呟いた。すると楊任は目を眇め、座ったままシグレを見上げる。

「親身というか、当たり前の忠告ですよ。こんなことくらいで取り乱していたら、彼女の

〝最後〟の役目は務まらない。彼女の戦いは、これからですから」

「まあ、そうだろうけど」

彼女の最後の役目――。それは、この国から次の皇帝をなくすことだ。国政を、皇族や貴族から国民の手に委ねる。楊任はそれを民主化といった。これからの時代の先駆けになるのだと。

（止まっていた時代が動きつつある。目まぐるしく）

そんな渦の真っただ中にいる彼らは、どうなるのだろうか。その渦に呑まれることなく、無事に帰ってこられるのか。壁に揺らめく蠟燭の影を眺めながら、志輝は海の向こう側にいる少女たちをただただ想った。

「……ねえ、志輝君」

「はい？」

黙り込んで突っ立っている志輝を見ていた楊任が、小さく息を吐いた後声をかけてきた。

「君さ、また吐く覚悟ある？」

いきなり意味の分からない質問を投げかけられ、志輝は反応に出遅れる。

「は？」

「だから、吐く覚悟はあるかって聞いてるんだけど」

「いや、意味が分からないんですけど」

「だーかーらー。雪花のために吐けるかって聞いてるんだよ」

　じぃっと見上げてくる楊任が何を言いたいのか理解した志輝は、目を大きく見開いた。

「正直、もうここに居ても意味ないんだよね。でもこのまま澄に戻っても春燕様にこき使われそうというか……いや、うん、その前にうるさい二人がいないと落ち着かないし。だから迦羅に二人を迎えに行こうと思うんだけど、君はどうする？」

　答えは一つしかなかった。志輝は逸る気持ちを抑えつけながら、「行きます……！」と勢いよく頷き返す。

「ですが、迦羅に入れるでしょうか」

「まあ、大丈夫だよ。おそらく、この流れだと江瑠沙は迦羅にむけて早急に使者を出す。一緒についていけばなんとかなるよ」

「えー、なんかそれ面白そう。俺も一緒に行きたい！」

　一方、そのやり取りを見ていたシグレが我慢できないように手を挙げる。本当に国王らしくない国王である。

「別に構いませんけど、命の保証はないですよ。自分の身は自分で守って下さいね」

　一方の楊任も楊任で国王相手でも怖いもの知らずであるが。

「えっ、本当？　じゃあ行く行くー！　一度行ってみたかったんだよねぇ！」

　鼻歌でも歌い出しそうな勢いで、喜びはしゃぐシグレであったが、突然どこからともなく現れた二人の男女に体を拘束されていた。

「さすがに駄目です、シグレ様」

「とりあえず玻璃に戻れ。もうおまえの自由時間は終わり」

「なぁっ！　別にいいではないか！」

「全然良くありません！」

「そうだ、こんな時に国王不在とかあり得ない。そろそろアヤ様がキレるぞ」

「嫌だ！」

駄々をこねる大の男に謎の男女二人は目を見合わせると、一人は鳩尾に拳を。もう一人は何かを嗅がせてシグレを強引に黙らせた。

「あ、こちらは全然お気遣いなく」

くたりと意識を失くしたシグレを抱えながら、二人はにっこりと笑顔を向けてくる。

こんな訳の分からないおっかない二人に、誰が気遣うか。

志輝と楊任は何も見なかったことにして、そそくさとその場を後にしたのであった。

# 四章

わたしはいつも彼女の背中を追いかけていた。前を向き、眩い光を放つ彼女の背中を。

彼女はいつも颯爽と、風を切って走っていく。

(なんで、いつもどこかにいっちゃうの)

宮廷から抜け出した彼女を捜しに、わたしはいつもの場所へとやってきていた。小さな湖に浮かぶように建てられた寂れた塔に。この湖は特殊で、真冬になってもなぜか凍ることがない。一年中、水が塔を囲っている状態だ。外部との連絡が簡単にとれないため、昔は監獄塔として使用されていた。今となっては使用されておらず、元監獄という曰く付きであるから誰も近づこうともしない。彼女を除いては。

監獄として使われていた頃にはなかった、塔に続く橋を渡り終えると、中に入り螺旋階段を駆け上がる。

彼女はいつも、この寂れた塔の上から見える景色を眺めるのが好きだった。たとえそれが、山も大地も全てが真っ白に塗り潰される、厳しい冬でさえも。

『千珠、またこんなところにいる。中に入ってないと風邪引くよ』

塔のてっぺんに上ると、いとこである千珠に向かって声をかけた。彼女は案の定、胡坐をかいて景色を眺めていた。毛皮があしらわれた外套に身を包み、酒瓢箪を手にしている。おそらく、彼女が好むきつい酒が入っている。

『紫雲、あんたは年下のくせに口うるさいねえ。莉陽に似てきたんじゃない？』

彼女は振り向くことはせず、両肩だけを竦めてみせた。白い吐息が、冷えた空気に吸い込まれて消える。

『莉陽に文句言われる身にもなってよ』

『紫雲は優しいから、莉陽も愚痴言いやすいんだね』

『ふん、他人事だと思って』

わたしは唇を尖らして彼女の傍に腰を下ろした。一方の彼女はけらけらと笑いながら、赤く燃える夕空を見つめている。

『ねえ。いつも同じ風景を見ていて飽きないの？』

『全然。それにいつも同じじゃないよ』

『同じだよ。それにこの塔、恐くないの？　昔は監獄だったんだよ、ここ』

『怨念なんてどこにでもしみついてるって。建物に罪はないよ』

『そういう問題？　っていうか本当にさむっ』

『ならこれ飲んだら？』

　そう言って千珠は酒瓢箪を渡してくるので、わたしは即座に突き返した。

『言っとくけど、千珠。わたし、まだ十三なんだけど』

『あ、そうだっけ？』

『そうだよ』

『あはは。紫雲はしっかりしてるから、すっかり年下だってこと忘れちゃうんだよね』

『もう、しっかりしてよ！』

『ごめんごめん』

　千珠は大きな口を開けて笑った。山の端に夕日が触れる。赤く染まった湖上を、朔風が渡って吹き付けた。髪を靡かせ、千珠は独り言のように呟く。

『比埜がさ、夢を見たんだってさ』

『何の？』

『この国に影が差す夢』

『……なにそれ』

　不吉な予言に、わたしは顔を顰めた。

　自分たちと同じ皇族の血を引く比埜は、幼いころから先見の才があった。彼が見た未来の光景は、怖いくらいによく当たるのだ。けれど、見たからといって未来を変えられるわけではない。どう足掻いたってその未来にしかならない。所詮、それが人だと比埜は言う。

『分かんないけど、あんまり良くないことなんじゃない？』

『なんでそんな落ち着いてるの！』

『え？　だってさぁ、具体的に分からないのにあたふたしたって時間の無駄じゃない』

『……相変わらずどっしりしてるよね、千珠は』

『分からないことを心配しても仕方がないってこと。それにまぁ、何かあっても前向いてればなんとかなるって』

『楽観的すぎる』

『ははっ！　紫雲が真面目すぎるのよ。無意識に貧乏くじ引いちゃうから気をつけなさいよ？』

『貧乏くじなんて引かないし』

『うーん、そうかしら』

『あっ。それより早く戻らないといけないんだってば！　陛下が帰還するらしいよ』

『げっ、父上が!?　それを早く言ってよ！』

『千珠がのんびりしてるからじゃない！　あっ、待ってよ！』

『ほら、早く！』

いつだってそうだった。彼女はわたしの前を走り、その後をわたしが駆けてゆく。

迷うことはなかった。彼女がわたしを導いてくれる光そのもので、彼女はわたしにとっての道標だった。

＊＊＊

「美夕殿、気分はいかがですか」

閉ざされた小部屋の中に、紫雲は二人分の朝餉を手にしてやってきた。美夕と呼ばれた女はゆったりとした長衣に身を包んで、鏡の前で黒い髪を一人で結いあげているところだった。美夕はふっくらとした顔を歪ませて、鏡越しに紫雲を睨んだ。

「最低最悪です、紫雲。いい加減ここから解放してくれませんか？　わたしを罪人扱いするのなら、牢にでも入れて早く処分すればいいでしょう」

「あなたは皇族の一人。簡単に牢にぶち込める相手ではない。はっきりと罪が確定するまではここで過ごしてもらう。その方が、羅儀も大人しくしているだろうからな」

「あの子を牽制しようとしても無駄です。わたしなど捨て置けと言い聞かせてあります」

髪を結い上げた美夕は抑揚を抑えた声でそう言うと、紫雲の手から盆を受け取る。

「相変わらず、あなたは立派な母親だな」

「紫雲、あなたは何を考えているのですか」

椅子に座り、美夕は匙を摑んで羹を口に運ぶ。

「何を、とは？」

紫雲も席につき、硬めの麵麭に齧り付く。

「わたしに濡れ衣を着せるなら、わざわざこんな場所に軟禁せず、牢に打ち込めばよいでしょう」

「さっきも説明したはずだ。あなたも皇族の一員。わたしとて下手な行動はできない」

「あなたは考えなしに、人を窮地に追い込む人間ではありません。そのくらい十分分かっています」

美夕は紫雲の目を真っすぐに見据えた。

「ずいぶんと買われたものだな、わたしも。だがな、美夕殿。人は変わるものだ。わたしの中にある憎しみ、あなたは分かっているだろう」

歪んだ嘲笑が紫雲の口元に浮かびあがる。

「姉代わりであった千珠は、己の存在は死んだものとし国を出た。だから、彼女がどうなろうと彼女の責任。国を捨てたのだからな。だが、彼女たち一家は澄の者に――憎き血を引く王族に殺された。それだけではない、汚名まで着せられた。彼女が国と縁を切ったとはいえ許せるはずがない。そしてわたしの許婚であった嘉雷。親交のあった旦族を助けようとして澄に殺された。太古の誓約が何だという。罪は最初から澄にある。そして今回、江瑠沙までもがこちらの大陸に目をつけている。　生き残るためには手を結ぶべきだ。そして愚かな澄に思い知らせるべきだ。なぜそのことが、陛下も羅儀も分からない」

紫雲は一息に言うと、仄暗さを帯びる金色の瞳を隠すように目を伏せた。彼女を真正面から見ていた美夕は、本当にそれが彼女の真意なのか分からずに目を細める。

確かに、紫雲の言葉には偽りはない。彼女には、澄への恨みが人一倍ある。

千珠は紫雲にとって、姉のような存在だった。国を捨てることに迷う千珠の背中を、紫雲は優しく押した。彼女の幸せを誰よりも願い、自分が国を守ると約束して。

そして彼女の許婚であった嘉雷。迦羅と澄の国境沿いで暮らす旦族に祖先を持つ彼は、赤い髪が特徴的だった。彼は紫雲の直属の部下であり、少し抜けたところがあるがお人好しで、誰よりも明るくて、真面目な紫雲が肩の力を抜ける数少ない相手であった。

二人揃うとちょうど良い塩梅というのだろうか。些細な口喧嘩が多いのに妙なところで気が合うし、軍の中で二人はおしどり夫婦と呼ばれていた。だから嘉雷が軍の中で堂々と紫雲に求婚したときは、周りは大いに盛り上がったと聞く。紫雲は彼の求婚を受け入れ、二人はゆくゆく夫婦になるはずだった。

しかし、彼は死んだ。澄から粛清を受けた旦族を単独で助けようとして。

紫雲にとって大切な彼ら二人が、澄に殺されたのは事実だ。

だが尊敬し、慕っていた陛下の意思と命を蔑ろにしてまで、彼女は復讐するだろうか。

それに、自分を彼女が目の届く場所に軟禁していることも疑問だ。

容疑を掛けられた初めの頃ならば、今の紫雲の言葉を信じただろう。自分とて混乱した。紫雲に嵌められたとすぐに感じたし、彼女を疑った。

だからこそ息子である羅儀に、陛下との約束を破ってまで、鍵を握るであろう〝彼女〟の話を伝えた。それで何が変わるか分からないが、紫雲を足止めできるのは正統な血を引き継ぐ彼女しかいないと。

だが、ここで暮らす中で見えてくるものがある。

自分の世話をする人間は限られた者しかいない。紫雲についている暗部の手練れたちだ。初めのうちは、自身の命をいつでも奪えるように配置されているのだと思ったが――。

「あなた、本当の心はどこにあるのですか」

さして食事をする気分でもない美夕は匙を置き、立ち上がって茶の準備を始める。

「どういう意味か分かりかねるな。今話したことに偽りはないが」

「確かにあなたは嘘はついていない。でも、それが全てじゃないはずです」

「比埜にしろあなたにしろ、神官は人の心を見透かすことが得意だな。特に沙羅など、目が不自由だからかよく見ている」

「あの娘の話は今関係ないでしょう」

「そうだな。だが、わたしの胸の内は先ほど話した通りだ。それ以上もそれ以下もない。

言うならば、わたしはこの国の為に陛下とは違う選択肢を選んだ。……ただ、それだけのことだ。あなたに話した言葉に、嘘偽りはない」

得心のいかない美夕を納得させるように、紫雲ははっきりと言った。真剣な面持ちで、目を逸らすことなく。

美夕はそれ以上追及するのは諦め、茶壺に茶葉を入れてなみなみと湯を注ぐ。

「……いい香りだな」

「ここで暇つぶしにできることなど、こんなことくらいですから」

「厭みか」

「ええそうです。厭みです」

十分に蒸らした後、二つの茶杯に注ぐと片方を紫雲に差し出す。

「昔から、美夕殿の淹れる茶は格別だ」

「それはどうも」

香りを胸に吸い込んだ後、紫雲は茶杯に口をつける。美夕がふと卓に視線を落とすと、紫雲も食事にあまり手を付けていない。麺麭を少し齧っただけのようだ。

そういえば陛下が倒れてからというもの、政務が忙しいためか少し痩せていることに、今更ながらに気づく。

「少し、痩せましたか」

「ああ。最近は忙しいからな。それに、さらに問題を増やしそうな羅儀が帰ってきた。今日はそのことを伝えにやってきたんだ」

「あの子が！」

「ゆきずりの女と、よく分からない医師を連れて帰ってきた」

「……ゆきずり、ですって？」

美夕は耳を疑った。

「一時はあの暴れ馬も大人しくはしていたようだが、また悪い癖が出たか」

「どんな娘ですか」

「さあな。手を出した責任からか、面紗(めんしゃ)を被(かぶ)らせていたぞ。熱烈に、皆の前で接吻(せっぷん)していたな。頭の悪そうな女だと皆が言っていた。あいつも、ますます自分の立場を悪化させてどうするのやら」

面紗を被った娘。まさか――。

紫雲には悟られぬように、美夕は内心で驚いた。

(もしかして、あの子。本当に千珠姫の娘を)

どういった流れで紫雲の前に連れ出したのかは知らないが、羅儀が彼女を連れて帰ってきた。この状況をひっくり返す鍵となる彼女を。

「医師の方は腕が立つようだが……。死にかけている老人一人を助けられるかな」

「医師？」

「情人と一緒に、羅儀が連れてきた医師だ。今頃陛下を診ているだろう。まあどうせ、無駄に終わる」

どのような状況なのか全く見えてこないが、羅儀が何かを、流れを起こそうとしている。

「今、羅儀には禁足を言い渡している。とりあえずは、奴の無事を知らせておこうと来ただけだ」

茶を飲み終えた紫雲は、茶杯を静かに置いた。するとその時、扉が叩（たた）かれる。

「紫雲様」

「元璋（げんしょう）か、何だ」

扉越しに声をかけてきたのは、紫雲の腹心、元璋である。いつの時も静かで、腹の内を読ませない男だ。そして今この時も、いつものように冷静な口調で言ったのだ。

陛下が消えました、と。


時は少し遡（さかのぼ）る。紫雲が美夕を訪れる前のこと――。

「生き写しじゃぁあぁー。何度見ても姫様にそっくりじゃぁあぁ！」

「婆（ばぁ）さん、いい加減離れてよ。そんで人の服に鼻水つけるなっ」

「小僧め、憎いことをしてくれおった……！」

「いやいや、だから！　人の話聞いてよ！」

卒倒して倒れた莉陽はすぐに意識を取り戻した。そう、意識を取り戻したところまではよかったが、問題はその後だ。

むくっと起き上がったと思ったら、いきなり雪花に抱き着いて号泣しだしたのだ。そしてしがみついて離れようとしない。せっかくの一張羅が涙と鼻水でべちゃべちゃである。

「おまえさん、名を何という！」

「はぁ？　だから、玄雪花だよ」

「違う！　颯の名を持っておるだろう！」

泣き顔でぐしゃぐしゃになった顔を近づけられる。雪花は「うっ」と若干表情を引きつらせてなんとか距離を保とうとした。どうして皆こうも距離が近いのだ。

「元の名は颯凛だけど」

「凛！　そうか、凛か」

莉陽は噛みしめるように、繰り返しその名を呟く。

「おまえさんたちは皆、死んだと聞いておった。まさか生きていたとは……」

「皆が死んだこと、知ってたの？」

「一部の者だけは知っておった。おまえさんだけか？　生き残ったのは」

「……はい」

「そうか、そうか」

瞼を伏せた雪花の体から離れ、莉陽は袖で目元を拭いながら説明する。

「陛下は遠くの地から、ひっそりと姫様たちを見守っておった。親馬鹿でなあ、陛下は元々。だから、姫様たちが皆死んだと聞いた時は、たいそう憔悴しきってな。胸の内に抱える憤りは計り知れなんだ。だが、それでも迦羅皇帝としての立場を陛下は貫いた。姫様は己を死んだものとして国を去った人間。生きる道を己の強い意志で選択したのだから、たとえどんな最期でさえも己が選択した結果だと言ってな……。その件に関して、一切触れることも口外も許さなかったのさ」

目覚める気配のない皇帝を雪花は見下ろす。

たとえ縁を切った娘だとしても、遠い地から見守ってくれていたのか、この人は。そして彼女が亡くなったことを知っても、己を律し、静かに受け止めていたとは。

（……強い人だな）

そんなこと、並大抵の人間にはできない。現に自分は、目の前で美桜が死んだ時、皛賢正を殺すことに何の躊躇いもなかった。風牙が止めていなかったら、自分の手であの男の息の根を止めていただろう。自分は簡単に、そちら側に落ちてしまう人間だ。

「陛下が倒れ、おまえさんたちの件を知っている紫雲様が動こうとしている。あの娘は澄に対し、特別な恨みがあるからだ」

「そのことなら、ある程度は羅儀から聞いてるよ」

「そうか。……だがな、あの娘はそんな人間ではなかった。優しい娘だった、本当に。だからあの娘が突然過激派を統率しだし、困惑しておる」

確か羅儀も同じようなことを呟いていたなと、雪花は思い返した。先ほど紫雲を目にしたばかりだが、どうにも紫雲という人物像が雪花の中ではっきりと定まらない。

すると黙っていた帰蝶が、莉陽の前に進みでた。

「莉陽様、人は変わるものです。今そのようなことを考えても仕方ありません」

「……確かに、えらく変わったおまえさんにそう言われると何も言えないね。小童だったくせにえらく綺麗になったもんさ」

「わたしはもともと素材がよかったので」

にっこりと微笑み、自分で言ってしまう帰蝶に雪花は胡乱な目を向けた。もちろん、めざとい帰蝶によって雪花の頭頂部に鉄拳が落ちる。

「こら！　姫様と同じ顔に何してんだい！」

頭を押さえて蹲る雪花に、目尻を吊り上げて莉陽が両腕を広げて立ちはだかる。

「顔は同じでも中身はてんで違います。しかもよく見て下さい。いや、よく見なくても一目瞭然。足の長さと胸周りが全然足りません」

「……婆さん、ちらりと振り返ってため息つくのやめて。あのね、わたしはこれから成長するんだよ。それに姐さんたちが言ってたよ。乳がでかけりゃいいもんじゃないって。なけりゃ技を覚えたら問題ないって――ったい！　何すんだよ！」

庇ってくれていたはずなのに、なぜか杖で足を叩かれる。ぺしぺしと何度も叩かれるので、雪花はその場に膝を折った。

「姫様の顔でそんな下品なことを言ってんじゃないよ！」

「そんなの知らないよ！　生まれたらこの顔だったんだよ、ってか庇うか説教するかどっちだよ！」

誰かさんの、いつかの台詞をそのまま借りて雪花は反論する。

「まったく、一体どういう教育してきたんだいっ」

「わたしが実際に面倒をみたのは、この二、三年だけですよ。あとは変態が育てたので」

「変態？」

「洪潤様の甥です」

「奴の血縁か。絶対にまともではないな」

「はい。無駄に顔だけ良い馬鹿です」

「よく育ったな」

「ええ、奇跡です」

「ねえ二人とも、そんな目で人を見るのはやめてよ。大体風牙のことを今更言ったたって仕方がないだろ。それより早く、これからの算段考えないといけないんじゃないの？」

このままだと埒が明かないと、話を軌道修正しにかかるが。

（……ん？　さっきの言い方じゃ、父もまともじゃなかったってことだよな）

ふと疑問を覚えて、首を捻る。父と過ごした時間が短かった雪花はよく覚えていないが、あの黎家の面子からして、世間一般の枠にはまる〝まとも〟な人間ではなかった可能性が高い。きっと彼も、もれなく変人一家の特異性を持っていたのだろう。同じ血を引き、一緒に暮らしていた雪花が疑問に思わなかっただけで。

「そうさね。陛下の身を安全な場所へ移さないとね」

だが今考えることではないなと、雪花は首を振って立ち上がる。

「莉陽様。脱出はどこから？」

「それに関しちゃ考えがある。……ただ、ちと問題があるさね。すぐに動こうとも、この部屋は警備やなんやらで常に見張られているからねえ」

莉陽は部屋の扉に視線を向けた。

「……耳を貸せ。策を授けようぞ」

＊＊＊

黎静から渡された巾着を抱えながら、忍び込んだ衣裳部屋の中で雪花はため息をついていた。莉陽が指示した内容は、なんとも大雑把だったからだ。

『明け方、騒ぎを起こして皆の注意を引いてきな。その間に逃げる』

たった一言。いや、二言か。策も何もあったもんじゃない。さすが母の教育係であっただけある。

（そりゃ、母もあんな性格になるわ）

母のざっくばらんな性格を思い出して苦笑すると、雪花は巾着の中から目的のものを取り出した。狼煙である。火をつけて空に向かって投げれば、光と音を生み出す。これで、どこかで待機しているであろう左翼が気づくはずだ。

それにしても、と雪花は巾着の中を覗く。掌に乗る大きさの煙幕に、爆竹、炮録玉など危なげなものがまだまだ詰まっている。

黎静が何者なのかは知らないが、あの煤塗れの顔から察するに、こういった道具を作る能力に長けているのだろう。いつ、何のために使うのやら。

「さてと……。そろそろかな」

雪花は衣裳部屋の窓を静かに開けて、隙間から空の色を窺う。瑠璃色が曙色に変化してきた。間もなく、黎明の光が地を照らすだろう。

まずは狼煙をあげて合図を送る。

雪花は火打ち石を取り出した。狼煙の導火線に火をつけると、窓を開け放って空高くに放り投げた。

「羅儀、動くよ」

光の玉があがり、破裂音が薄明の空に鳴り響いた。雪花は間を置かず、煙幕にも火をつけた。手早く廊下に転がして煙を生み出す。

「……あと、これも使ってみるか」

白い煙が辺りを覆っていく中で、雪花は炮録玉を手に取ってみた。一般の焙烙玉に比べて小さいので、威力はそんなに期待できないだろうが、室内で使うにはちょうどいいかもしれない。廊下に出て、それにも火をつけて衣裳部屋に投げ込んだ。

外では人の声が聞こえてくる。禁兵たちが集まってきたのだろう。

煙に乗じて逃げようとした雪花であったが、耳をつんざく爆発音と共に、体が爆風によって吹っ飛ばされた。黒煙が一瞬で広がり、衣裳部屋から火の手が上がった。壁の一部も内側から吹き飛ばされている。

「……やばい。やりすぎたかも」

床に転げた雪花は起き上がりながら、遠い目をするのであった。

＊＊＊

部屋の外が騒がしくなる。始まったな、と莉陽は立ち上がって扉の外へと出た。

「何を騒いでおる!」

「っ莉陽様！　大変です、西翼で爆発があったようで!」

「千珠様の亡霊が出たとか!」

控えていた女官たちと禁兵が駆け寄ってくる。

「あったようで、とは何さね！　状況を確かめてこんかい！　なにが亡霊だい、そんなもんいるわけなかろう！　それに非常経路は確保しているのかい!?　女官たちもあたふたしとらんと、火が回っとるのなら消火の手伝いしにいかんかい！　ここまで燃やす気かいな!」

「は、はいっ……!」

「残った禁兵は陛下についておきな!」

莉陽の号令に一同が駆け出していくと、莉陽は残った禁兵二人を中へ入れ扉を閉める。

「一体、何が起こっているのでしょうか。莉陽様」

「はん、紫雲様の仕業なんじゃないのかい？」

「なっ！　いくら莉陽様でも口が過ぎますよ！」

「そういうおまえさんらも、彼女の指示であたしらを見張っているんだろうに」

「それは——!?」

そこで禁兵二人は足を止め、二人揃って前へ倒れた。扉の陰に潜むようにして息を殺していた帰蝶が、彼らの後ろから現れる。

「相変わらず容赦がないねえ」

「仕事は手っ取り早く終わらせたいんでね」

倒れた男の項(うなじ)には、細い針が突き刺さっている。

「殺したのかい？」

「まさか、わたしは医師ですよ。経絡を突いて半日ほど動けなくしただけです。意識はそのうち戻りますよ。さて、さっさと行きましょう。時間がありません」

「少しは女らしくなったかと思ったが、相変わらずおっかない奴さね」

「こんな時に女らしさは必要ないでしょう」

二人は言い合いながら皇帝が横たわる寝台へと歩いていく。

「……何なんだよ祖母(ばあ)様。そのおっかない女は」

寝台の傍では、一人の少年が怯(おび)えた表情で帰蝶を見上げていた。彼は莉陽が密(ひそ)かに呼び出していた孫の景麟(けいりん)だ。

「さっきも言っただろう。医師だ」

「いやいや、今プスッてやったよね。無表情のままプスッとさ」

「その女にとっちゃ朝飯前さ。あんたもやられたくなきゃ、さっさと陛下を担ぎな」

「そうそう、わたしは短気でねえ。ちんたらしてると、あんたの首にも……」

「あーっ分かったよっ！　黙って運べばいいんだろ、運べば！　だからしまえよ、その針！」

針を突き付けてくる帰蝶に慄(おのの)きながら、景麟は言われた通りに皇帝をその背に担ぐのであった。

＊＊＊

「陛下が、おられないわ」

女官たちが駆け戻ってくると、その部屋の主(あるじ)は忽然(こつぜん)と姿を消していた。三人の女官のうち一人は、慌てふためく同僚たちに構わず、倒れている禁兵二人に視線をやった。そして眉(まゆ)を顰(ひそ)める。なぜ倒れている。目立った外傷はないようだが……。

この部屋から消えたのは皇帝だけではない。看病をおこなっていた莉陽、そして医師だという女二人。

莉陽は皇帝が信頼を置く数少ない人物だ。疑うべきは、昨日やってきた女二人。羅儀殿下が連れてきたと聞いた。となれば彼の差し金か。

なら今、皇帝を奪われては困る。あと少しだというのに。

「とにかく、紫雲殿下にお伝えしないと！」

「なら、わたしが走ってくるわ」

こういうのは、いつも大人しい下っ端の〝わたし〟の役目だ。

女は部屋を後にして廊下を走り出す。紫雲殿下の配下に状況を伝えると、その足で自室に駆け込んだ。床に隠していたあるものを取り出して、懐へと入れる。

「おかえり。ものすごい音がしたけど、何かあったか」

「人の部屋に忍び込んだうえに、寛いでいるなんて暇人ね」

寝台の上に寝転んでいる人影に向かって、女は不機嫌そうに口を開いた。

「迦羅皇帝が攫われたわ」

「……なんだと？」

人影は驚いて起き上がった。

「わたしたちの目的に気づいた奴らがいるかも」

「だが、放っておいても皇帝は直に死ぬだろ」

「そんな曖昧な仕事は許されないわ。わたしは後始末をしにいく」

「当てはあるのか？」

「ここに何年潜り込んでたと思ってるのよ。予想はつくわ」

「そうか。となれば、俺は邪魔な羅儀殿下を始末しにいくか」

「ええ。道筋が狂っても、辿り着く結果が同じなら構わないでしょう」

暗かった空に、朝日が昇り始める。

＊＊＊

全身煤だらけになった雪花は、その姿のまま帰蝶たちと合流して、隠し通路から大神殿へと続く地下道を歩いていた。雪花は首飾りを灯り代わりにして先頭にいる。

「……ねえ。黎静って一体何者なんだよ。あの炮録玉は何なの。小さいくせにあの威力おかしいって。結構部屋ぶっ飛ばしちゃったんだけど。色々予想外すぎて全身煤だらけのちりぢりなんだけど」

大した戦いもしていないのに、なぜ見かけだけこんなにズタボロにならないといけないのだ。雪花は静かに怒っていた。騒動を多少起こして目を欺くだけでよかったのに、予想以上に破壊してしまったではないか。

「静はからくりが好きだからねえ」

「あれはからくりに入らないよ。あれ、武器だから」

「なあ、祖母様。あいつなんなの。目つき悪いし、なんで金色の目してんの。髪ぼっさぼさだしよ」

「うっさい、餓鬼」

「そんな年変わんねえだろうが！」

「ああもううるさいさね！　景麟、あんたは黙って陛下を運んだらいいんだよ！」

しかも知らない間に、生意気そうなうるさい餓鬼が一人増えているし。賑(にぎ)やかな連中だと思いつつ、雪花は莉陽に尋ねた。

「それにしても、地下にこんな空間があるなんて。一体何なんですか、ここ。なんだか、気持ちが悪い」

地下道といっても整備された道があるわけではない。隠し部屋から続いていた抜け道は石畳でできていたが、ある空間に出ると足元は土と砂利に変わった。暗くて見えづらいが、瓦礫(がれき)がところどころに転がっているようだ。

それに、地上は身も凍るほどの寒さというのに、なぜかここはそれほどでもない。地下、というのもあるのだろうが足元がなぜか生温(なまぬる)いのだ。

「大昔にあった大戦の跡だと伝わっている。今の世よりも文明が発展していた世界は、その文明の力を以(もっ)てして争い、ついには滅びたとか。特に迦羅があったここは、ひどい戦だったそうだ……。嘘か本当か、一瞬の光で人々を殺したそうな。何千、何万とも分からない屍がこの地に埋まっていると言われておる。そして神は人の愚かさを嘆き、地上の全てを地下深くに封印して大地をつくり直したそうさね。だから迦羅の民は、争うことを嫌う。人の手によって人が滅びるほど馬鹿げた話はないからね」

するとと帰蝶が、莉陽の話に頷いた。

「大戦の話ならわたしも耳にしたことがあります」

「江瑠沙でもあるのかい、そんな話が」

「ええ。わたしたちの一族は、その文明を紐解いて金儲けするのが好きですからね」

「なるほど」

何の話をしているのか分からない雪花は、景麟と共に疑問を浮かべたが、その話はそれ以上続かずそこで終わってしまった。

(帰蝶も江瑠沙出身ってことなのかな)

まあ、彼女が話す気がないならそこまでだ。秘密主義というか、つくづくあの花街にはよく分からない人間ばかりが集まっている。一体どうやったらそんな人間ばかりが集まるんだと、半ば呆れながら前に進んだ。

不気味な地下を進むと大きな石の壁が待ち受けていた。どうやって開けるのだろうかと疑問に思っていると、中から大きな音を立ててそれは開かれた。

「莉陽、遅かったですね」

壁の向こうから現れたのは一人の若い女性と、彼女の手を握る一人の少女だ。

「沙羅様。やはり見えておられましたか」

「ええ。それに、兄上からある程度の報せは受けていましたから」

静かに微笑む彼女であるが、その両目は伏せられていて動くことは無い。

（……見えないのか、目が）

すると沙羅と呼ばれた少女は見えていないはずなのに、雪花の方へと振り向いた。

「わたしは羅儀の妹が一人、莉莉・沙羅と申します。沙羅、とお呼び下さい。わたしはここで神官をしております。わたしはずっと待っていました。六花の如く、風を起こすあなたを」

「！」

「中へお入り下さい。この国は、まだお祖父様を必要としています。詳しい話は後です。さあ、急いで」

沙羅は白い祭服の裾をひらめかせ、雪花たちを中へと案内した。白い石造りの階段を上っていくと小部屋に出た。どこにも窓はないが、代わりに松明が焚かれて明るさを確保してくれている。簡易な寝台が用意されており、その上に皇帝をそっと寝かせると、帰蝶は改めて脈をとって頷いた。

「まあ……ここでやるしかないね。時間もない」

　帰蝶は荷物の中から医術道具を取り出すと、早速薬を調合し始める。

「え、何をやるつもりなんだよ。陛下になにするつもり？」

　いまいち話が呑み込めていない景麟が、帰蝶の手元を覗き込む。しかし背後から、莉陽の杖が目にも留まらぬ速さで振り下ろされた。

「ってえ！」

「馬鹿孫はさっき来た通路でも見張っておくんだよ！」

「祖母様ひどくない!? いきなり誰にも見つからずにやってこいって無茶言うし、次は陛下を担げっていうし、今は見張りをしろって!?」

「グダグダ言ってないでさっさとしなさね！　小遣い欲しくないのかい！」

「いるよ！」

「なら働きな！」

　小遣いにつられてやってきたのか。雪花たちは白けた目を彼に向ける。

「他に何を用意すればよろしいですか？」

「湯をたっぷりと沸かしといてくれ。あと砂糖に塩。阿利襪の油もあれば助かるね」

「はい」

「……帰蝶、料理でもするの？」

至極真面目にそう言えば、雪花も帰蝶に頭を叩かれた。

「んなわけあるか。陛下の体に溜まってる毒を中和した後、栄養を補うんだ」

「どうやって？　口から飲めないのに」

「胃に直接流し込む」

言葉の意味が理解できない雪花に、帰蝶はそれ以上の説明はしなかった。

沙羅は外で控える神官たちに指示を出すと、自身は邪魔にならないように部屋の隅に身を置く。彼女は羅儀とあまり似ていない。

羅儀は粗野な印象を受けるが、彼女は幼顔で、ふっくらとした頬が愛らしい女性だ。万人が親しみを覚えるような、清楚で、柔らかい印象。黒水晶の額飾りを身に着け、黒い髪を耳の横で緩く括って垂らしている。

さすが神官なだけあって神聖さを感じさせる。すると雪花の視線を感じたのか、沙羅はふわりと微笑んだ。

「兄上がお世話になっています」

「あ、いや……。こちらこそ」

気配だけで察することができるとはすごいなと感心しつつ、雪花は答えた。

「先に一つ、質問をよろしいでしょうか。どうしても気になっていたことがありまして」

「なんでしょうか」

微笑みながらも真剣味を帯びた声色に、雪花は身構えた。しかし飛んできた質問は、雪花の予想の斜め上をいくものであった。

「出産日はいつ頃ですか？」

「……は？」

間抜けな声が出た。今なんて言った、おっとりした顔でこの姫さんは。

「噂で聞きましたけど、兄上とは既に深い仲なんですよね。てっきりふりをするだけだと思っていましたが、まさかやることやっていただなんて……」

「あ、あの……」

頬を赤らませて恥ずかしそうな表情をする沙羅。

仮にも姫で、そして神官である者の口から、なぜ赤裸々な言葉が飛び出てくるのだ。自分たちなら下品に分類される言葉を使っても何の違和感もないが、目の前の彼女に対しては多少なりとも印象というものがあるわけで。

（いや、待てよ。どこかで感じたぞ、この既視感）

後宮で一人勝手に暴走していた麗娜妃を思い出す。

「出産祝いは何がいいですか？　あ、悪阻とかは大丈夫でしょうか？　さっぱりとした飲み物をご用意いたしましょうか」

「いや、違います」

「では栄養満点のお食事を」

「いえ、それも結構」

「なら生まれてくる御子のために、名前でも考えましょうか」

「いや、だから違います」

「あっ、その前に性別を予想してみますか。わたし、当てるの得意なんですよ」

「だから、できてないです。それ以前にやってもないですよ！」

一人暴走する沙羅に、雪花は焦って声を張り上げるが。

「ええ、分かってます。冗談ですよ」

にこりと微笑み返された。呆気にとられ、肩がずり下がる。

「こんな状況ですので、冗談でも言わないとやってられませんでしょう？」

「はぁ……？」

「沙羅様は、相変わらず人をからかうのが好きさね」

「ふふっ。いくらあの兄上でも、こんな時に女性に手を出しませんわ。もし遊びに興じていたら、この国の敷居は跨がせません」

家の敷居じゃなく、国の敷居跨がせないって事実上追放じゃないか。この女性、人畜無害そうな顔をしているが腹の中には何かを飼っているのではないかと、雪花は若干頬を引きつらせる。

「だが沙羅様。その兄君は足止めを食らっているさね」

莉陽は沙羅に仕えている少女から茶を受け取ると、疲れた様子で用意された椅子に腰かけた。腰をさすっているところをみると、腰痛は本当らしい。

「そのようですね」

「心配ではないので？」

「もちろん心配です。ですが自ら檻に入ったところをみると、あの面倒くさがりな兄も覚悟を決めたのでしょう」

「紫雲様と戦うことをですか？」

莉陽の言葉に、沙羅は首を横に振る。

「国を背負う覚悟、ですよ」

「ふん……。あの、手がつけられなかった餓鬼がかい」

「ええ。ですからわたしも皇族として、神官としてできることを――お祖父様をしばらくの間、匿うくらいできます。幸いにもここは不可侵の領域。紫雲殿下といえども、迂闊に手出しはできません。神殿での殺生は禁じられていますから」

「……だけど。その割にはえらく厳重に部屋の外を囲っているじゃないか」

帰蝶は作業の手を止めずに、部屋の外にある気配を察して呟いた。それは雪花も同じで、視線だけを扉の向こうへと向ける。部屋の外には、何人もの人の気配がある。

するとと沙羅は「あら、」と驚きの声を漏らした。両目が開かないぶん、本当に驚いているのか分かりにくい。

「よくお判りなんですね」

「こうもピリピリした空気寄越されちゃねえ」

「……ごめんなさい、あなた方に向けている訳ではありません。殺生は禁じられているとはいえ、不吉な未来を見たものですから」

「夢？」

「ええ」

沙羅は、拳をぎゅっと握りしめた。

「あなた方の他に、何者かがここに侵入してくる夢です」

するとその瞬間。どこからか一発の銃声が鳴り響いた。

＊＊＊

「羅儀。おまえ、陛下をどこへやった」

紫雲に刃の切っ先を喉元に突きつけられた羅儀は、薄ら笑いを浮かべた。頭からは冷水を浴びせられ、紫紺色の髪から水が滴り落ちる。両腕は後ろで拘束され自由を奪われていた。

「知らねぇよ。俺はあいつらに任せただけだ。陛下を守れってな」

「……もう一度聞く。どこへやった」

紫雲の冷徹な視線と共に、刃の切っ先が羅儀の皮膚に食い込み、薄っすらと血が浮かぶ。

「てめえに答える義理はねぇよ」

だが羅儀は微動だにせず、片目で紫雲を強く見返す。二人の間に見えない火花が散る。

「羅儀、首を刎ねられたいのか」

柄を握る紫雲の手に力が籠もる。

「刎ねたいなら刎ねろよ。ただし、俺に構っている時間があるならな」

「なんだと――!?」

その途端、大きく轟く爆発音。地を揺るがし、建物全体が微かに揺れた。部屋の外がざわめき出す。

（……いい頃合いだな）

羅儀は片方の口端を持ち上げた。

「こんな所でちんたらやってると、一気に俺らに食われるぜ」

「おまえ、まさか――」

皇帝の身柄が確保出来次第、左翼を動かせと行空と玉兎に伝えてある。

「紫雲。俺らはどうあっても、てめえの信念は曲げられねえみたいだ。なら、正面切ってぶつかり合う他ねえだろ。翼が折れるのはどちらか。勝負といこうぜ、紫雲」

羅儀と紫雲の視線がぶつかった。ひとかたならぬ決意を秘める羅儀の眼差(まなざ)しに、紫雲は目を細め、そして笑った。

＊＊＊

「やっぱり来た……。ここを、血で汚す者が」

鳴り響いた銃声に、沙羅の声色に恐怖と怒りが入り交じる。どうやら先ほど言っていた侵入者がお出ましになったらしい。

(本当に見えているんだな)

羅儀も前に言っていたが、見えるというのはすごい能力だな、と思う。具体的には分からなくとも、未来が垣間(かいま)見えるということなのだから。

(でも、今は感心してる場合じゃないな)

雪花は刀を掴(つか)んで外に出ていこうとした。しかしすぐに背後から肩を掴まれて、雪花は後ろを振り返った。

「雪花、あんたはここに残るんだよ。掃除ならわたしが行く」

「帰蝶？」

帰蝶は背に流していた髪を、簪一つで手早くまとめ上げながら雪花を見下ろす。

「わたしが戻ってくるまでに、そこに揃えている薬をすり潰しておきな。あと、出してる器具。用意してもらっている鍋で煮ておくこと」

「すり潰すのは分かったけど。え、に、煮るの……？　ていうか帰蝶、一人でどうするつもり？」

銃を持っている相手に、一人で何をしようと言うのだろうか。

「一人の方が動きやすい。はじき相手ならなおさらね」

赤い唇で鋭い弧を描いた帰蝶は髪を団子にまとめると、荷物の中から大きめの木箱を取り出した。その中に入っているものを、彼女は慣れた手つきで組み立てていく。

「帰蝶。それ、まさか――」

「あぁ、銃だよ」

帰蝶は手を動かしながら答えた。

「わたしの勘が当たっているなら、相手は神聖な場所だろうが気にも留めない連中さ。血の海になる前に、さっさと片付けるに限る」

「片付けるって、そんなこと帰蝶が……」

できるはずがないだろ、と言いかけたが、雪花はその言葉を呑み込んだ。そして額を押さえる。帰蝶ができもしないことをやるはずがない。冗談を言っていないことは、彼女の目を見たら分かる。

そう、分かる。——分かるのだが。

（一体何なんだ。帰蝶といい楊任といい、何者なんだ。いや、考えるだけしんどいな。もうなんでもいいや）

最近驚くことが多すぎて、色んな意味で感覚が麻痺してきている。

「ええと。わたしは出なくていいんだね」

とりあえず再確認だけしておく。

「あぁ、構わないよ。すぐに終わらせてくる」

言うこと為すこと、そんじょそこらの男よりも男前である。そりゃ、中々帰蝶のお眼鏡にかなう相手がいないはずだ。

「相手に心当たりがあるのかい？」

莉陽も驚いていないところを見ると、帰蝶のこういった面を知っているようだ。

「皇帝に盛られた毒を扱うのは、江瑠沙のとある貴族でしてね。それで始末できなけりゃ、確実にとどめ刺すのが彼らのやり方なんですよ」

「……なら、やはり江瑠沙の者が介入してるってことかい」

「おそらく」

するとまた一発、銃声が鳴り響いた。今度は先ほどに比べて音が大きい。近づいてきている。帰蝶は舌打ちすると沙羅に尋ねた。

「時間がないね。誰か道案内を頼めるかい」

「は、はい。ではこの子を、瑠夏を連れて行って下さい。この子は神官の中でも武には優れていますので、あなたの足を引っ張るようなことはないと思います。……瑠夏、お願いできますか」

「はい」

沙羅は傍に控えている少女に頼むと、彼女は迷う素振りもせずに頷いた。幼いのにもかかわらず、怯えの表情一つすら見せない無表情な少女である。目の見えない沙羅が傍に置いているところをみると、ただの世話人ではなく、護衛も兼ねているのだろうか。

「じゃあこいつを少し借りるよ」

帰蝶はそう言うと、少女を引き連れて本当に出て行ってしまった。

ぽつんと残された雪花は首裏を掻くと、言われたことをしておくか、と薬をすり潰しにかかった。帰蝶の命令は絶対である。

「あやつのことを、おまえさんは何も知らんのかい」

しゃがみこむ雪花の後ろから、莉陽は声をかける。

「知らないよ。だって医師だってことも最近知ったのに。楼主と医師と……何。殺し屋稼業の三足の草鞋でも履いてるの?」

「は、楼主?」

「妓楼経営してるけど」

「……なんと。あの娘、そんなことまでしているのかい」

「え、ていうか殺し屋はあってるの?」

そこは否定しない莉陽に、さすがの雪花も慄いた。だがすぐに「阿呆!」と莉陽に頭を叩かれる。

この婆さん、だんだん自分の扱いが雑になってきていることに気づいているだろうか。

「愛紗は元々用心棒だったんだよ。自由気ままに放浪する、危なっかしいおまえさんの父親のな」

「…………はぁ?」

雪花の口から、素っ頓狂な声が零れた。

＊＊＊

瑠夏という少女に案内され、帰蝶はようやく地上の光が差し込む大広間へと出た。何段もの階段を上ったことから、帰蝶の額にはうっすらと汗がにじんでいる。どうやら先ほどの場所は、思った以上に深いところにあったようだ。それに、迷路のように道が入り組んでいて、少女の案内がなければ迷っていただろう。

帰蝶は一息ついた。

大広間はひと言でいえば真っ白だ。宮廷の側にそびえるこの大神殿は、外観・内観共に白を基調としている。迦羅の厳しい冬を表現しているそうで、雪の寺院と呼ばれている。すれ違った神官たちの話によれば、侵入者はこのすぐ手前までやってきているようだ。

神官の一人を人質にとって。

帰蝶は瑠夏を祭壇の裏へと隠すと、自分は祭壇の真ん前に立った。入り口から祭壇へは、太い石柱が幾つも列をなしている。その距離を測るように、帰蝶は目を細める。

「……お姉さん。大丈夫なの？」

瑠夏が、両膝を抱えながら小さく呟く。

「距離、結構あるよ。ここから入り口まで」

「そうだねえ」

ざっと見て、距離は半町あるかないかといったところか。本当に馬鹿でかい神殿だ。帰蝶は首を鳴らして、銃を床に突き立てた。

「すぐに終わらせる。あんたは黙って隠れてな」

重い扉が開かれる音に、帰蝶はその顔から感情を消し去った。そして、そこから姿を現した人物と対峙する。

「あら。やはり、あなたの仕業でしたか」

その人物は帰蝶を認めると、両目を猫の目のように細めた。彼女は皇帝付きの女官の一人だ。おどおどとしていて、気弱そうな女であったはずだが、どうやら化けの皮を被るのはやめにしたらしい。人質にとった女のこめかみに銃口を突きつけ、悠然と笑っている。

彼女は人質を盾にして近づいてくる。蒼白な顔をした人質の片腕からは血が流れていて、祭服の袖が破けているところをみると、彼女の持つ銃弾が掠めたようだ。

「迦羅皇帝は、やはりここにいますね。この方に聞いても何も知らないようで。でもよかった。あなたなら知っている。なんせ、連れ去った誘拐犯ですもの」

「ふん、暗殺者が何言ってんだい。あんた、ピエリ家の者だろう？〝the reaper of silence〟――ひと昔前、江瑠沙の中枢に食い込んだ毒だ」

帰蝶は鼻で笑い飛ばすと、女は一瞬虚を衝かれた表情になった。そして驚いたわ、とすぐに口端を持ち上げた。

「あなた、何者？」

「同郷だ。まあ、あっちにいた時間の方が短いが」

「へえ。まさかこんなところで出会うなんて。じゃあ話が早いわね。江瑠沙にとって非協力的な迦羅皇帝は要らないの。引き渡してくれないかしら」

「それは無理だ」

きっぱりとした語気で、帰蝶は断った。

「あら。この国に思い入れでも？」

「わたしはどこの国にも興味はないよ」

「なら、なぜ立ちはだかるの」

「個人的な約束さ」

「ふうん」

「あんたも愛国心も何もあったもんじゃなさそうだが……。汚れ仕事と引き換えに、ピエリ家の再興でも取り付けたか」

「……わたし、あなたみたいに頭が切れる女は嫌いよ」

「ああ。わたしも嫌いだ、あんたみたいに脱皮する蛇女は」

「やだ、蛇女だなんて。……ますます嫌いよ、あなた。何も知らないくせに」

声色を変えた女は、パンっ、と短銃を天井に向けて発砲した。女の目には殺意の色がくっきりと表れている。

人質は叫び声を上げ、さらに顔色を失くす。もはや気を失って倒れそうだ。

「図星かい、小娘。弾は大切にしな」

「うるさいわね、おばさん。これは時代遅れの銃じゃないのよ。連発できるようになってる。だからさっさとその銃捨てて、この人質と代わってよ。医師なら人命第一でしょ」

「悪いがお断りだ。おばさん呼ばわりするあんたは、ここで始末する。それにわたしは確かに医師だが、あくまで端くれだ」

帰蝶は銃を女に向けて構えると、女は嘲笑を浮かべた。

「……確かに、品の良さそうな医師じゃないわね。でもそんなもので、しかもこの距離。届かないわよ」

「いいかい、わたしは気が短い。今すぐ投降するなら撃たないでやる」

「ご冗談。でもまぁ、やってみたら？　どうせ当たらないから。ただし、一発でも撃てば、わたしはこの女の頭を撃ち貫くわ」

「……なら、遠慮はいらないね」

帰蝶はそう言うや否や、なんの迷いもなく人差し指で引き金を引いた。石壁に響きわたる、耳をつんざく大きな銃声。弾丸の軌道は真っ直ぐに突き進む。

一方、女も引き金を引こうとした。だが、すんでのところで叶わなかった。帰蝶が放った銃弾が、短銃を構える女の右手を貫いたからだ。女の手から銃が離れ、石畳の上に音を立てて転がり落ちる。人質となっていた女は叫ぶこともできずについに気を失い、力をなくして地べたに倒れこんでしまう。

「なんで――！」

「悪いが、わたしは雪花ほど甘くはないよ」

帰蝶は続けて、女の残りの手足に向かって銃弾を放った。右足、左足、そして左腕。三発の銃声が続けて響き渡る。女は大きな呻き声をあげて石畳に倒れこんだ。

帰蝶は詰めていた息を吐き出すと、銃を肩に担いだ。足音を響かせながら、呻く女の元へと歩き出す。

「なんで、届くのよ――！　そんな銃が！」

「届くさ。なんせこれは、見た目こそ古く見えるが中身は江瑠沙でも最新だ。あぁ、でもまだ出回っていないと思うが」

「は!?」

「国に流通させているのは、まだ古い型だ。精度も飛距離も段違い。それに、わたし相手にはじきで勝とうなんざ千年早い」

帰蝶は転がっている短銃を拾い上げると、詰められている弾を取り出して捨ててしまう。

「な、なんなの……。なんなのよ、あんたは！」

帰蝶は胸元から、自身の短銃を取り出して女の眉間に突きつけた。女の顔に恐怖の色が浮かぶ。だがそれでも女は最後の矜持か、唾を呑み込み、帰蝶の目を強く睨み返す。

「医師の端くれだって言ってるだろ」

「ぁはっ……。そんな物騒な医師がいるものですか！」

「医師たる者、自身を守ることもできなきゃ患者も救えないんだよ。特にこんな物騒な場合や、戦場ならね。……ま、わたしの師はそれができなかったから、その役をわたしがやっていたが」

「そんなおっかない目をして、護身ですって？　冗談じゃないわ……！」

女は荒く、短い息を吐きながらも笑う。

「でも、もう手遅れよ。皇帝は助けようにも寿命が尽きようとしているわ。江瑠沙に従順な紫雲殿下が次の皇帝。羅儀殿下も今に消える。わたしの仲間が動いたわ」

「あの江瑠沙が玉座を担ぐってかい？　ってことは、紫雲殿下も共犯か」

「さあね……。自分で調べなさいよ、そのくらい」

「悪いが遠慮しておく、時間がないからね。そして時間を取るあんたは、ここで始末しておく」

帰蝶はそう言うや否や、再び引き金を引いた。——だが、発砲音はしなかった。カチャ、という静かな音がしただけだ。

両目を極限まで見開いた女は、そのまま気を失って人質と一緒に倒れ込んだ。帰蝶はつまらなそうに鼻を鳴らし、銃口で倒れた刺客の頭を小突く。

「ばぁーか、空だよ。ったく、小娘がこんなことでへばってんじゃないよ」

「……お姉さん、終わったの？」

祭壇の後ろから、瑠夏が半分顔を覗かせる。

「ああ、終わった。悪いけど、誰か呼んでこの女も運んでくれるかい」

帰蝶は自身の袖を歯で破り裂くと、それで女の四肢を縛り上げて止血を行う。

「いいけど……。本当に、お姉さんは何なの？」

すると帰蝶は、人差し指を立てて笑った。

「楼主、時々医師。あとは、秘密さ」

＊＊＊

――騒がしい。

美夕は扉の外が急に騒がしくなったのを感じ、身を守るために火かき棒を握りしめてじっと構えていた。

一体何が起こっているのか。外と隔離され、軟禁されている自分には分かりようがない。

刃と刃が激しくぶつかり合う音。人々の怒声、叫び声。何かが、ここに近づいてきている。そして、格子模様の扉に飛び散る血の影。

美夕は震える自分を叱咤して、その扉が開かれるのを固唾を呑んで待った。

その扉は、予想に反して勢いよく蹴破られる。

「はぁい、あなたが美夕？　助けに来たわよ」

　だがそこから現れた人物は、場違いなくらいに派手な装いをした美しい男と。

「風牙殿、失礼ですよ。はぁいってなんですか」

　頬を血で汚しながらもにこやかに笑う、髪を三つ編みにした青年だった。彼らが敵か味方か判断がつかない美夕は、火かき棒を握りしめたまま後退する。

「えー、ご挨拶じゃない。あ、わたしは風牙。よろしくね」

「俺は白哉と申します。羅儀殿下の命で参じました」

　白哉の口から飛び出た息子の名に、美夕は反応を示した。

「あの子は、羅儀は無事なのですか！」

「んー多分？」

　風牙は顎に人差し指を当て、首を傾げる。

「多分って、どういう意味ですか！」

「だって今頃、宮廷でぶつかってる頃合いだし。無事かどうかって言われても」

「ぶつかるって、まさか……！」

「はい。左翼、右翼がぶつかっているはず。その隙に、あなたを救出せよと命を受けました」

「そんな……」

美夕の手から火かき棒が滑り落ちる。

「さあ、早くここから脱出を。俺たちはもう一つの仕事を終わらせてから――」

「だめよっ！　あの二人は、ぶつかってはいけないわ！」

声を上げた美夕だったが、緊張の糸が切れたせいかふらついてしまい、風牙に支えられる。

「どういう意味？」

「わたしにも分かりません。でも、胸騒ぎがするのです。何かが、違う。何かを見落としているような……。そういえば、陛下が消えたのは羅儀の仕業ですか？」

風牙は頷いた。

「安全な治療のために仕方がなく、ね。おそらく大神殿にいるはずよ」

「大神殿……。良かった、無事なのですね」

「わたしたちは、もう一仕事を終えてから仲間と合流するつもりなんだけど。あなた、紫雲殿下の書斎や私室の場所は分かる？」

「それはもちろん分かりますが、一体何を？」

「紫雲殿下と江瑠沙が通じているっていう証拠があれば、話は早いでしょ。そうすれば、彼女を止められる」

美夕は目を見開き、大きく頷いた。

「なら、それを見つけた後、あなたがたに連れて行って欲しいところがあります」

美夕は風牙の腕を握りしめ、縋るように言った。

＊＊＊

「あ、帰蝶。お帰り……って。誰、その人」

言われた通り、雪花たちが一通りの準備を終えたところで帰蝶が戻ってきた。怪我をしている女を、男の神官に担がせて。

「刺客だよ」

「え」

「大丈夫、目覚めても動けないさ。皇帝の治療が終わったら処置しておく」

「……その人の四肢、ぶち抜いたの帰蝶だよね」

「言うこと聞かなかったんだから仕方がない。それに命はとってない、急所は外してる」

そういう問題だろうか。色々とつっこみたいところだが、時間がないので雪花はやめた。

運ばれてきた女を、床に寝かすのを手伝うことにする。四肢を撃たれた女は皇帝の部屋で見かけた女官の一人であり、莉陽がそれに気づき複雑なため息を漏らしていた。

「……こんな近くにおったのかい」

雪花は思わず静姿を思い出し、僅かに睫毛を伏せる。

「みたいですね。治療をした後、詳しい話を聞きましょう。──それよりも雪花。羅儀が危ないらしいよ」

帰蝶はたすきで袖を捲り上げ、手桶に張られた水で手を洗う。

「羅儀が？」

もうすでに危ない状況だろうと思いつつ、雪花は振り返る。

「刺客はそいつの他にまだいるそうだ」

四肢を撃たれた女を帰蝶は顎でしゃくる。

「今、宮廷は左翼・右翼がぶつかり合ってる真っ最中だ。その動乱に紛れて殺すことくらいわけないだろう」

「でも、その前に紫雲殿下が羅儀を始末していたらどうするの」

とそこまで口にして雪花は言葉を切った。沙羅が唇をきつく引き結んでいたからだ。

「す、すみません……」

「いえ、本当のことですから。どうぞ話を続けて下さい。わたしなら平気です」

雪花は帰蝶と目を見合わせ、言葉を選びながら話を続ける。

「まあ、あれだ。左翼を止めるには、あんたの兄を盾に取っている方が紫雲殿下にとっちゃ都合が良いだろう。そんな簡単に、同じ皇族を殺しはしないだろうよ」

「なら、こいつら刺客と紫雲殿下は共犯じゃないってこと？」

「さあねえ。そこまで知ったことじゃない。無理やり起こして聞き出すかい？」

「……いや、それはいいよ」

なんだか、この刺客が可哀想になってきた。帰蝶のことだ、傷口に銃口でも押し付けてぐりぐりと抉りそうだ。

仕方がない、と雪花は立ちあがり刀を差した。そして煤だらけの面紗を被りなおす。

「助太刀に行ってくる」

「ああ、そうだね。よろしく頼むよ」

「ちょっと、何言ってんだい！　危ないところにおまえさんまで飛び込んだら、跡を継ぐ者が――」

莉陽は声を上げて雪花の前に立ちはだかるが、雪花は首を横に振って彼女をやんわりと押し退けた。

「悪いけど、わたしがここに来たのは、それを帳消しにしてもらうためだ」

「!?」

「そんでわたしは今、羅儀の用心棒だ。仕事はきっちりさせてもらう。だから沙羅様、そんな顔してないで、せめて無事を祈っていて下さい。あなたの祈りなら、きっと羅儀に届く」

雪花は笑ってみせると、やってきた地下道を引き返していった。

「なんつう娘さね、ありゃ」

莉陽は呆れたように、どこか懐かしいものを見たようにしみじみと呟いた。

「雪花は強いでしょう。養父は馬鹿で阿呆ですが、守るべき〝道〟はしっかりと叩き込んでいます」

帰蝶はそう言いながら手を拭うと、熱湯で消毒した器具を手元に並べていく。

「まるで、闇を切り裂く光ですね」

沙羅も口元を緩め、ふっと笑みを零す。

「光というより、あれは旋風さね」

「旋風、ですか？」

「ああ。巻き起こすのさ、風を。まるで始祖――天花のように、その一生を駆け抜け風を生み出す。だから皇家は〝颯〟の氏を代々受け継いでいるんですよ、沙羅様」

＊＊＊

正門を突破した左翼は、紫雲率いる右翼と交戦状態にあった。

「俺らの目的はあくまで羅儀を取り戻すこと！　そして紫雲殿下と元璋の身を拘束するこ

とだ！　なるべく無駄な殺生は避けろ！　戦力をそぎ落とせればそれでいい！」

行空の張り上げた声に、左翼の者たちが大きく呼応する。

「行空、わたしたちは先を急ごう」

「おうよ」

待ち構えている右翼の者を斬り捨てながら、二人は長い回廊を突き進んでいく。

「仲間からの情報だと、羅儀は西翼の牢に繋がれているわ」

「……あいつらが派手に壊してくれたところか」

「ええ。早くケリをつけてしまいたいけど」

玉兎と行空は、角を曲がったところで足を止めた。目の前に現れたのは、願ってもない人物だ。いや、違う——。正直、羅儀の元へたどり着くまでに、出くわしたくなかった。

「行空、玉兎。おまえたち、覚悟はできているのだろうな」

てっきり身の安全が確保できる場所にいると思っていた。まさか前線に立っているとは。

そこにいたのは、相変わらず冷たい双眸を向けてくる紫雲。そして彼女の腹心、元璋だ。

「殿下。まさか、こんなところにおられるとは」

「おまえたちの目的は羅儀だろう。なら、無駄に動かずここで待ち構えていれば良い。安心しろ、羅儀は殺していない。陛下の居場所を吐けば解放してやる。無論、ただでという訳にはいかないが」

「……答えるつもりはない、と言えばどうなさいますか」

玉兎が凄むと、紫雲は嘆息した。

「元璋、おまえの弟子は随分と生意気に育ったものだな」

「申し訳ありません。かつての弟子の間違いは、今ここで師たる自分が正しましょう」

元璋は刀を抜いて玉兎の前に立つ。彼が纏う圧倒的な空気に、玉兎は震え出しそうになる自身を叱咤する。下唇を犬歯で噛みしめ、一呼吸を置いて刀を構える。

「ならば行空、おまえの相手はわたしだな」

そして紫雲も抜刀し、槍を構える行空に対峙した。

「皇族だからと、女だからと遠慮はいらない」

「遠慮できる相手なら、とっくにしてますよ。あなたの実力は、嫌という程知ってますから」

「そうか。……なら、行くぞ」

四人は紫雲の言葉を皮切りに、一斉に地を蹴った。

＊＊＊

「くそ……。このままじゃ凍死しそうだ」

羅儀は囚われたまま一人毒づいていた。皇帝の居場所を吐かせるために、紫雲たちに冷水を浴びせられた。衣は水をたっぷりと吸っていて、暖を取ることもできないため凍える一方である。拷問は、行空たち左翼が突入してくれたおかげで一旦中断となったが、まさかそのまま放置されるとは。

(救出されるのが先か、殺されるのが先か、凍死するのが先か。……にしても、外の戦況が分からねぇな)

紫雲の性格ならば、これを機に左翼の戦力を削ぐだろう。どこからか指示を出しているはず。

(いや……。戦力を削ぐなら、俺の副官である行空と玉兎を自ら抑えに行くか。あいつら二人を捕らえてしまえば、俺は手足を奪われたも同然)

良くも悪くも強く進み続ける紫雲の背中を思い出し、羅儀は舌打ちした。

昔は幼い自分を背負って遊んでくれた、優しい姉のような存在だった。優しいだけでない。女の身でありながら文武両道、努力を決して怠らない。国への忠誠心は一際強かった。

迦羅皇族は、身内での争いをひどく嫌う。神職は政に干渉することを禁じられていることから、傍系の人間は自ら神職に就く者が多い。そうすれば、醜い身内の争いを避けられるからだ。自分の父親である比埜が神職を選んだように、自分も妹の沙羅と共に神職を選んだ。自分の場合は左右の目の色が違うこと、琥珀色の目を片方しか持たないことから、皇族として半端者だの気味が悪いだの、幼い頃から陰口を叩かれていたことも理由の一つだ。そんな自分にとって、未来を垣間見ることのできる先見の力があることは唯一の誇りだった。だから神職を選んだ。けれど突然、見えなくなった。周りはまた、半端者だと自分を嘲笑った。

自分でもどうして良いのか分からなくなって、一言でいうと荒れた。年相応の反抗期というものかも知れなかったが、陰口叩く奴らを片っ端からぶん殴っていたら、さすがに禁足を言い渡された。それも腹立たしくて窓から抜け出したら、様子を見に来た紫雲に見つかり、歯向かったらあっさり負かされた。

『おまえは馬鹿なのか。仮にも神職に就いた人間が暴れてどうする。神も頭が痛いだろうよ。そもそも、暴れたところで何か現実が変わるのか？』

『うるせえ！　どうせ俺は、何をしたって半端者だ！』

『本当に全てが半端だな、羅儀。ついて来い。その甘ったれた精神、叩き直してもらえ』

そう言った彼女に襟首を掴まれ、陛下の前に放り出された。そして陛下にも容赦なくぶん投げられた。

『暴れ足りないなら、神職なんて辞めて軍で一から働け。血の気が多い連中に揉まれてこい』

そして本当に、一兵卒として軍に放り込まれた。まあそのおかげで、今共にいる仲間とも出会うことができた。

だが、いまだに羅儀という名を捨てきれないし、花嗣という名を背負う覚悟ができていない。自分はまだ半端者だと思う。しかしもう、迷っている時間はない。彼女を止めなければならない。後には引けないのだ。

だが気になる点がある。先ほどの紫雲の表情。行空たちが戦いの火蓋を切った際、彼女は笑った。普通ならば顔を顰めるであろう場面で、鮮やかに。

(なぁ紫雲……。おまえ、本当は何を考えている)

何が彼女を突き動かしているのか。見えそうで見えない、崩せそうで崩せない。陛下を、国を裏切ってまで、彼女は何をしようとしているのだ。

するとその時、外が急に騒がしくなった。見張りたちが外に向かって駆け出し、悲鳴を上げて次々に倒れ込んでいく音。そして近づいてくる足音。篝火に照らされ、その者が姿を現す。男だった。医官の服装を纏い、手には血に濡れた刀。そして、羅儀の姿を認めると目を細めた。

「羅儀殿下、みぃつけた」

「……おいおい、誰だよてめえ。気味わりぃな」

「江瑠沙からの刺客だよ」

「江瑠沙だと？」

羅儀は顔を顰めた。

「紫雲殿下を邪魔する君と、迦羅皇帝は邪魔なんだ。仲良くしてくれる紫雲殿下は江瑠沙にとって必要だからね」

「てめえ、まさか陛下を！」

男は歯をのぞかせてにんまりと笑う。

「あはは、そうだよ。今まで俺たちで毒を盛ってきた。迦羅は閉鎖的な国だから、江瑠沙より文明が遅れている。気づかれなくてよかったよ。まぁ本当の予定では、その疑いを君の母親にかけて、自殺に見せかけて殺してしまいたかったんだ。でも紫雲殿下が、自ら制裁を加えると言って彼女を隠してしまったから、そこはまだ完璧じゃないんだよね」

激しい怒りが内で燃え上がり、羅儀は奥歯を噛みしめた。

「でも安心して。君を殺した後に、必ず一緒の所に送ってあげる。あぁ、あとねえ。皇帝を避難させようにも無駄だよ。同胞が今頃とどめを刺しに行っている」

「ぶっ殺す！」

羅儀は声に殺意を滲ませた。だが男は可笑しそうに笑い飛ばす。

「あは！　やれるならやってみれば？　両手を拘束された君に何ができるのかな。君は、俺に殺されるだけだよ」

男は愉悦の色を目に浮かべ、刀を振り上げた。

だが――。

「わたしの依頼人に手を出すな」

男の背後から、気配を殺して近づいていた雪花が宙を飛んだ。篝火に照らされた白刃。金色の目を鋭く光らせ、刀を持つ男の腕を斬り落とした。瞬間、男の腕から激しく噴き上がる血飛沫。暗い石壁に血が飛び散る。

「ぁあああああ――!?」

雪花は叫ぶ男に構わず、次に両足を斬りつけた。地に沈んだ男を腹這いにして押し倒すと、男の肩に刃を突き立てた。

「おまえぇぇええ！」

「殺しはしないよ。あんたの相棒も生け捕りにした。あんたたちにはまだ使い道があるようだから。だからとりあえず、黙って寝てな」

雪花はそう言うと、男の襟元を締め上げ気絶させた。

「……容赦ねえな」

「屑野郎に優しさは持ち合わせてないよ」

雪花は頬に飛んだ返り血を手の甲で拭うと、羅儀の拘束を解いた。そしてその縄で、今度は腕を失くした男の止血をしてやる。

「多少は持ってんじゃねえか、優しさ」

「死なれたら困るからね、大切な生き証人だ。それよりも羅儀、びしょ濡れだね。水浴びでもしてたの？」

「んなわけねえだろ！　拷問されてたんだよ！　凍死寸前だ馬鹿野郎っ」

「はは、だよねえ。ごめん、遅くなって」

「……別に構わねえさ」

羅儀は手首を摩りながら立ち上がると、刺客の男を冷たく見下ろした。そして歩き出す。

「行くぞ。紫雲を止めに」

「はいよ」

雪花と羅儀は牢を後にしながら、会話を続ける。

「だがその前に、服を着替える。凍死しそうだ。ここが西翼なら、確か陛下の衣裳部屋があったはずだ」

「……あ」

雪花は、しまったなあと足を止めた。

「どうした」

「……たぶん、そこ、ぶっ飛ばしちゃった」

「あぁ!?　なんでよりによってそこをぶっ飛ばすんだ！」

羅儀は勢いよく雪花を振り返った。

「だって、思ったより威力がそのさぁ」

「ったく使えねえ！」

「服なんてなんでもいいだろ。あー……そこに倒れてる人の服もらおうよ」

雪花は、先ほどの刺客にやられた兵の一人に謝りをいれると、服を剝ぎ取っていく。

「追い剝ぎか！」

「仕方がないだろ、文句言うなよ。それともびしょ濡れのままでいいの？　動きづらいよ、それ」

「……くそ！　色んな意味で最低だ！」

二人は言い合いを繰り広げながら、服を頂戴するのであった。

＊＊＊

「あの馬鹿餓鬼共。派手にやらかしているな」

大刀を肩に担ぎ上げた鴻鈞は宮廷に続く正門の外で、やれやれとため息をついていた。

国を守るはずの左・右翼が交戦し始めたという報せを聞いた鴻鈞は、初めこそ勝手にしろと思っていたが、さすがに放っておくわけにもいかず、皆の説得もあって無理やり引っ張り出されていた。

「鴻鈞様、準備はいつでも整っております」

無理やり屋敷から引っ張り出した一人、副官である普賢が戻ってきた。

「ですがその前に鴻鈞様にお客様が」

「客だぁ？」

「鴻鈞、お久しぶりです」

簡素な服装に身を包んでいる女——美夕が、派手なでかい女を引き連れて普賢の後ろに立っていた。

「おう、美夕か。老けたなおまえ。やっと出て来たのか」

「そういうあなたも十分老けてますよ、この阿呆将軍。なんでこんな奴が大将軍なのか、今になっても意味不明です」

「それは光栄だな」

「相変わらず全く話が通じませんね。同じ一族として心底嫌になります」

「ははは、そうか。おまえもねちっこそうなのは変わりないな」

「……ほんっとうにイラっとくるわね。普賢、こんな奴のお守りがよくできるわね」

「美夕様、好きでやってるわけじゃありませんよ」

怒る気力もないのか、美夕は片手で頭を抱える。一方の鴻鈞は笑いを引っ込めると、気になっていた派手な女に目をやった。どこか見覚えのあるような、ないような奴である。

「そいつは誰だ」

「この方は、玄雪花の養父である玄風牙殿です。わたしを助けて、ここまで連れてきて下さいました」

「どうもー、雪花の母兼父ですぅ」

「風牙？　おまえ、男なのか」

「あら。性別なんてなんでも構わないでしょう？」

「あー。まあ、そうか？」

「でしょう？」

構わないのかいと、副官の普賢と美夕は疲れた顔で内心つっこんだ。変人の感性は理解できない。美夕は、まともな話を進めるべく前に出る。

「鴻鈞、お願いです。あの二人を止めて下さい」

「あのなあ、美夕。中軍を動かせるのは青遥だけだぜ」

「ですが今は非常事態。陛下は指揮を執れず、次代も選定されていない。そのような状況下では、掟に従うなら軍事における大権は一旦あなたに委ねられる。軍を動かせるのはあなたしかいない」

「だが一度動かせば、俺は後々審議にかけられるんだぞ」

「そんなこと、あなたは歯牙にもかけないくせに。なぜ頑なに動こうとしないのですか」

美夕の鋭い言葉に鴻鈞は肩を竦めた。

「動くも何も。務めを果たす時が来れば動くさ」

「これを見ても、まだ動かないと言いますか」

美夕は懐に入れていた一通の書状を取り出すと、それを鴻鈞に差し出した。

「紫雲が江瑠沙皇帝との間に交わした密約書です。紫雲の屋敷の中で見つけました。これでもまだ、中軍を動かさないと？」

鴻鈞は一通り目を通すと、つまらなそうに鼻を鳴らした。そして普賢に回す。

「あらまあ。澄と玻璃を落とすだけでなく、技術力の提供と引き換えに我が国の領土を一部引き渡すとは。鴻鈞様、これで確実な大義名分はできましたね」

「あのなあ普賢。別に、そんな紙切れに俺は興味はないさ」

「鴻鈞！　あなた、国が今どんな状況にあると――」

「美夕、そんなに怒鳴るな。そんな紙切れの存在がなくとも、俺は動くつもりだと言っているんだ。ただ、時を待っているだけだ」

「……え？」

鴻鈞は面白そうに笑うと、なぜか風牙の顔を見た。

「おまえの娘とは、柄杓を交わした。あいつはなかなか面白い。あの娘に死なれては、勝負の続きができんからな」

「柄杓？……ああ！　射的の一件の事かしら」

「そうだ。あいつは、最後の最後まで俺に喧嘩を吹っかけてきた」

射的での勝負がつかず、最後に雪花が鴻鈞に放った言葉がある。前後不覚に陥りながらも、人差し指を鴻鈞に突き付けて。

『わたしがもし、動乱で死んだら続きはできないよ。続きがしたければ、わたしを助けるしかないね』

国や戦がどうのというたいそうな理由ではなく、ただ、勝負をするためだけに自分を助けろという、なんとも豪胆な娘。だが、賢い娘だとも思った。人の心を突くことが上手い。

鴻鈞は思い出し、声を忍ばせて笑った。

「売られた喧嘩は、買うのが俺の流儀だ！」

「え、もしかして本当に続きをするつもりですか」

普賢がぎょっと表情を引きつらせる。

「無論。引き分けなど性に合わないからな。引き分けなのは、青遥との勝負だけで十分だ。二人とも負かしてやる。というわけで、そろそろ出る準備をしておけ」

「え、本当にそんな理由で出るんですか。……言いたくありませんが、あなたならもう少し早くどうにかできたんじゃないですか？」

普賢は上官に向かって、じとりと責めるような目を向けた。

鄧鴻鈞という男は変人で何を考えているか分からないが、鋭い感性で誰よりも早く、的確に戦局を読む。こうなることは分かっていたはずだ。

「そんな目で見るな、普賢。俺が出る幕は、結局は武力を行使するときのみ。俺は一介の軍人だからな――政に口は出さん。しかも今回は訳が違う。気づかないか」

「は？」

鴻鈞は大きな宮廷を見上げて呟いた。

「時代が分かれようとしてるんだ。紫雲か、羅儀か。俺は黙って、その時を待っていただけだ。それにおそらく、この戦いに勝者などいない」

「は？」

「鴻鈞！　やはりあなた、何か知っているのね！」

疑問を浮かべる普賢を押し退け、美夕は鴻鈞に詰め寄る。

「紫雲はわたしを確かに捕らえた。けれどももしかしたら、あの娘はわたしを匿っていたのではないの？」

「俺は何も知らない。ただ、紫雲はあいつなりに国を守ろうとしている。正義とは多種多様、正解などない。青遥にもぎりぎりまで手を出すなと言われていた」

「……どういう意味ですか」

「俺は説明するのが苦手だ。自分で考えろ。おまえの頭は飾りか？」

「なんですって⁉」

「――鄧将軍に報告が！」

青筋を立てる美夕と、面倒くさそうな顔をした鴻鈞が睨(にら)み合っていると、一人の兵士が息を切らして駆け寄ってきた。

「なんでしょう」

話が通じにくい大将軍に代わり、普賢が対応するのはいつものことだ。

「江瑠沙と澄からの使者だと申す者が来ております！」

「何？」

普賢が鴻鈞を振り返ると、彼は通せと頷(うなず)いた。

「通して下さい」

「はっ」

すると程なくして、三人の男が鴻鈞たちの前に現れた。風牙はそのうちの二人を見て、一人には「やっほー」と笑顔で手を振り、一人には盛大に顔を顰(しか)めてみせた。

「お知り合いですか？」

「こっちが親友の楊任で。……そっちがわたしの娘を付け狙う害虫の紅志輝(こうしき)よ」

親友と呼ばれた楊任は手を振り返すこともせず無表情のまま。一方、害虫呼ばわりされた志輝は顔に笑みを張り付け耐えていた。

「でもぉ、その人は知らないわ」

残った一人──金髪の男を見て、風牙は首を傾げた。容貌からして、楊任と同じく向こうの大陸出身と思われる。

「初めまして。わたしはシド・ターナー。江瑠沙の外交官です」

「外交官」

「俺は鄧鴻鈞。一割軍人、残り九割は砥ぎ師だ」

胸を張って前に出ようとする鴻鈞を部下たちに押さえこませ、普賢は何事もなかったかのような笑顔で前に出る。

「鴻鈞様の副官で、彼の通訳をしています普賢と申します。話はわたしが承ります」

「は、はぁ」

「一体どのようなご用件でしょうか」

通訳とは一体どういう意味だろうと首を傾げつつ、門の中が騒がしい事に気づいたシドは表情を引き締める。

「もしかして、すでに内乱になっているのでしょうか」

「……ご存じですか」

「今回の江瑠沙も、紫雲殿下と羅儀殿下と同じようなものですから」

「というと？」

「サルマン陛下の治世は終わりました。姪のソフィア殿下が次の女帝として君臨しました」

思いもよらぬ報せに、鴻鈞たちは息を呑んだ。

「ソフィア殿下は争いを好まぬお方。ひいては、この度、江瑠沙、玻璃、澄と不戦条約を結ばれました。そしてサルマン陛下が紫雲殿下に持ち掛けた密約を白紙とし、迦羅にも話し合いの席についてもらいたいとお考えです。これがその親書にございます」

「江瑠沙皇帝が代替わり、ですか」

「はい」

「なら、この内乱の意味は一体――」

そこで美夕たちは鴻鈞の顔を振り返った。独り言のように呟いた〝勝者などいない〟というその言葉の意味。

鴻鈞はため息をつき、大刀を正門に突きつける。嫌な仕事をさせやがって、と。

「この無意味な戦いを終わらせるぞ。左翼、右翼とも動きを止めさせろ！　そして江瑠沙に加担した紫雲と元璋の身柄を拘束、抵抗する者は捕らえろ！」

＊＊＊

「行空、腕を上げたな」

「くそっ！」

行空の槍を受け流しながら、紫雲は涼し気な表情を一切崩さずに言った。行空の衣はいたるところが切り裂かれ、こめかみと両足から血が滴っている。一方の紫雲は、かすり傷はあるものの大した怪我はみられない。

「だが、おまえはわたしに勝てない」

紫雲は脛を狙う行空の槍を躱すと、間合いを一気に詰めた。行空の肩に刀を突き立て、一息に引き抜いて後ろへと飛ぶ。行空は苦し気に顔を顰めたが、決して膝は折らない。

「頑丈な肉体だな。それ故に、力押しなところがあると昔に教えてやったはず。その癖がまだ抜けていない。そろそろ降参したらどうだ。玉兎もあのままじゃ死ぬぞ」

前方にいる玉兎に加勢してやりたいが、紫雲はそんな生易しい相手ではない。目の前で血だらけの玉兎が片膝をついた。そして、上から叩き込まれた元璋の刀をぎりぎりのところで受けとめている。

「玉兎！」

「手を出さないで！」

「ほう、健気だな。だが安心しろ。おまえを冥土に送った後、奴もすぐに追いつく。それに、昔の仲間に会えるぞ。家族だと言っていた、あの薄汚い孤児たちだ」

脇腹の傷口から血が噴き出すのも構わず、玉兎は翡翠の目に怒りを乗せ、元璋を押し返そうとする。元璋は無情な眼差しで玉兎を見下ろした。

「昔を思い出せ。おまえは仲間の命を踏み台にして、今がある。本当は分かっているのだろう？　力がなければ生き残れないことを。それは国も同じ。国の発展に犠牲は仕方がない。弱ければ蹂躙されるだけ。圧倒的な力こそ全て。紫雲殿下はそれをよく分かっておられる」

「だからといって、他国を蹂躙していいはずがない。江瑠沙だってそのうち掌を返して、迦羅を取りにかかります！」

奥歯を噛みしめ、重い刃に耐えながら玉兎は叫ぶ。だが元璋は、そんな彼女を一蹴するように冷たく笑う。

「それまでに江瑠沙の水準にまで国力を上げれば、逆に喰らいつけるだろう」

「力を得て、他国を呑み込んで何になると言うの。今まで迦羅を大国たらしめたのは、誰にも屈さず、自らは決して他国を侵略しなかった中立国だからでは？　自ら侵略すれば必ず禍根を残します！」

「報復など恐れるに足らん！　綺麗事ばかりでは国は成り立たない。おまえたちは〝影〟の意味を知らない。知ろうともしない。……真の忠臣とは誰か。その覚悟も知らず、綺麗事だけを並べるおまえたちには苛々するな」

　元璋の目にあからさまな殺気が宿り、彼の刃がさらに重みを増した。押し切ろうとする彼の刃が、玉兎の肩に食い込み始める。

「玉兎！」

「行空、おまえの相手はわたしだろう」

　行空が助けに行こうとするが、その道を紫雲が阻む。

「玉兎よ。この程度で失う命だ。その甘ったれた覚悟と共に散るがいい。行空も羅儀殿下も、すぐに後を追わせてやる」

　元璋の目が仄暗く光り、玉兎は死を覚悟した。目を瞑る暇もなかった。

　肩から胴を引き裂かれる――はずだった。

「玉兎は死なせない。彼女の相棒も」

　通路の窓から飛び込んできた人物はそう告げるや否や、元璋の背後を取り刀を振りかざす。それに気づいた元璋は、玉兎を蹴り飛ばして振り向いた。そして振り落とされる刃を受け止める。鋭く、強い音が鳴り響いた。

「おまえは……なぜこんな場所にいる。今更ここに戻ってきてどういうつもりだ、夜摩」

　乱入者の正体は白哉だった。元璋は刃を薙ぎ払い、白哉も距離を取って玉兎を庇うようにして立つ。

「けじめをつけに来たんだ。俺は多分、この時の為に生かされていただろうから」

「なんだと？」

「劉と須佐を死なせ、俺は生き残った。俺がおまえらに目をつけられたばかりに、巻き込み、死なせたんだ。もう、二度と同じ過ちは犯したくない。玉兎まで死なせるわけにはいかない。それに俺は、今の自分の居場所を、大切な人たちを戦に巻き込みたくない。だから、紫雲殿下の懐刀であるおまえを止める」

「は……突然現れて何を言っている。おまえひとりで何ができる。おまえも腑抜けになったか」

「一人じゃない」

白哉は笑みを浮かべた。すると、回廊の奥から二人の人物が駆け寄ってくる。羅儀と雪花だ。

「ようやく追いついた。──おい、白哉！　首尾はどうなっている！」

「母君は無事救出しました。ついでに江瑠沙との密約書を頂戴し、母君は風牙殿と共にそれを鄧将軍の元へ運んでいるはずです」

険しい羅儀の表情に、一瞬安堵の色が浮かんだ。だが羅儀は、すぐに表情を引き締める。

「紫雲、聞いた通りだ。これで鴻鈞は動かざるを得ないだろう。おまえの企みはここまでだ。ったく、刺客まで寄越しやがって」

「……刺客。現れたのか」

一拍遅れて、紫雲は背後の羅儀に向けて呟いた。

「俺と陛下を殺そうとした。二人とも捕らえたが」

「陛下の御身はどうなっている」

「無事だ。帰蝶が治療に当たっている」

「……そうか」

紫雲は長い睫毛(まつげ)を伏せた。

「投降してくれ、紫雲」

羅儀は紫雲の背に刀の切っ先を向けた。紫雲の正面には、行空が槍の矛先を向けている。

「江瑠沙からの報せ(しらせ)はまだ入らないが、おそらく同じ状況になっているはずだ」

「……どういうことだ」

「現皇帝であるサルマンに代わり、姪のソフィア皇女が政権を握る」

紫雲は肩を震わせ、せせら笑った。

「おまえも江瑠沙と通じていたのか」

「おまえを止められる可能性があるなら何だってする。――だから、投降しろ」

懇願のようにも聞こえる羅儀の言葉に、紫雲は首を振り向かせた。琥珀(こはく)色の目はこのような場面でも、強く、真っすぐに羅儀を射貫(いぬ)いた。羅儀と紫雲の、揺るぎない視線がぶつかる。

「この期に及んで投降などと、おまえは本当に甘いな。……殺せないか、わたしを」

紫雲は静かに口端を持ち上げた。不思議な笑みだった。言葉は嘲るようなのに、愁眉を開いたような。

「なら、わたしはまだやり残したことがある。——元璋。ここから先、誰も近づけさせるな」

そう言うや否や、紫雲は前を向きざまに行空の槍を掴むと自らの方へ引き寄せた。そして、風穴が開いた彼の肩に拳を打ち込む。

「おまえたちは甘すぎる。覚悟を決めろ」

痛みに呻き、よろめいた行空の横をすり抜け彼女は走り出した。

「待て！　紫雲！」

羅儀と雪花が後を追おうとしたが、元璋が指笛を吹いた。濃紺の装束に身を包んだ者たちが一斉に姿を現し、雪花たちの行く手を阻む。

「通すわけにはいきません、羅儀殿下。行くなら、我らを殺してからお進み下さい」

「元璋！」

「なら、力ずくで通るまでだ」

雪花は柄を握りなおすと、刀を構えた。

「……くそ、昔と変わらず容赦ないな」

するとと行空が、低い声で言葉を吐き捨てる。そして痛みを振り払うように頭を振った。

「まったくよ」

玉兎も刀を握り直し、細い息を吐き出して立ち上がった。

「おい玉兎、腹から血が出てんぞ。やめとけよ」

「うるさいわね、行空。あんただって肩に穴開いてるわよ。だいたいね、こんなもの縫えばなおるのよ」

「はは、ちげーねえな」

二人は互いに言い合いながら、雪花と羅儀の前に立った。そして目前の敵に構えを取る。

「活路は俺たちが開く。――行け！」

# 五章

『父上』

懐かしい声がした。

振り向けば、遠い日の幼い千珠が笑っている。その横には、同じく幼い比埜もいる。

大切な子供たちは、自分を置いて先に逝ってしまった。そして彼等に向かって、娘同然の姪も歩いていこうとしている。

——やめてくれ、これ以上、先に逝ってはいけない。

必死に手を伸ばすが摑めない。すると千珠と比埜がくるりと背を向けて、白い世界に駆け出していく。紫雲も二人を追いかけて走り出した。

『父上、紫雲をこっちに寄越してはまだだめですよ』

『そうよ、父上。まだ間に合う。まだ、足掻ける』

何が、間に合うというのだろうか。もう手遅れだ。自分も、紫雲も。

『それからここに来て下さい、父上』

『諦めるなっていうのは父上の教えじゃない。……それに、いいこともあるわ。早く会って、抱きしめてあげて。わたしの大切な――』

白く塗りつぶされていく世界。眩い光に覆われる。

『……待て、二人とも――』

『陛下』

そして青遥は目を開ける。

「陛下！」

そこは仄暗い部屋で、幼いころから面倒を見てくれていた莉陽が、皺くちゃの顔をさらに皺くちゃにさせ、必死に手を握りしめていた。

「……莉陽？」

「はい！　莉陽でございます！」

「お祖父様、目が覚めたので？」

その傍では、目の不自由な沙羅もいる。

「ここは……どこだ。わたしは、随分と眠っていたようだな」

「ここは大神殿の中です」

青遥は手をついて起き上がろうとした。だが、そこで違和感に気づいて止まった。喋りにくいと思っていたら、管が鼻から体内に入っている。

「なんだ、これは」

「お久しぶりです、陛下。でもまだ動いてはいけませんよ。あなたは患者ですから」

「……おまえは、誰だ？」

優艶な女が、煙管（キセル）をふかして青遥を見下ろしていた。

「愛紗（あいしゃ）です。あなたが憎んでいるであろう、洪潤（こうじゅん）様と共にいた小童（こわっぱ）です」

「……愛紗、だと？」

青遥はぴくりと、片眉（まゆ）を動かした。

洪潤、愛紗。あの二人が迦羅（カーラ）を来訪した時の記憶を忘れる者などいないだろう。のんびりとしていて何を考えているのか分からない、無謀で世間知らずで、しかし己の信念だけは意地でも曲げない医師。そんな彼の手綱を引き、彼の身を守りながら医の教えを請うていた少女。ちぐはぐな二人組であったが、彼等のお陰で国を襲った流行病（はやり）は抑えられた。

「今は医師を辞めて楼主をしているんで、帰蝶（きちょう）と名乗っています。話を戻しますが、毒を中和する薬と、水分を体内に直接流し入れました。その管が胃に通じてます。抜けたら困るので、動かないで下さいよ」

「……そうか」

「驚かないので？」

「悪いが、驚く気力も残っておらん」

「相変わらず面白味のない爺ですね」

「おまえこそ、外見は変わっても、可愛げのなさは変わっておらんな。誰彼構わず向ける、そのおっかない目も」

「それだけ憎まれ口を叩けるなら、しばらくは持ちそうですね」

いきなり始まった冷ややかな言葉の応酬に、沙羅は訳が分からずおどおどとして。そして莉陽と言えば、やっぱりこうなるのかいと額を押さえている。

「莉陽。どうなっているか状況を説明してくれ」

「小僧と紫雲様がぶつかっているさね。小僧が、紫雲と江瑠沙との繋がりの証拠を探し出し、鴻鈞がやっと動いた。そこまでしか情報がきておらん」

「倒れていた間に、最悪なことになっているな。……行かなければ」

青遥は今度こそ起き上がろうとするが、上体を起こした瞬間に襲ってきた眩暈に抗えず、再び寝台に沈み込んでしまう。

「陛下っ、愛紗の言う通り無理さね！」

莉陽が急いで青遥の背を支える。

「そうです。あなたは今、何もできません。やっと意識が戻っただけ。筋力も体力もほぼ零です」

「助けてくれたことには礼をいう。だが、わたしはまだ、しなければならないことがある。……紫雲を、助けなければならん」

青遥の言葉に、莉陽と帰蝶は目を見合わせる。

「どういうことさね、陛下っ」

「頼む、莉陽。手遅れになってはいかん……！　鴻鈞の元へ、連れて行ってくれ！」

「何か訳ありらしいですけど、そんな痩せこけた体では無理です。起き上がることもできないでしょう」

「だがっ、このままではみすみす紫雲を死なすことになる……！　行かなければ、ならんのだ！」

琥珀色の瞳が、殺気をにじませ金色に変わる。雪花もそうだが、感情が強くなると彼らの目は強い輝きを増す。決して揺らがない、譲らない、屈さない目だ。

帰蝶ははじめこそ譲らないつもりだったが、まったく引きそうにない青遥にため息をついた。そして諦めたように、煙を天井に向かって吐き出す。

「現実的に、あなたは本当に動けません。移動にすら耐えられない。足手まとい、つまり迷惑です」

「だが――」

「だから、わたしが代わりにあなたの言葉を運びましょう。そのくらいなら、わたしにもできますから」

　そう告げると、青遥はぐっと眉間に皺を寄せて両目を閉じた。

「……恩に着る」

「別に構いません。その代わり、治療代上乗せしておきます」

「変わらんな、おまえ」

「そりゃどうも。でも、わたしの役は無駄に終わるかもしれませんよ」

「どういう意味だ？」

「あなたの孫娘が来てます」

　驚きに目を瞠る青遥を尻目に、帰蝶はくるりと背を向けて歩き出した。

　かつて帰蝶は、洪潤と共に不慮の事故で迦羅に流れ着いた。そしてこの国を襲っていた流行病に対して、誰も見たことのない治療を施そうとして一度囚われた。

　だが将軍であった千珠が、囚われた自分たちを裏から手引きして助け出し、治療に当たらせてくれたのだ。

（将軍だとしか思ってなかったが、まさか姫様でもあったとはねえ）

　千珠の豪快な性格を思い出して、帰蝶はくつくつと喉奥で笑った。

（なぁ洪潤様、千珠様。美桜と凜は、紛れもなくあんたたちの娘だ。真っすぐに進み続けた、あんたたちの）

二人は見てくれているだろうか。今でも見守っているだろうか。今を必死に生きる娘の姿を。

亡き二人を追想する帰蝶の目には、熱い敬慕の色が溢れていた。

＊＊＊

「愚か者ばかりだな」

「そりゃ、俺と玉兎は掃き溜め出身だから、行儀が良いわけないだろ」

玉兎と行空の手助けもあり、蜘蛛の連中を蹴散らして羅儀と雪花は駆け出していった。

そして白哉と元璋は喧騒の真っただ中にいながら、ただ静かに、目の前にいる相手に神経を尖らせていた。

「あの女は何だ。殿下の情人ではなさそうだな」

「彼女に情人だなんて無理だ。彼女は……なんていえばいいのかな。今は出張している用心棒ってところだよ」

「女の身で用心棒とはな」

「強いよ、彼女は」

「見れば分かる。戦い慣れている動きだ」

「……それよりも元璋。なぜおまえは紫雲殿下に肩入れする」

白哉はずっと引っかかっていた疑問を口にした。

「蜘蛛は元々、国のための裏の組織だ。誰かの私兵になることはあり得ない。それなのにおまえは、紫雲殿下の父親の指示で比埜様を殺そうとした。だが失敗に終わり、彼は自害。その後おまえは罰を受け、しばらく従順に振る舞っていたそうだが、現皇帝が倒れた直後に紫雲殿下についている。あの一家に思い入れでもあるのか」

探るような白哉の目を、元璋は冷たい目で一瞥（いちべつ）する。

「俺の過去を、おまえが知る必要はない。知ったところで、どうせ死ぬからな」

「……やってみないと分からないさ」

二人は互いに刀を構えた。先に動いたのは元璋だ。鋭い突きで白哉を攻め込んだ。白哉は後ろに飛ぶが、元璋は追い込むように踏み込んでくる。元璋の腕がぐっと伸びた。刀の切っ先が白哉の喉を狙う。白哉は刀で押さえたがすぐに返され、今度は顔面に刃（やいば）が迫った。すぐさま刀を振り上げて、強く払い退（の）ける。体勢を崩して距離を取った元璋に、今度は白哉が攻め込んだ。踵（かかと）を蹴って間合いに飛び込み、片手の突きを繰り出して元璋の肩を貫くが。

「――――！」

元璋もまた、片手で刃を持ち、白哉の肩を貫いていた。

二人は互いに口端を持ち上げると、刀を引き抜きすぐさま振りかざす。

ぶつかり合う刃が鋭く鳴いた。鍔迫り合い、両者は激しく睨みあう。白哉は声を上げ、元璋の刃を地に押し流す。そして元璋の胸をめがけて刃を繰り出した。

「甘い！」

だが狙いを読んでいた元璋は、白哉の刀を下からすくいあげるようにして払った。空いた白哉の胴に、元璋の太刀が横に走る。衣が切れて血が滴った。顔を顰める白哉に、仕上げと言わんばかりに、元璋が上段から一打を振り落とした。受け止めた白哉の刀が二つに折れた。

「終わりだ、夜摩！」

白哉の眼前に迫る刃の切っ先。──避けられない。ならばと、白哉は咄嗟に左腕をかざしてその刃を受け止めた。元璋の目が見開かれる。

腕を白刃に貫かれながら、白哉は折れた刀を元璋の左目に深く突き立てた。一瞬で噴き上がる血飛沫。

「──くっ」

元璋は血に染まる顔を顰め、柄から手を放して後ろへよろめいた。隙を逃さず、白哉は元璋の腹を強く蹴り飛ばす。

「終わりだ、元璋」

白哉は腕に突き刺さった元璋の刀を引き抜くと、地面に転がった元璋の胸に刀を突き立てた。肉を裂き、深く沈む刃。だが、元璋は笑った。

「……ただではくれてやらんぞ、この親蜘蛛は」

傍に落ちていた折れた刃を摑むと、元璋は白哉の右目を切り裂いた。白哉の目から飛び散る真っ赤な血。そして元璋は満足そうに事切れた。

「白哉！」

周りを片づけた玉兎と行空が駆け寄ってくる。白哉は両膝を折った。呼吸を忘れていたかのように、荒く、大きな息を何度も吸う。

「騒ぐな、玉兎……。片目くらい、くれてやる」

焼けるようにひどく疼く片目を押さえながら、残った目で白哉は行空を見上げる。

「俺は、あいつの片腕と引き換えに、助けられたんだ」

「……比埜様のことを言ってんのか」

「恩はちゃんと返せと、今の両親に教育されているんだ」

すると、回廊を駆けてくる大勢の足音が聞こえて来た。

「行空、玉兎。羅儀と紫雲はどこだ」

駆けつけてきたのは中軍だ。鴻鈞は惨状を目にし、二人の姿を捜す。

「羅儀と雪花が、紫雲殿下を追いかけていきました」

「一足遅かったか」

鴻鈞は舌打ちすると、息絶えている元璋に気づき、驚いたように目を開いた。

「元璋……。簡単に死ぬ奴ではないが……。小僧、おまえがやったのか」

血塗(ちまみ)れの白哉を鴻鈞は見下ろしたので、白哉は頷(うなず)いてみせた。するとどこからか白哉の名を呼ぶ声が聞こえてきて、そちらを振り向く。

「——白哉！」

それは、ここにいるはずのない志輝(しき)だった。

兵の中から白哉の姿を認めた志輝は、彼の姿を見るなり表情を歪(ゆが)めて彼に駆け寄る。

「志輝……？　どうして」

「白哉、目が！」

志輝はすぐさま自身の袖(そで)を引きちぎり、白哉の右目を覆おうとする。

「なんで志輝が此処(ここ)にいるのさ。翔(しょう)を頼むって言ったのに」

「翔の補佐には駿(しゅん)をつけてきました。わたしは代わりに江瑠沙へ渡り、例の話を」

「そっか」

肩にも風穴が開いているのに気づき、志輝は唇を一文字に引き結ぶ。

「……無茶、しましたね」

手早く応急処置を施す志輝の顔に翳(かげ)りが落ちる。白哉は苦笑すると、大丈夫だからと志輝の頭に手を置いた。志輝は他人と距離を置きたがるが、懐に入れた人間にはなんだかんだ甘い。そして何かと心配性だ。

「無茶しなければ勝てない相手だったんだ。それに、国に帰るって約束したでしょ？　約束を果たす代償のようなもんだよ。だからそんな顔しないで。いつもみたいに、馬鹿なんじゃないですか、って冷たーい目で言ってくれないと、お兄さん調子が狂うよ」

「……こんな時に無茶ぶりしないで下さい。なんですか、人を冷酷人間みたいに」

荒い呼吸を繰り返しながらも明るくあろうとする白哉に、志輝は半分呆れながら口を尖らせた。

一方の白哉は、子供じみた表情をする志輝に思わず笑ってしまう。なかなかお目にかかれない表情だ。だがすぐに、じとりと睨まれる。

「人が本気で心配してるのに、何を笑っているんですか」

「いや、ごめんってば。……でも、本当に謝らなきゃいけないね。雪花ちゃんを守るって言ったのに、側についていられなくて」

すると志輝は、手当てをする動きを一旦止めた。長い睫毛を伏せた後、再び手を動かし始めた。

「大丈夫ですよ、きっと。雪花はそう簡単に倒れる娘じゃありません。それに、あなたと同じで、帰ってくると約束してくれましたから」

志輝はそう言うと、鴻鈞たちに視線を向けた。玉兎と行空も手当てを受けながら、鴻鈞たちに状況を説明している。状況をあらかた聞いた鴻鈞は、やっぱりそうかと、表情を曇らせて美夕を振り返った。

「おい美夕、紫雲の向かう先に心当たりはないか。あいつ、このままじゃ死ぬぞ」

「鴻鈞、どういうことですか。あなた、本当に何を知っているの！」

紫雲の行動の理由が見えそうで見えない美夕は、焦る故か、声を荒らげて鴻鈞に詰め寄った。しかし返ってきた答えは、実に鴻鈞らしい意味の分からないものだ。

「知ってるも何も、さっきも自分で考えろと言っただろう。まだ分からないのか。たとえて言うならだなあ、刀の表だけでなく裏も見ろということだ。差し方次第で変わるだろう」

「……お得意の刀でたとえるのはやめて。さっぱり分からないわ。お願いだからわたしたちにも分かるように、かみ砕いて説明して下さい」

鴻鈞の意味不明なたとえに、美夕は頭を抱えながら頼んだ。美夕の後ろにいる者たちも皆、彼女の言葉に大きく頷いている。

すると鴻鈞は、なんで分からないのだと面白くなさそうに鼻を鳴らし、仕方なく言葉を選びながら再度説明しだした。時間がないため簡潔に。

「だからこういうことだ。あいつは――おそらくだが、わざと憎まれ役を買って出ていた」

「!?」

「俺の想像でしかないが、青遥は迦羅の表を貫こうとした。国法を守り、今まで紡がれてきた精神を守って。だが江瑠沙との話を断れば、いずれ戦になり、青遥も江瑠沙にとって邪魔な存在となる。だから紫雲はあえて江瑠沙の手を取った。もし青遥が倒れた場合、裏から手引きし、最小限の被害でこの国を守ることができるように。どちらが倒れてもどちらかが生き残り、この国が戦渦に巻き込まれないようにするために」

「そんな――」

美夕に告げられた、いつかの紫雲の言葉が思い出される。

『わたしはこの国の為に陛下とは違う選択肢を選んだ。……ただ、それだけのことだ。あなたに話した言葉に、嘘偽りはない』

彼女の言葉に嘘偽りはない。でも、その奥にある真実は。彼女の心は――。

「しかし結果的に江瑠沙皇帝が代替わりして、同盟の話は帳消し。江瑠沙の脅威がなくなった今、あいつの役目は終わったということだ。どうだ、これでおまえたちもある程度は理解できたか？」

「……そんな、そんなことって」

見えていなかった事実に、膝から崩れ落ちそうになるが美夕はなんとか踏み止まった。

今は後悔しても何の意味もないのだ。後悔するのは後でいい。今は紫雲の行き先を考えるのが先だと自身に言い聞かせる。一人、全てを背負って幕を下ろそうとしている彼女を助けなければ。

必死に考えるのであるが、あいにく美夕には紫雲の向かう先が分からない。娘の沙羅ならば、何か見えるのかもしれないがここにはいない。

「お願いだから何か思い出して！　雪花もそこにいるのよ！」

鴻鈞だけでなく、雪花の養父である風牙にも美夕は急かされる。

「ほら、母兼父も心配しているだろう」

母兼父ってなんだと、皆は鴻鈞にこっそりとつっこむ。美夕は目尻を吊り上げた。

「ああもう、いちいちうるさいわね！　羅儀もそこに居るんだから、心配なのはわたしも同じです！　変人は変人同士で話してて！　気が散ります！」

「だが俺たちで話をしていても、そんな場所は思いつかん」

「そういう意味で言ったんじゃないわよ！　お得意の変人趣味の話でもしてなさいよ！」

「なんでおまえ、怒っているんだ？」

「そうよ。怒ると美容に良くないわよ。怒ってばかりだと、帰蝶みたいに目尻の皺が増えるわよ」

「……普賢。ちょっとの間でいいからこの人たちを黙らせてちょうだい」

「えぇっ」

黒い空気を纏った美夕に睨まれ、普賢は後ずさる。しかし彼の肩を、後ろから楊任が安心しろと叩く。

「その必要はないですよ。適役がちょうどやってきましたから」

「え?」

「——風牙。あんた、わたしがいないからって羽目外してんじゃないよ」

そう言ったのは、美夕の数倍おどろおどろしく、眉に苛立ちをくっきりと刻んだ帰蝶だった。煙管を銜えて現れるや否や、風牙の爪先を踏みつぶし、耳たぶを容赦なく引っ張り上げる。

「ったぁあああい!」

「わたしの悪口が聞こえたんだが、どこの口が言ってんだ。あぁ!? この口かい!?」

「いひゃ、いひゃいいひゃい!」

いつもの光景に楊任は欠伸をし、他の者は圧倒されて口を挟めない。ただし鴻鈞だけは面白そうに笑っている。

「あぁ、忘れてた。鄧将軍って、確かあなたでしたね」

風牙の頬を抓ったまま、帰蝶は鴻鈞を振り返った。

「皇帝からの伝言です。詳しくは知りませんが、〝紫雲を止めろ〟と伝言を預かってきました」

鴻鈞は目を大きく見開いた。

「青遥の意識が戻ったのか⁉」

「とりあえず、ですよ。まだ治療が必要です」

帰蝶の言葉に、鴻鈞は安堵したように胸を撫でおろした。

「……そうか。おまえが羅儀が連れて来た腕のいい医師だな。礼を言うぞ」

「別に礼なんていりません」

「だがおまえのその柄の悪い目つき。どこかで見たような気が……あっ！　おまえ、もしかしなくても洪潤の腰巾着か！」

何かを思い出した鴻鈞の言葉に、帰蝶はもはや説明するのも邪魔くさいのか、頭をかくと頷いて肯定を示した。そして、帰蝶は風牙の頬から手を離して白い煙を吐き出す。

「ひどいっ」

「色々ひどいのはおまえだ。それより、紫雲殿下をさっさと追わなくていいのかい？」

「あんたの登場で中断してたのよ！」

風牙は目尻に涙を浮かべながら言い返す。

「そりゃ悪かったね。で、どこにいるんだい」

「だからそれが分からないのっ。なんか、下手したら責任取って自害しちゃいそうな空気なのっ」

「へえー」

帰蝶はどうでもいいように息を吐き出した。

「へぇって……。あんた、相変わらず冷たいわねっ」

風牙は非難の声を上げるが、帰蝶は帰蝶で、逆に風牙を非難するような目を向けていた。

「自分の命を粗末にする奴は、理由がなんであれ好きじゃない。……じゃ、わたしは治療があるから戻るよ。確かに伝えたからね」

用は済んだと言わんばかりに、帰蝶はそっけなく背を向けた。

「相変わらず厳しいわね」

帰蝶の過去を知る風牙は、彼女の背に向かってぽつりと呟いた。呟きを聞き逃さなかった帰蝶は、一瞬足を止める。

「参考になるか分からないが、そういう奴は大概、思い出深い場所を死に場所に選ぶもんさ」

憂いを帯びた言葉を残し、帰蝶は来た道を足早に引き返して行ってしまった。

「……思い出深い場所」

そして二人の会話を聞いていた美夕は、脳裏に浮かんだとある場所を思い出す。

「あの塔だわ」

「なに？」

「鴻鈞、星湖の塔よ！　千珠が宮廷を抜け出して、よく上っていた場所！」

「あの監獄塔か？　確かに、千珠はあいつの姉代わりだったからな。……行ってみる価値はあるか」

鴻鈞は頷き、兵たちに指示を出す。

「おまえら、半分は俺についてこい。残りの半分は伸びてる奴らを締め上げて牢へ打ち込んでおけ」

「はっ！」

「志輝、俺も行くよ。悪いけど、肩貸してくれない？」

志輝に応急処置を施してもらった白哉は、鞘を杖代わりにして立ち上がる。

「ですが、その怪我では――」

「このくらいじゃ死なないよ。それに、腐ってもここは俺の生まれ育った国だ。最後まで見届けたいんだ。志輝がけじめをつけたみたいに、俺もつける」

「……分かりました」

志輝は白哉に肩を貸しながら、皆と共に歩き始めた。

（雪花……）

もうすぐ、会える。どうか無事でと、いつかのように祈りながら。

＊＊＊

「羅儀。紫雲殿下が向かいそうな場所、分かるの？」

蜘蛛たちが邪魔をしてくれたせいで、紫雲をすっかり見失ってしまった雪花と羅儀。しかし羅儀は心当たりがあるのか、どこかに向かって走りだしたので、雪花は彼についていく。

「紫雲はいつも一人になりたい時、塔に上るんだ」

「塔？」

「おまえの母親が、よく上っていたところらしい」

母、千珠の背中が雪花の脳裏にちらつく。

「湖に浮かぶように建てられた、今は使われていない監獄塔。あそこからの景色を、よく二人で見ていたそうだ」

「……なんだか嫌な予感がするんだけど」

「俺もだ」

羅儀と雪花は速度を緩めることなく、宮廷を出て広大な庭園を走り抜けていく。雪の絨毯に時折足を取られるが、二人は白い息を吐きながらひたすらに突き進む。

こんな時でなければ、美しいものとして目に映るであろう大きな夕日。しかし今は、気持ち悪い程に空を煌々と赤く燃やしている。まるで血潮を流し、命を果たそうとしているような悲しい夕焼けだ。

「ねえ、気になっていたことを言ってもいい？」

そんな空の下を走りながら、雪花は羅儀に尋ねる。

「なんだ」

「紫雲殿下はさ、本当に陛下の敵なの？　いや、政敵だということは分かるんだけど、何か引っかかるんだよね。羅儀だってそうなんじゃないの？　だから嫌な予感が拭えない」

沈黙は肯定だ。雪花は羅儀の背中を見つめた。

紫雲を知る者たちは、〝ああではなかった〟〝変わってしまった〟と言った。

ならもし、彼女が変わっていないとすればどうだろうか。

「陛下を紫雲殿下の手からわたしたちは奪還した。でも彼女はそれを聞いて、陛下の身を案じたんだ。それに刺客の話をした時、〝現れたか〟と彼女は言ったよね。あれは、奴らが現れることを危惧していたからこそ、口を衝いて出た台詞なんじゃないかな。……となれば、陛下を自身の配下に見張らせていたことも、あんたのお母さんに容疑をかけ、捕らえていたことも意味が違ってくる」

「……守っていた。そう、おまえは言いたいんだろ」

「うん」

やはり羅儀も同じことを考えていたらしい。

雪花は頷き、言葉を続ける。

「あんまりこういうことは言いたくないけど……。江瑠沙が、美夕様を自殺に見せかけ殺してしまえば、罪を完全に擦り付けることができる。死人に口なし。わたしの両親と同じだよ。あんたが言ってたように母親が罪人になってしまえば、子であるあんたも巻き添えになるからね」

「向こうの刺客とは繋がっていなかったってことか？」

「推測でしかないよ。今回はただ、彼女が考える国の守り方が羅儀たちと違っただけ……。いや、もしかしたらわざと違う道を選んだのかも」

雪花は今までの状況を整理しながら、独り言のように呟く。

「だってさ、国がどう転ぶか分からない状況だった。江瑠沙に従っても、従わなくても国の危機。だから、双方あえて違う道を選んだとしたらどうだろう」

雪花の言葉に、羅儀は突然足を止める。

「羅儀？」

「……そうだ。俺は、あいつの本質を見落としていたのかもしれねえ」

羅儀は呆然と立ち尽くした。悔し気に唇を噛み、両の拳を強く握りしめる。

「紫雲って奴を、おまえは知らない。あいつは……誰よりも陛下を敬い、そして慕ってい
た。紫雲について、おまえに話していないことがある」
羅儀はそう言うと、表情を曇らせたまま再び走り出した。焦っているのか、先ほどより
も速度を上げて。
「紫雲には肉親がいない」
「そうなの？」
「ああ。母親は病で早世。父親は陛下の弟だが、聞いた話じゃ帝位に執着する野心家だっ
たそうだ」
「……野心家、ね」
「千珠姫が国を出た後のことだ。次の帝位を継ぐのは紫雲の父親だった。だが、まあ彼は
なんだ……。戦はできても政（まつりごと）はできない種類の人間だったらしくてな。非常に好戦的で、
おそらく帝位についた日には、国法も無視してむやみに他国を侵略しだす、危険思想の持
ち主って奴だ。だから忽鄰塔（クリルタイ）で、帝位継承順位を俺の親父と交代させた方がいいんじゃな
いか、ってな話が出ていたらしい」
「へぇ。どこの国にもそういう奴はいるんだね」
「ああ。誰もが枠におさまる人間なわけじゃない」
「それで？　そいつは何したの」

「邪魔な俺の親父と、その家族を――。つまり、俺ら一家を殺そうとしたんだ。蜘蛛を使って」

洞窟内で行空が白哉に突っかかり、そしてそれを止めに入った羅儀を思い出す。

なるほど、あれはそういう流れだったのか。

「まあ、俺の親父は片腕一本なくしたが結果的には無事だった。俺たちも事前に避難していたしな」

「それで、その後は？」

「そりゃ無罪ってわけにはいかないだろう。彼は処刑される前に、自ら命を絶ったらしい。……そして奴の娘の紫雲も、普通なら皇籍を剥奪されただろうが陛下が庇ったんだ。子に罪はない、と。まあ確かに、紫雲はその一件には絡んでいなかった。むしろ、父親が暴挙に出ないよう諫めていたらしいからな」

どことなく邑璃妃を思い出して、雪花は僅かに瞼を伏せた。

彼女も命を以て、父親を止めた。いや、止められなかったからこそ、終わらせたのだ。

「それから紫雲は陛下の忠臣として仕え、政務も支えていた。……陛下も、紫雲を娘のように思っていたからな。陛下は気難しい爺だが、紫雲には割と甘かったし。だからそんな二人が、急に違えることがあるのかって信じられなかった。だがまあ紫雲には父親の件にしろ、前にも言ったように色んな動機がある。他人の気持ちなんてものは誰にも推し量れねえし、分からねえ。……だがこの状況だと、おまえの言う通りあいつはわざと、陛下と違う道を――」

まるで、どちらか一方でも生き残ろうとして、苦肉の策を選んだのではないかと。

「……それは、本人に直接聞くしかないよ」

前方に、羅儀のいう塔が見えて来た。夕日に煙る、触れれば消えてしまいそうな寂し気な塔が。

「行こう、羅儀。彼女を止めないと」

二人は、ただ前だけを向いて駆けて行った。

＊＊＊

息を切らして、紫雲は螺旋階段を遠き日のように駆け上がった。違うのは、彼女がそこに居ないということだけだ。

塔のてっぺんに出れば、ひどく冷たい風が紫雲の髪を攫う。西の空に沈みかけた、大きな夕日が紫雲の目に飛び込んできた。

塔を囲む湖は夕日を浴びて赤く染まり、水面には山々の影が落ちる。白鳥たちが戯れながら湖上を滑り、薔薇色に染まった空を鷗たちが旋回する。

呼吸をすれば、研ぎ澄まされた空気が肺を満たす。心の内に渦巻く感情の全てが、不思議と浄化されていくようだ。

静かだ。そして、ただただ美しい。

人々は言う。迦羅――冬は雪に閉ざされる氷の国。

確かにこの地は厳しい。暖かい夏は僅かな期間しかない。食物も育ちにくい。国柄も他国に比べれば閉鎖的だ。

だが知っているだろうか。氷に、雪に閉ざされる国だからこそ、守られてきた美しい世界があることを。厳しい冬を乗り越えてこそ、草木が鮮やかに、力強く芽吹くことを。

迦羅の民はそれを知っている。だからこの地を愛する。自分もその一人だ。

だからこそ国を守るためなら、人々を守ることができるならば、自分はこの命など惜しくなかった。

おじである青遥と袂（たもと）を分かってから、ずっと張りつめていた緊張の糸をようやく解ける。

紫雲は塔の端に立ち、あの日を思い出していた。

あれは、江瑠沙の使者が迦羅に初めて来訪した頃――。

『陛下。江瑠沙からの使者は何と？』

紫雲は、青遥の私室で卓を挟み向かい合っていた。

『澄、玻璃を落とすのに力を貸せと言ってきた。おそらく、こちらの大陸の資源が目的だろう。断れば、いずれ迦羅にも攻めてくるだろうな』

『江瑠沙の軍備は最新です。海から攻撃、そして上陸されてしまえば、ひとたまりもないですね』

『……わたしは今までの国の精神を守り、断るべきだと思っている。他国を侵略するのだけは避けたい。手を結んでしまっては……。特に澄とは、私怨にかられてしまいそうだ』

自身の中に眠る怒りを抑えつけるように、青遥は眉間を強く顰めた。

『確かに……。澄は千珠の仇です。そう思っても仕方がありません。わたしとて、あの国は憎いです。陛下と同じく、いえ、それ以上に』

千珠だけでない。伴侶になるはずだった男をも、あの国は自分から奪った。

――嘉雷。明るく、お調子者で、真面目気質な自分とはそりが合わないはずなのに、なぜか傍にいて安心できる男だった。軍人のくせに無邪気で、子どものように我が儘で、でも、常に自分の隣にいてくれた。互いに背を預けることのできる、唯一の存在だった。

二人の間に長く、重い沈黙が落ちた。

『陛下。わたしからも報告しなければならないことがあります』

『なんだ』

『江瑠沙の使者が、人目を忍んでわたしの元にも現れました。陛下が断るのを見越してでしょう。──わたしに玉座を用意する。代わりに協力し、島の一部を差し出せと。そうすれば、文明技術の提供は惜しまず、迦羅に手は出さないと言ってきました』

『……島の一部を得ようとする時点で、軍事的利用を視野に入れていることは明白だな』

『ええ』

『さて、どうしたものか。断ればわたしもおまえも消されるな』

『陛下はこの国にとって必要です。まだ死なれては困ります』

紫雲がそう言うと、青遥は薄く笑って首を振った。

『わたしはもう老いぼれだ。どうなっても構わん。だが紫雲、おまえは違う。これから迦羅を率いていく存在だ』

青遥の真っすぐな言葉。紫雲を信頼し、認めている上での。紫雲は喜びを覚えるが、すぐに自嘲するような笑みが口元に浮かぶ。彼の期待に応えたい。彼の意志を引き継ぎたい。

だが、それを果たすことが出来そうにない自分を呪った。

『……それは難しいでしょう。わたしはおそらく、長くありません』

自身の胸に視線を落とした紫雲に、青遥は目を見開いた。

『紫雲。おまえ、まさか──』

『胸に、岩が。おそらく母と同じでしょう。自分の体は、自分が一番分かります。ですから陛下。陛下の跡を継ぐことはできませんが、せめてわたしのこの命、国の為に使うことを許してもらえませんか』

『……何を、考えておる』

『わたしが江瑠沙側につきましょう』

自分なりに導きだした答えを、紫雲は真っすぐに告げる。

『要は、迦羅を守ることができれば良いのです。ならわたしは江瑠沙と密約を交わし、裏から迦羅が生き残る道を探します。江瑠沙の動向も知りやすくなりましょう。そして陛下は、江瑠沙の提案に真っ向から反対を。わたしたちが対立している方が時間も稼げるはずですし、陛下は迦羅の光であるべきです。命を狙われる機会が増えるかもしれませんが、なんとかして表からの方法を探して下さい。不本意に思うかもしれませんが、玻璃、澄と協力するならそれも良いでしょう。この国も、変わらなければならない時が来ているのかもしれません。……表と裏はぶつかりあうことになるでしょうが、生き残ったどちらかが迦羅を守ることができれば良いのです』

『自ら憎まれ役を買ってでるというのか』

青遥は反対を示すように顔を凄めてみせた。だが紫雲は動じず、寸分の揺らぎもない決意を全身に滲ませて彼と向き合う。

『この国を守るためなら、売国奴と蔑まれようとも、迦羅の誇りを踏みにじった愚帝と後ろ指を指されようとも構いません。わたしも皇族の一員です。……父が愚かな所業をしでかしても、陛下と比埜はわたしを守って下さいました。ならば、命を懸けてその恩に報いたいのです。歴史に悪名を残すくらいでこの国を、民を守れるなら安いものです。民は国だと、陛下は常にそうおっしゃいます。ならばわたしも国の一部。同じ民の一人として、国を守らせて下さい』

『だがもし、おまえとわたし。どちらもが倒れたらどうする』

『その時は羅儀がいます。あれは自ら玉座に就くことなど考えてもいないでしょうが、そろそろ腹を括ってもらわねば』

『喧嘩しかできぬ小童が、できると思うか』

『できましょう』

紫雲は間髪を容れず、きっぱりと断言した。

『確かに羅儀はまだまだ甘いし、喧嘩しかできない馬鹿です。でも、彼の周りには人が集まる。彼を慕う者がいる。彼が国を、民を想っているからです。それは国を率いていくことのできる素質です。現に左翼は羅儀を慕う者が多い。羅儀が迷って躓いても、彼らが支えてくれる。共に進んでいけるでしょう。それに、最近思うのです。羅儀が力を失くして神職を離れたことは、それこそ神の導きなのではないかと。この国の未来のために』

青遥は琥珀色の目を見開き、何かを思い出したかのようにふっと笑った。

紫雲は首を傾げる。

『知っておるか、紫雲』

『はい？』

『花嗣(かし)という名は比埜が選んだ。男に花の字を授けるなどおかしいと、わたしは言った。だが、比埜は明るく笑った。いずれ、天花(てんか)の意志を嗣(つ)ぐから良いのだと』

『なんと……。比埜は、何かを悟っていたのですか』

紫雲は驚いたように目を瞠(みは)った。

『ならば羅儀には一刻も早く、覚悟を決めてもらわなければなりません。少々手荒くなるかもしれませんが、迷わずわたしの首を取れるくらいになってもらわないと。……そのためならば、わたしは鬼にもなりましょう』

『おまえの首をか？　容赦がないな。羅儀は今まで、試合でおまえに勝てたことがないというのに』

『ふっ……』

青遥の指摘に、紫雲は小さく笑みを浮かべた。

『おまえは、千珠に似て頑固だからな。……わたしが止めても聞かないのだろう』

『お許し下さい』

覚悟など、とっくにできていた。助けられたこの命は、必ず国のために使うと決めていた。その命が限られているのならば、猶のこと。少しも無駄にはしない。そのためなら、使えるものは全て使う。

『陛下。もう一つお願いがございます。蜘蛛をわたしに預けて下さい』

『何？』

　紫雲は自身の手元に視線を落とした。燭台の灯りによって、手の影が卓に伸びている。

『蜘蛛はならず者の集まりですが腕は確か。諜報にも長けています。江瑠沙側に回るわたしが手元に置いた方が、色々と融通は利きましょう』

『だがおまえに御せるか。元璋は自他共に厳しい男だぞ。目的のためなら手段は厭わん』

『わたしが真の目的を話した上で、協力を仰ぎます。元璋は父を慕って頭になりました。その父の娘であるわたしになら、協力してくれるはずです。……彼はどうしてだか、父とわたしに特別な敬意を抱いている節がありますし。もし彼自身が納得したのなら、この件、お許しいただけませんか』

『……ふむ。良かろう』

『ありがとうございます』

『ならば、おまえにも言っておくぞ。今後わたしの身に何があっても手を出してはならぬ。全て捨て置け。振り返ってはならぬ。迦羅のためにおまえの信念を貫き通せ』

『はい』

紫雲は席を立ち、両手を組み拱手した。

『ならば今この時より、おまえとわたしは敵となる』

それ以来、江瑠沙と通じてきた。

江瑠沙の策略によって青遥が毒に倒れた時は、さすがに激しい憤りを覚えた。そして迷った。本当にこれで良いのかと。だが青遥と交わした誓いが振り返ることを許さなかった。国のために進まなければならない。ならせめて、青遥の代わりに大切な者たちを守ろうと思った。江瑠沙に歩調を合わせつつ、けれども、大切な者たちをこれ以上奪わせてなるものかと。

そのために、青遥と美夕を目の届くところに置いた。そして江瑠沙からの刺客を探らせていたが、結局、羅儀たちが動いたことで一気に片が付いた。

紫雲は笑った。

もう、自分の役目は終わりだ。江瑠沙皇帝が代替わりしたのであれば。それが羅儀の認める者なら、迦羅の未来は大丈夫だろう。自分がやってきたことが、無駄だったとしても。

いや――。少しくらい、意味はあっただろう。そう信じよう。

最後まで無駄にしないと誓ったこの命。本当ならば、羅儀の存在を高みに引き上げるために、羅儀自身の手で終わらせてほしかったが彼は拒んだ。

本当に甘い男だ。だが、それが彼の良さであるとも思うし、逆に良かったのかもしれない。もし羅儀に自分を殺させていれば、それは彼の心に深い傷を負わせることになる。ならば、自分で自分を終わらせよう。羅儀に敗れた事実を、自身の死を以て確固たるものにするために。

紫雲は外壁の上に立った。

最後にこの景色も見ることができた。夕日の残照が生み出す美しい黄昏時。

もう、何も思い残すことはない。ただ願おう。迦羅の未来が、明るいものであるようにと――。

「――紫雲！」

だがその時、一陣の風が吹いた。振り返れば、そこには息を切らした羅儀と。

「……なんで」

紫雲の口から、掠れた呟きが零れ落ちた。

見間違いだろうか。幻だろうか。夢を見ているのだろうか。紫雲は息を止めた。

面紗が風に吹かれ、隠れていた少女の顔が露わになる。ぼろぼろの服装で、顔は煤でひどく汚れているが、自分と同じ金色の双眸が強くこちらを射貫いている。

「千珠……？」

若き日の、千珠に瓜二つの娘がそこにいた。

「おまえ、何者だ」

紫雲は震える唇で雪花に問うた。

雪花は邪魔な面紗をはぎ取ると、その場に投げ捨てた。風が面紗を宙に攫(さら)う。

「父、黎(れい)洪潤。母、颯千珠の娘が一人。元の名を颯凛と申します」

「……生きて、いたのか」

「亡霊ではありません。今回、羅儀と共に戦を止めに来ました。そしてわたし自身を知るために、母が育った国を知るために」

強い目であった。本当に千珠と、陛下と同じだ。ただ真っすぐに、前を見据えて進む目。

「紫雲！　おまえ、全部自分で背負いこんで、黙って一人で逝くつもりか！」

羅儀が一歩前へ進むと、声を上げて叫んだ。

「羅儀、おまえ――」

気づいてしまったのか。

「俺はてめえの言う通り馬鹿だ。状況を正しく把握できない半端者だ！　……江瑠沙と通じてでも国を守ろうとしたおまえに気づけなかった！」

「……そうでもない。最後に気づかれてしまったわたしの方が半端者だ」

紫雲は自嘲するように笑った。だがその笑みを、次には柔らかいものに変化させ、雪花に視線を向けた。

「凛。おまえのことは知っていた。可愛い二人目が生まれたと、こっそりと文で千珠が教えてくれた」

「！」

「凛……。彼女がその名に込めた意味を知っているか？」

千珠が国を去ってから。彼女から、時折秘密裏に届けられていた文。

「――凛々しく、優しい強さを持った子になりますように」

途切れてしまった文。もう彼女と交わすことはない。

「凛という字は氷という意味を持つ。それは迦羅、母なる大地。その加護があるようにと願い、おまえにつけたんだ」

雪花は涙を堪えるように、唇を強く噛んだ。そんな表情ですら、本当に千珠にそっくりだ。絶対に泣くまいとする、負けず嫌いの彼女に。

懐かしい。こちらまで、忘れてかけていた涙が滲んでくる。最後まで泣くまいと、心に決めていたのに。熱い気持ちが胸を突きあげる。

「姉の美桜は、美しい桜の季節に生まれたから美桜。馬鹿なくらいに単純だろう？　おまえの父親が名付けたと言っていた。だから、二人目は千珠がつけたと。おまえもいるなら安心だ。……未来は、明るいな」

紫雲はそこで塔の下に視線をやった。橋の上にはこちらに近づいてくる人だかりがある。

鴻鈞たちだ。紫雲は俯き、一粒の涙を零した。そして面を上げる。何の後悔もない、晴れやかな表情だった。

「二人とも。最後に会いに来てくれて礼を言う。……ありがとう」

その瞬間、雪花と羅儀は反射的に走り出した。

「迦羅を頼んだぞ」

そして紫雲は足を、その身を、外壁の外へと投げ出した。

＊＊＊

自分の名の由来を聞いて、雪花は泣きそうになった。

両親の話、美桜の話、自分の話。なんでもいい、知っていることを教えて欲しい。自分の知らない彼らのことを、少しでも教えて欲しい。

紫雲殿下、あなたのことも教えて欲しい。

これ以上、頼むから。お願いだから、誰も目の前からいなくならないで。

雪花と羅儀は必死に手を伸ばし、自分たちも外壁から勢いよく飛び降りた。

――届け。

まだ間に合う。

──届け。

まだ見えている。

──届け。

まだ諦めるな。

──届け。

摑みとれ、今度こそ。

絶対に、死なせるな。

自分を追って共に落下してくる二人に、紫雲は目を見開いた。雪花は歯を食いしばって、羅儀と共に必死にその手を伸ばす。

三人は揃って、赤く染まる湖に吸い込まれていく。激しく上がる水飛沫。白鳥たちが驚き、慌てて水面から飛びさっていく。

強い衝撃を受けた雪花は痛みに耐えながら、激しく泡立つ水中で、なおも手を伸ばし続けた。

（どこだ、どこだ、どこだ……！）

空気を口の中に押しとどめながら、必死に紫雲の姿を捜す。

すると、焦る雪花を落ち着かせるように胸元で光が灯った。母から受け継いだ首飾りだ。

その光の先に、紫雲の衣の裾が見えた。水底に沈んでいこうとしている。

雪花は彼女の腕を掴んだ。決して離さないように強く。すると羅儀も、紫雲を見つけてもう片方の腕を掴んだ。二人は紫雲の腕を引きながら、急ぎ浮上する。

服がまとわりついて重い。息も持たない。冷たくて体が凍りそうだ。だが必死で、雪花は羅儀と共に水を掻いた。薔薇色の光が降り注ぐ水面を目指して。

あと少し、あと少し、あと少し。

――諦めるな！

肺の空気がすっからかんになったところで、羅儀と雪花は浮上した。二人は噎せながら、抱えている紫雲を見る。

「紫雲！」

彼女は意識を失っている――いや、違う。息をしていない。

「羅儀！　紫雲殿下を水面に浮かせて！」

「っああ！」

頼む、お願いだ。

雪花は紫雲の鼻を摘まむと、口を合わせて、縋るように、祈るように息を送り込む。

紫雲の胸部が膨らむ。でも、呼吸が戻らない。

雪花はもう一度、大きく息を吸って送り込んだ。

(戻ってこい、戻ってこい……！)

もう一度、紫雲の胸部が持ち上がった。

そしてその瞬間。

「……っは、かはっ！」

大量の水を吐き出し、紫雲が激しく喘いだ。

「紫雲！」

激しく噎せる彼女が沈まないように、羅儀が支える。

荒い呼吸をしながら、彼女がようやく目を開ける。

「……うそ、だろう。おまえたち、本当に――」

「死んで終わりなんて、それこそないぜ、紫雲」

「だが……。わたしは、命が長くないんだ。母と同じ、だ。胸に岩がある」

羅儀は息を呑んだ。だが雪花は違った。いつもそんなに感情を荒立てない雪花だが、この時ばかりは大きく息を吸い込み、声を震わせながら怒鳴った。

「――だからなんだってんだよ！」

雪花の怒声が、湖畔に大きく響き渡る。

「おいっ、おまえ……」

「羅儀、あんたは黙ってろ！」

雪花は低く唸ると、金色に光る眼で紫雲を睨んだ。

「あんたはまだ、生きられるだろ？　たとえ、病気で先が短くても！　あんたはまだ生きられるじゃないか！　明日がまだあるじゃないか！　なんでそれを手放すんだ！」

岸辺から、鴻鈞たちが慌てて小舟で近寄ってくる。風牙が物凄い勢いで櫂を漕ぎ、必死の形相で雪花を呼んでいる。

それを聞きながらも、雪花は自分の感情を止められなかった。

目の奥から溢れてくる涙を拭うこともできず、ただただ声を張り上げる。

「命を懸けるってことは、死んでいい理由にならないだろ！」

羅儀と紫雲は息を呑む。鴻鈞たちも、雪花たちの様子がおかしいと途中で舟を止めて、遠くから様子を窺っている。

「死んでしまったら！　残された者の気持ちを、あんたは考えたことはあるか！　どれだけ辛いか……。どれだけ、やるせないか！」

雪花の声が次第に震える。湖面に揺れる波のように。

美桜が目の前で死んだ時。邑璃妃を庇わなければ、生きることだってできたはずだ。でも、彼女はそれを選ばなかった。

それは彼女の覚悟だったのか、彼女の心が動いた結果だったのか。死んでしまった今となってはもう分からない。

最後の表情を思い出せば、彼女は満足だったのかもしれない。雪花もそんな姉を誇りに思う。でも、やっぱり心のどこかで思うのだ。

生きていて欲しかったと。辛くても、一緒に支えるから。もう一度、彼女と一緒の時を生きたかったと。

「足掻けよ、最後まで……。わたしは、地べたを這いつくばって、それでも必死に生きて来た！」

雪花は熱くなる目頭に力を込めながら、声を張り上げた。

「国を本当に想うなら……！　無様なほど生にしがみつけよ！　たとえ牢だろうが狭い部屋に軟禁されようが、その目が閉じる瞬間まで、しっかりとその目で見届けろよ！　楽に死のうとするな!!」

零れ落ちる透き通った涙が、赤く染まる水面に吸い込まれ、消えていく。

「……そうか。死ぬのは、逃げか」

紫雲は小さく笑った。そうか、と何度も呟く。その目から流れ落ちるのは水滴ではない。堰を切ったよう溢れ出る涙だ。

「紫雲。おまえともあろう者が、小娘にえらく説教されてしまったな」

舟がゆっくりと近づいてきて、鴻鈞が温かな表情で紫雲に手を差し出す。

「あぁ。こっぴどく叱られてしまった」

紫雲は泣き笑い、鴻鈞に先に引き上げてもらう。雪花は鼻をぐずぐずと鳴らして両目を擦り、涙を洗い流すように冷たい水で顔を洗う——が。

「いてっ！」

片方の腕が、えらく痛むことに気づいて涙を引っ込めた。よく見てみると、腕が真っ青になって腫れあがっている。横では羅儀も、足が痛いと今さらになって呻いている。

「羅儀。わたし、腕やっちゃったみたい」

「俺は足だ」

どうやら二人とも、完全に無事とは言えないようだ。生き残ることに集中するあまり、痛みを感じなかったらしい。二人は顔を見合わせて苦笑した。

「治療代、羅儀が出してよ」

「はぁ？　なんで俺が」

「仕事の危険手当だ」

「おいおい、無茶苦茶じゃねえかそれ」

「だって、帰蝶の治療代は高くつくんだって」

「あー。それはそいつに言えよ」

「え？」

小舟の中にいる人影を指さして羅儀は笑った。

そいつってまさか風牙じゃないだろうな。風牙は借金しか持っていないぞ、と言いかけて振り向くと――。

ここにいるはずのない人物を認めて、雪花はなんでだよと空を仰ぎたくなった。

紅（こう）志輝がなぜか、そこにいた。どうやら風牙と共に櫂を漕いできてくれたらしい。優雅な貴人に、なんとも不似合いな光景だ。

「……志輝様、ご機嫌よう」

なんとなく反射的に、いつかのように、雪花は水の中から挨拶（あいさつ）をする。

「こちらはご機嫌ではありませんが。あなたはどうして、季節外れの水浴びを何度もするのですか。趣味ですか」

ええそうでしょうね。めっちゃくちゃ怒ってますよね、と雪花は逃げたくなる。

いつもの似非（えせ）笑顔すら浮かんでいない。本気で怒っている。いっそのこと趣味だと言って、他の岸辺から上がれないかと考える。そしてそのままずらかりたい。

しかし後ろから「さっさと上げてもらえよ」と、面白そうに笑う羅儀に押し出されてしまい、雪花に逃げ道はない。

「あの、すぐそこまでですし、泳いで戻ります」

「馬鹿言ってないで、さっさと手を伸ばして下さい」

「…………はい」

おっかない貴人様に、雪花は無事な方の腕を伸ばして素直に引き上げてもらった。

なんだか怖くて顔が上げられないなあと俯いたままでいると、ふわりと外套をかけられる。そして態度とは裏腹に、震える手で雪花の手を志輝は握った。

「……もう、これ以上。お願いですから、寿命を縮めさせないで下さい」

「志輝様」

どうやら本気で心配してくれたようだ。雪花は少しだけ申し訳なく思い、安心させるようにその手を握り返す。

「おかえり、雪花」

すると次に、温かな手が雪花の頭に載せられた。風牙がよくやったと、温かい目で雪花を見下ろしていた。

「風牙」

「おまえは、俺の誇りだよ」

その言葉に、胸の奥から温かいものがこみ上げ、雪花は照れたように微笑んだ。そして、彼の胸に額を押し付ける。

「……風牙こそ、わたしの誇りだ」

驚く風牙に、雪花はさらに言葉を続ける。

「ありがとう、わたしを家族にしてくれて。ありがとう、わたしを育ててくれて。ありがとう――側にいてくれて。風牙みたいに、わたしは、少し強くなれたかな」

心からそう伝えると、風牙は涙を浮かべて笑った。雪花の濡れた頭を、くしゃくしゃと撫で回す。

「十分、おまえは強く優しいよ。……おじ貴たちも、驚くくらいに」

風牙はそう言うと雪花から顔を背け、堪えきれなかった涙を袖で拭う。

雪花はそんな風牙を穏やかな表情で眺めると、再び志輝の方を振り返った。雪花の存在を確かめるように、志輝は雪花の手を握りしめたままだ。

「……志輝様も、ありがとうございます」

そう言うと、志輝はぽつりと呟いた。

「あなたが飛び降りた瞬間。死んでしまったかと思いました」

その声は震えていた。心の底から心配したかのように。当の本人である雪花は、目をまん丸くさせきょとんとしていた。そして首を傾げる。

「あの程度で？」

雪花は、涙を拭いた風牙と目を見合わせた。

「あの高さは死なないわよ。ねえ、雪花」

「うん」

呆れた会話を繰り広げる親子に、志輝がついに怒った様に声を上げる。

「っ皆が皆、あなたたちみたいに超人的じゃないんですよ!」

「そりゃ、あんたがぎりぎりのこと試してないからよ。試してみれば?」

「試しませんよ!」

「あれ、いつだっけなぁ……。風牙が借金ばっかり拵えてくるから、借金取りから逃げる途中で、滝の上から飛んだことがあって。あの高さは、さすがに死にかけましたよ」

「……一体どんな所を逃げているんですか」

「あったわねえ、そんなこと。やだぁ、懐かしい」

「懐かしいってもんじゃないよ、馬鹿! あれは本当に死にかけたのに!」

「ったい! こんな狭いところでどつかないでよ! あっ、ていうかいつまで人の娘の手握ってんのよ! 汚い手で触らないでっ! しっしっ! 離れて離れて!」

死にかけた後でも通常通りの親子を、舟に乗り込んだ羅儀は無視することにした。そして「さっさと戻るぞ」と自ら櫂を奪い、面倒くさそうな鴻鈞にも漕がせて岸辺に戻るのであった。

＊＊＊

左翼・右翼の争いは中軍によって止められた。江瑠沙と通じていた紫雲はどういう理由であれ無罪放免とはいかず、宮廷の一室に軟禁されている状態だ。次の忽鄰塔で帝位継承権を剝奪、将軍の座も取り上げられるだろうと羅儀は言った。だが紫雲は取り乱してはおらず、静かに沙汰を待っている状態とのことだ。

そして江瑠沙の使者との間で、正式に不戦条約が結ばれた。前江瑠沙皇帝の行いを江瑠沙が改めて謝罪。今後、江瑠沙の新しい女帝が迦羅に赴き会談を行う予定だという。

そして玻璃・澄を含めた四か国で、今後の新しい国交の在り方について話を進めるということだった。

目まぐるしく変わる情勢に、まだ満足に動けない迦羅皇帝に代わり、羅儀が忙しなく動いている。

「忙しそうですね、羅儀は」

「まあ仕方がありませんよ。はい、どうぞ」

片腕が使えない雪花に向かって、志輝が果物を楽し気に剝いて差し出してくる。雪花たちは、羅儀の屋敷に世話になっていた。勿論別々に部屋を与えられているわけだが、暇さえあればこうやって志輝がやってくる。まあもちろん……。

「あらぁ美味しそう！　どーも！」

お目付役である風牙がいるのだが。差し出した甘酸っぱそうな果物を、風牙が雪花の代わりに奪い取ってむしゃむしゃと一瞬で食べてしまう。

どこにいても、火花を散らしている二人である。そしてその光景を呆れた目で眺める、
雪花と白哉だ。

白哉の片目は傷が深く、光を失ってしまった。もう二度と、自分の意志で瞼を開けることすら叶わないそうだ。包帯で覆われた姿が痛々しい。今回の件に巻き込んでしまった責任は雪花にもある。雪花は彼に謝罪したのだが『因果応報。これは俺のけじめの証だよ』と断られてしまった。なんだか少しさっぱりしたような、でもどこか寂しそうな白哉だ。

かつて白哉が属していた暗部組織は頭を失くし、一度解体されるそうだ。詳しい事情は聞かされていないが、そこで育ってきた白哉と玉兎はそれが一番良いと口を揃えていた。

帰蝶はといえば、まだ皇帝を診ていてしばらく屋敷には帰ってきていない。泊まり込みで治療に当たっている。皆で揃って帰るのは、もう少し先になりそうだ。

そんなことを考えていると、羅儀の補佐についているはずの玉兎が顔を覗かせた。

「雪花ちゃん、具合はどう？」

「あ、どうも。特に変わりないです」

雪花の腕は折れていると思ったのだが、どうもそうではないらしい。打撲の範囲は広く、皮膚の色は真っ青に変わっているのだが、帰蝶の見立てによると骨は折れていないだろう

ということだ。

一方の羅儀はぽっきりと折れてしまっていたようで、「なんでてめぇは折れてないんだ」と恨めしそうに雪花を睨(にら)んでいた。そんなものは日頃の行いがよいからだと言っておいた。

彼は添え木で足を固定され、杖(つえ)をついて政務に追われているらしい。

「なら、ちょっと時間いいかしら。風牙さんも」

「あら、わたしも？」

「ええ。少し宮廷に来てもらいたくって」

雪花は風牙と共に首を傾げた。

＊＊＊

玉兎に案内された場所は、宮廷の奥深くにある一室だった。

風牙と共に中に通されると、疲れ気味の帰蝶が煙管(キセル)を吹かしていた。莉陽と、そして鴻鈞。美夕と羅儀が立ったまま控えている。

皇帝である青遥は自力で起き上がれるようになったようで、長椅子に腰かけて二人を待っていた。なら、寝台に横になっているのは誰なのだろうとちらりと見ると、そこには軟禁中の紫雲がゆったりした衣を纏(まと)って横になっていた。

雪花と同じ琥珀色の瞳。青遥と紫雲は、部屋に入ってきた雪花たちを見つめていた。

「あー、呼び立ててすまねえな」

誰も口を開こうとしないので、羅儀は咳ばらいをした。

「爺が、おまえらに話があんだとよ」

話があるって、一体何の話だよ。痩せているが強面で、妙に迫力のある青遥に、雪花はたじろぎたくなる。

(話があるんだったら、もう少し態度柔らかくしろよ)

と内心ぼやきながら。

「おまえが玄雪花か」

「……はい」

「今回、羅儀が巻き込んですまなかった。全てはわたしが不甲斐なかった故。——わたしを、紫雲を。国を助けてくれたこと、心から感謝する。……ありがとう」

青遥はそう言うと立ち上がり、深々と雪花と風牙に頭を下げた。すると羅儀たちも青遥に続く。一同に頭を下げられ、雪花と風牙は目を見合わせた。

「え、ちょ、ちょっと……。あの、別にそんな礼を言われることじゃないです。これはわたしなりのけじめをつけたら、結果的にこうなっただけで」

雪花は落ち着かなそうに頭をかき、助けを求めるように帰蝶を見る。

「礼くらい素直に受け取ってやんな、雪花」

「でも、わたしのおかげってわけじゃないと思うけど」

「そういうところも、おまえは本当に千珠に似ているな」

顔を上げた青遥は、泣くように笑った。皺の走る目尻が優しく下がる。

「わたしはおまえを、そしておまえを産んだ、おまえの両親を誇りに思う。そして雪花を守ってくれた、玄風牙。お主にも深く感謝する。——ありがとう」

そしてもう一度。彼は深く、腰を折った。雪花と風牙は再度、顔を見合わせた。

「……てっきり、恨み言と一緒に斬られるかと思ってました」

風牙は足元に視線を落とし、ぽつりとつぶやいた。

「なぜだ」

「おじは迦羅から千珠を奪ったし。……そして俺は、千珠たち家族を守れなかった。雪花だって、助けたといってもぼろぼろだった」

「だが、救ったことは事実。孫を育ててあげてくれたではないか。それにお主は千珠のことを勘違いしている。なぁ、紫雲」

青遥が紫雲に視線をやれば、彼女は苦笑を浮かべて小さく頷きを返した。

「千珠は攫われたんじゃない。自ら押掛女房の如く、洪潤に付いていったんだ」

「……え」

　雪花は頬を引きつらせながら、そういえば、と昔の記憶を掘り起こす。

　当時はよくわからなかったが、確かにそんな意味合いに取れることを言っていたような、言っていなかったような。

（そういや、父は襲われたとかも言ってたしな。一体何をどうやって、妻の座を手に入れたんだろうか）

　どうやら母は、昔から豪胆だったらしい。

「そんな千珠に、おまえは本当によく似ている。……だからかな。会って間もないおまえの言葉は、千珠の言葉のようだったよ」

　吹っ切れたような穏やかな表情を浮かべて、紫雲は笑った。

「……すみません、なにも事情を知らないのに生意気に」

「いや、実に小気味よかった。おかげで今、こうして生きている」

「ですがお体の加減が悪いのでは？」

　よく見てみれば、彼女の顔は浮腫んでいるように見える。

「彼女に急遽、手術をしてもらったんだ」

「え？」

　相変わらずどこでも煙管をふかす帰蝶に、皆の視線が集まる。

「乳を切ったんだよ、岩があったからね。……だが後遺症はあるし、正直予後もどうなるか分からない」

紫雲は帰蝶の説明を聞きながら、皆に乳を失くした方の腕を見せた。指先までひどく腫れていて、動かしにくそうだ。動かすと痛みもあるのか、声は出さないものの顔を顰めている。だが紫雲は、それでもすぐに笑みをつくりなおして見せた。

「少しでも生きられる可能性があるなら、しがみ付いて足掻くべきだ。……そうだろう？」

酷なことを言ったのかもしれない。でも、それでも――。

雪花は瞼を伏せて頷いた。

「……それでだ、雪花。おまえの継承権のことだがな」

羅儀が頃合いを見計らって口を開いた。

「おまえ、本当に放棄するのか？」

「え？」

何を今更、という目を向けると、羅儀は真剣な目で雪花を見つめていた。

「俺は。いや、俺たちは。おまえがもし、この国を選んでくれるなら。おまえに立ってもらいたい」

「羅儀、あんた――」

雪花は両目を見開いた。羅儀だけでない、一同の視線を受けて言葉に詰まる。

確かにこの国は母の故郷だ。彼女を知っている人がいる。血が繋がった家族がいる。

寒く冷たい土地だが、人々は皆温かく、そして強い。雪花はもう知っている。

ここで暮らせば、新しい人生を歩むことができるのだろう。

大変だろうがそれだけではない、見たことのない未来を見ることができる。

でも――。

瞼の裏に浮かぶ今までの思い出。辛いことも、楽しかったことも、すべてはあの澄から始まったのだ。

見たことのない未来を見られるのは、どこにいても同じだ。

「必要としてくれて嬉しいけど、遠慮しておくよ」

雪花の心に迷いはなかった。

居場所をなくした雪花を、命を懸けて救ってくれた風牙。怪我をした雪花を助け、見守ってくれていた帰蝶。自分の運命の歯車を変えた、志輝との出会い。そこから再び見えることのできた美桜、翔珂。そして、彼らと繋がる人々。気が付けばいつの間にか、あそこには大切な人たちがいる。帰りを待ってくれる人がいる。

雪花は胸を張った。

「わたしは風牙たちと国へ帰るよ。そもそも、わたしは王様やれる性格じゃないし。……それに、どうしてもやらなきゃならないことが残ってる」

「……そうか」

羅儀は諦めたように嘆息すると、青遥に視線を移した。

「だ、そうだ。爺、諦めろよ」

「仕方あるまいな」

青遥も仄かに笑みを浮かべ、肩を竦めた。そして杖をついて立ち上がり、雪花の前に立つ。

「だが、忘れるな。持つ名が違うとも、おまえはわたしの孫。遠い地から見守っている」

青遥は雪花をその胸に抱きとめた。皺が走った、細く痩せた手。けれども大きく優しい手。雪花はその温もりを大切に記憶する。母の分まで、美桜の分まで。

そしてその胸をそっと押し退けると、雪花は青遥の顔を見上げた。

「ねえ、祖父さん」

陛下、ではなく祖父へ伝えよう。祖父さんと呼ばれた青遥は、驚いたように目を開く。

「色々あったけれど、わたしは両親のもとに生まれて幸せだった。勿論それは今も。だからこそ今、こんな風に色んな人と出会えた。こうして祖父さんにも会えた。……母は最期、後悔したのかもしれない。でもそれはきっと、己の生き方を後悔したんじゃないよ。多分、わたしたち子供の行く末を見守れなかったことだ」

だから、と雪花は青遥の手を握る。

「だから、長生きしてよ。わたしは国が違っても、ちゃんとしつこく生きるからさ」

そう言って笑う雪花に、青遥は涙を浮かべた。そして、くしゃりと大きく笑った。

一筋の涙が頬を伝った。

＊＊＊

青遥、紫雲の治療の目途が立ち、白哉は帰路につく準備をしていた。するとそこに、玉兎と行空が訪れてきた。

「白哉、ありがとう。力を貸してくれて」

「いいよ、礼なんて。それより二人とも、動き回ってるようだけど体は大丈夫なのか？」

「忽鄰塔がすぐそこだもの。休んでる時間はないわ」

「軟弱な野郎と一緒にするな」

「はは、それはごめん」

白哉は残った片目を細めて笑うと、玉兎たちは痛ましそうに表情を歪めた。

「……片目、ごめんなさい」

「本当は、俺らがやらなきゃならなかったんだ」

「ああ、これ？　やだなあ、そんな顔しないでよ。別にそこまで悲観してるわけじゃない」

白哉は睫毛を伏せた。そして自分の手に視線を落とし、拳を握る。

「むしろ、俺もけじめをつけられてよかった。俺は玉兎たちを巻き込んで、劉と須佐を死なせた。羅儀殿下の父君の片腕と引き換えに、命を救われた。……これくらい、安いもんだよ。今度は、助けることができた」

すると、何かに気づいた玉兎が白哉の前に立った。彼女は白哉の襟首を摑み、彼の目を覗き込む。

「あんた今、何て言ったの」

「え？」

「あんたは澄を発つ前、須佐を殺したと言った。でも今、死なせたと言った」

白哉はしまったというように、玉兎から慌てて目を逸らす。

「やっぱり、嘘をついていたの？」

「それは……」

「おい、玉兎。相手は怪我人なんだぞ」

「わたしも怪我人よ！」

一体どういう返しだと、白哉と行空は呆れた。女の言い返しはいつも予想外だ。言っていることは間違いないのだが。玉兎は目尻を吊り上げ、逃げる白哉の視線を追いかける。

「本当のことを、答えて」

白哉は眉(まゆ)を顰(ひそ)めた後、観念したように嘆息した。

「須佐は、動けなかった俺を庇(かば)って死んだ。だから、俺が殺したも同然なんだ」

玉兎は目を瞠(みは)り、白哉の襟から手を放した。そして、力を失くしてずるずるとその場にしゃがみ込む。

「……思ったのよ」

玉兎は自身の腕に顔を埋(うず)め、聞き取れないほどの小さな声で何かを言った。白哉は困った表情のまま、玉兎と同じようにしゃがみ込んだ。

「玉兎？」

「あんたが嘘をついてるって、再会した時にどうしてか思ったのよ。あんた、昔から優しいから。事実を知ったら、わたしが余計に苦しむって思ったんでしょ」

「それは違う」

「ううん、違わない。あんたは何も言わずに全部背負って……。ごめんなさい、夜摩。ごめんなさい」

玉兎は面を上げ、白哉に謝りの言葉を何度も告げた。涙を堪(こら)えて必死に謝り続ける玉兎に苦笑すると、白哉は彼女の手を取ってその場に立たせた。

「いいんだ、玉兎。謝る必要はない。それに謝ってばかりだと、きっとあの二人は怒る」

玉兎の目尻に浮かんだ涙を指で拭うと、白哉は心から笑った。

「生きよう、二人の分まで。誰のためでもない、自分のために」

初めて見た白哉の無邪気な笑みに、玉兎は目を開いた。そして、玉兎も大きく笑う。やっぱり涙が零れたが、この涙ならいいと思った。これは悲しくて、悔しくて泣くんじゃない。嬉し泣きだ。この先の未来を創っていくための、始まり。

すると、黙って見守っていた行空が白哉に手を差し出した。

差し出された手の意味が分からずに、白哉は行空の顔と手を交互に見る。

「……ええと？」

「握手だろ！」

「え、あ、握手？」

大声で怒鳴られ、白哉は戸惑いながらもその手を握る。

「おまえらのように、この国は変わる。いずれ、見える時もあるだろう」

「う、うん……？」

「だからその時は一つ、手合わせ頼むぜ」

照れ隠しなのか、視線を合わさず伏し目がちな大男に、玉兎と白哉は噴き出したのであった。

＊＊＊

帰路の途へ出発した雪花たちの背を、五人の人影が見送っていた。

羅儀、美夕、青遥、紫雲、鴻鈞の五人だ。これまでと異なるのは、羅儀が眼帯を取って琥珀色の瞳を露わにしていることだ。そして彼の胸元には、雪花が置いていった首飾りが揺れている。

「鬱陶しい眼帯はとったのね」

美夕は息子である羅儀の顔を見て、にっと笑った。

「雪花に言われちまってな」

「なんて？」

「〝見える目なんだから、しっかりその目ひん剝いて王様やれよ。片目だと、色んな視野が半分になる。周りが気味悪がるなら慣れさせろ〟……ってな。無茶苦茶だろ、あいつ」

羅儀の言葉に、皆おかしそうに肩を揺らす。

「あの嬢ちゃん言うなぁ」

「人の心に土足で上がり込んで、全部粉々にぶち壊していく娘だ。そのくらい言うさ」

「ふふ……。千珠の娘なだけあるわね」

「で、いつまでおまえは羅儀の名を使うんだ？　跡を継ぐと決めたのなら、そろそろ花嗣の名を使うべきだろう」

紫雲が羅儀を横目で見る。彼女の体調は万全ではないが、本人の強い希望で共に見送りにやってきた。鴻鈞の監視付きで。

「……追い追いでいいだろ」

面倒くさそうに明後日の方向を向いた羅儀に、鴻鈞が鼻で笑った。

「小僧はどこまでも小僧だな。女みたいな名が嫌だからというのが、神官を選んだ理由の一つだったか。名前なんぞ、呼べたらなんでも良いだろうに。存外女々しい奴よ」

「恥ずかしい話を蒸し返すんじゃねえよ」

不機嫌そうに睨み返す羅儀に、皆は笑い声をあげた。そして彼らは、どこまでも続く真っ白な大地を眺める。

「静かだな。まるで嵐の後のようだ」

羅儀はぽつりと呟いた。嵐の後には凪が訪れる。冬空は青く澄みわたり、陽光を受けて白い大地は銀色に輝く。

青遥は見えなくなった孫娘の後ろ姿を、瞼の裏に焼き付けるように両目を伏せた。

「全てを薙ぎ払った嵐の後は、また一から始めるしかない」

そう言うと、青遥は鴻鈞の肩を借りて歩き出す。

「たとえ国のあり方が多少変わろうとも、〝颯〟の意志を忘れずにいるならば。……きっと天花も国を見守ってくれるはずだ」

晴天の空に風花が舞う。白い花のように、はらはらと。
白い大地に立ち、歩き出すのは一人の少女。
その身に風を纏い、ただ前へと進んでいく。
まるで始祖、天花のように。

# エピローグ

とある屋敷に、三人が顔を揃えていた。澄国の三公たちである。

「ははは！　どうしたんだい、その顔はっ！　前歯もなくなってるね……。ひどい顔がさらにひどくなってるじゃないかっ」

「……やかましいわ」

太保である李慧の顔は、ひどい有様だった。顔全体が腫れ上がり、皮膚の色は青黒く変色している。歯は何本か無くなっており、口の中も腫れているのか喋りにくそうだ。分厚い眼鏡にもひびが走っていて、なんとも憐れな姿になり果てている。

一方そんな彼の姿を見るなり、太師である江翠影は茶を噴き出し、腹を抱えて笑っていた。女らしく御淑やかに笑う、というのは年を重ねても彼女には無理らしい。

「さては、玄雪花にやられたか」

そしてもう一人、太傅である子清河も卓を手で叩きながら笑っている。

慧はふてくされた面持ちで椅子に腰掛けると、両腕を組んだ。

「……約束やったからな。仕方ないやろ」

「だから先代の時に言ったじゃないか。あの黎一族をなめたら、末代まで祟られるって」

「ほんまどえらい目にあってしもたわ。あの娘、殴り殺す勢いで拳を振りかざしてくるんやから」

玄雪花が突き付けた三つの要望。

一つ、風牙と雪花に名を返すこと。

二つ、風牙と雪花に今後干渉しないこと。

三つ、それは――。

『家族の代わりに、そのうざったい面を殴らせろ』

というものだった。黎家の血を引く者は、現当主を筆頭にどいつもこいつも容赦がない。

雪花も間違いなくそのうちの一人だ。

金をぶんどった上、容赦なく拳を何発もお見舞いしてくれたのだから。

「それで、残りの約束はちゃんと果たしてやるんだろうな」

「……再審するしかないやろ。颯家の汚名を雪ぎ、あの娘に名を返してやらんと。……」

「となれば、あんたはもう引退だね」

迦羅との在り方も変わるなら尚更」

「せやなあ。大人しく、田舎で蜜柑でも育ててのんびり暮らすわい。あ、寂しくなるからって泣いたらあかんで」

「喜ぶことはあっても泣くことはないね」

「そうだな、それだけはないな」

「おまえらもきっついなぁ」

三人は口端を持ち上げると、一息ついた。

「……だがそれにしても、因果なものだねえ」

彼らの集まる部屋には、一輪の花の絵が飾られている。六枚の花弁を持つ、純白花。

「もし美桜が生きていたならば、おそらく陛下の番になった。盤慈と天花のように。天花の意志を継ぐかのようにね」

翠影はその絵を見上げながら呟いた。

この国の成り立ちは歪だ。

澄を起こした初代王、盤慈。彼には一人の妹がいた。名を天花。後に隣国、迦羅の祖となる女。彼等は二人、仲間と共に澄という国を興した。だが国を統一した直後、皮肉にも二人の道は分かれた。

——二人は禁忌を犯したからだ。

「罪を一人で背負い、国を出た天花。そんな彼女の血を受け継ぐ者が、澄王家に帰ってくる。それは天花の復讐か、それとも願いか……。だがどちらにせよ美桜は死に、それは叶わなかった」

「しかし澄王家と迦羅皇家の血を引きながら、その枠から外れた紅志輝と颯凛。二人は出会ってしもた」

「ならそれは、復讐なんかじゃないよ。……きっと、天花の願いだ」

今度こそ、共にいられるようにと。

＊＊＊

青空に梅花が舞う。白哉は荷を抱えて蒼家の門を潜った。屋敷の中はとても静かだ。誰の声も聞こえない。

両親は留守かなと思いながら、庭を通り過ぎて屋敷に入ろうとした。だがそこで、白哉は足を止めた。白い花をつける枝垂れ梅の側で、逍遥と承侑が空を見上げている。

二人の姿を認め、白哉はなぜだか無性に泣きたくなった。胸の底から込み上げてくる、熱い何か。白哉は荷を地べたに置いた。その音に、二人が気づいて振り向いた。

三人は声もなく、ただ見つめ合った。

「……ただ今、戻りました」

白哉はかろうじて、それだけを告げた。何を言おうか、何を伝えようか、帰りの道中で色々と考えていたはずなのに言葉が出てこなかった。

すると、逍遥が白哉に向かって一直線に駆けだした。彼女は白哉の頭を、己の胸に引き寄せた。いつかと同じように、強く、優しく。

「馬鹿！ 遅いのよ、この馬鹿息子！ 本当に遅い！」

「すみません」

白哉は笑った。涙を流しながら。遅れて承侑も傍にやって来た。彼は逍遥と白哉、二人を包み込むように抱きしめる。

「おかえり、よく戻ってきた」

白哉は承侑の言葉を噛みしめ、ただただ何度も頷いた。

逍遥はぐずぐずと洟を啜りながら、包帯が巻かれた白哉の目を案じる。白哉の頬に手を添えて。

「目が……。もう、見えないの？」

「はい。もう見えることはないそうです」

「そんな……」

逍遥は愕然と呟いたが、白哉は吹っ切れたように笑う。

「いいんです。頂いた恩を返すことができました。それに今までとは違うものを、見ていくことができそうです」

不思議と澄んだ目をしている白哉に、逍遥と承侑は目を見合わせた後、柔らかい眼差し(まなざし)を向けるのであった。

＊＊＊

「はぁ、疲れた。割に合わない仕事だったよ」

帰蝶(きちょう)は煙管(キセル)を吹かし、窓辺に寄りかかっていた。

「本当に。春燕(しゅんえん)様は昔からこき使ってくれる」

楊任(ようにん)は寝転がり、冊子を片手に頷く。

「でも皆、無事に帰ってこられて良かったじゃない」

風牙は酒を飲みながら、狸爺(たぬきじじい)からぶんどった金を数えていた。

紫水楼(しすいろう)に戻ってきた三人は、一室に集まり休息をとっていた。

「帰蝶もよく腕が鈍らないもんね」

風牙は帰蝶の足元に視線を向けた。帰蝶の足元には、手入れをするために分解された銃がある。

「体に染みついてんだよ。あんたが刀を振るうのと一緒さ」

「ふうん……。今回のことを機に、医師にも戻るつもりはないの？　……おまえは十分、約束を果たしただろ。この妓楼はもう、大丈夫だ。萌萌に秀燕もいる」

帰蝶は長い睫毛を伏せた。吐き出した煙をぼんやりと眺め、帰蝶は話題を変える。

「それより風牙。雪花は、この先一体どうするつもりだい？　借金もなくなったし、もう自由だろう。紅家へ嫁に出すかい？」

すると、風牙の顔が般若の形相に一瞬で変化した。

「出さないわよ！」

「でも、なんだかんだ認めてるじゃないか。志輝様のこと」

「なにも、ぜんっぜん、すこっしも認めてませんけど！」

「じゃあ、雪花が自らお嫁に行きます、って言った日にはどうするの？」

欠伸をしながら口を挟んできた楊任に、風牙の表情が硬直した。

「どうしても一緒になりたいんです、って雪花に頭を下げられたらどうするの？」

風牙の表情が一瞬にして、般若の形相から泣き顔に変わった。

「ど、どうしよう……。耐えられない」

しかも、めそめそと泣き出す始末である。それを眺めながら、楊任はぷっと噴き出す。

「風牙って、いいよね。表情豊かで面白い」

「からかったわね！」

窓からは温かな日差しとともに、心地好いそよ風が吹き込んでくる。庭に植えられた桜の木に蕾はないが、そう遠くないうちに蕾がつくだろう。そして光をたっぷりと浴びて、蕾は美しい花を咲かせる。

帰蝶は庭を見下ろしながら、柔らかく笑った。

「生涯で、心から想うことのできる相手と出会えることは良いことだ。風牙、おまえだって分かってんだろう？　いいじゃないか、認めてやっても」

風牙は悩ましい顔をして、帰蝶から顔を背けた。そしてぐずぐずと洟をすすって、立ち上がる。

「どこいくんだい」

「……散歩してくる。どうせ休みだし」

「ふうん」

出ていく背中がどこか寂しそうだ。だが、風牙はいい加減子離れしなければならない。

雪花も雪花で、これからは自由に生きるべきだ。

すると、楊任が冊子を閉じて起き上がった。

「帰蝶。さっきはどうして、風牙の質問に答えなかったの？　帰蝶は思い出したんじゃないの。命を救うことの意味を、医師としての原点を。君にはその技術がある。だから紫雲殿下にも手術を施した」

「……あんたらは嫌いだよ。本当に、人をよく見てやがる。腐れ縁なだけあるね」

帰蝶は苦笑し、煙草盆に灰を落とした。

「だけどね。わたしはここで楼主になったこと、後悔なんてしていない。医術から遠のいたことも後悔していない。国の医師になって、結局できたことなんてほんの少し。政が絡んだ世界に嫌気が差したのも事実だからね。洪潤様が嫌っていたのも分かる。それは楊任、あんたも同じだろう」

「まぁ……そうだね。綺麗ごとだけで政ができないことは分かってるんだけど」

楊任は両肩を竦め、壁に背を預けた。

「若かったんだよ、わたしらは。でも、今ならあの時とは違った見方ができるんじゃないかって、少しは思う。泥に塗れて、食らいついていかなきゃだめなんじゃないかって」

「食らいつくって、何に？」

帰蝶は煙管を弄んだ。

「さて……。結局は自分自身に、かな。理想論だけじゃだめなんだよ。自分が、泥に塗れなきゃならない。それでも前に少しずつ進んでいって、ようやく何かひとつ、出来る気がする」

「面白いね、その考え方。なんか分かる気がするな」

風牙が残していった酒を頂戴し、楊任は一息ついた。帰蝶も煙草を詰め直し、煙をくゆらせる。

「雪花もそうだが、風牙はこの先どうするんだろうね」

「さぁ。借金もなくなったし、自由に生きるんじゃないの？　それとも春燕様にこき使われるか」

「はは」

帰蝶は笑ってから、あることに気づいた。風牙の奴、数えていた金を全て持って散歩に行かなかったか。

「あいつ……。有り金全部、持って行ったね」

「そうだね。全部」

二人は顔を見合わせた。

雪花と風牙の自由な未来は果たして訪れるのか、雲行きが怪しくなってきたと感じる二人であった。

＊＊＊

紫水楼の最上室。上客しか通さない部屋で、雪花は志輝を迎えていた。

いつも通り、不遜（ふそん）な面持ちで。床の間には、可愛らしい白い梅の花が活（い）けられている。

だがそんな可憐（かれん）な姿さえも、霞（かす）ませてしまうのがこの紅志輝だ。

「いらっしゃいませ」

「もう少し優しく迎えてはくれないんですか」

「そんなものをわたしに求めないで下さい」

「まぁ、いつもどおりで安心しました。体はいかがですか」

「ぼちぼちです」

「そうですか」

開いた窓の外からは、大通りを歩く人々の賑やかな声が聞こえてくる。既に日は沈み、赤提灯の灯りが花街を彩っている。変わらない光景が、雪花の目に映っていた。

「江瑠沙はいかがでしたか。志輝様、外交のために出向かれたんですよね」

雪花は珍しく、自ら話題を振った。

「そうですね……。話は聞いていましたが、実際に見ると圧倒されました。このままではこの国は、この大陸は後れを取ると。いえ、すでに後れを取っている」

「そうかもしれませんが、風牙が昔に言っていましたよ。澄の下地はある程度整っている。あとは、それをどう活用していくかだと」

「相変わらず、風牙殿は恐ろしい人ですね。一体何を、どこを見ているのやら」

「さぁ」

雪花には分からない。風牙が見ている景色が。だが、今回の件で少し感じた。彼を本当に理解してくれているのは、楊任、そして帰蝶なのだろうと。

そこでふと、雪花は志輝を見る。

「そういえば、白哉様は大丈夫ですか？」

志輝と白哉、そして翔珂。彼らもまた、風牙たちと同じく仲が良い。

「大丈夫ですよ。ただご両親に、特に母君には色々と説教されたようで、この間、我が家に逃げてきましたから。あの様子だと、桂林にもねちねちくどくど、文で怒られているでしょうね」

「桂林様と白哉様……。今でも、なんだかしっくり来ない組み合わせです」

ふわふわとしていて軽い性格の白哉と、きびきびしてつんつんしている桂林。二人は一体、どんな風に育ってきたんだか。

「桂林の気質は、母君そっくりですよ。でもまあ、彼女も……」

何かを言いかけた志輝だったが、頭を振った。

「彼女も、なんですか？」

「いえ。彼女は彼女で優しいんですよ。本当に、不器用なだけで」

「それは分かります。蘭瑛様が後宮にお戻りになった際なんて、泣きながら罵っていましたから」

「……想像がつきますね」

雪花と志輝は、目を見合わせて苦笑した。

「白哉はこれからのことを考えなおして、星煉との結婚の話を進めるそうです」

「へぇ、良かったですね。それはおめでたい」

と、そこで雪花は言葉を切った。志輝がもの言いたげな目を向けていたからだ。

二人の間に落ちる沈黙。

志輝が居住まいを正した。

「――雪花」

「なんでしょう」

「迦羅に発つ前の話の答えを聞かせて下さい」

やっぱり来たか。それも直球で。

「……なんの話でしたっけ」

とりあえずとぼけてみる。

「わたしはあなたが好きだと言いましたよね。正直、今すぐにでも貰い受けたいくらいです。その返事を聞かせて下さい」

隣室からきゃっきゃと盛り上がる声が聞こえてくる。姐さんたちが聞き耳を立てていたようだ。

「今ですか」

「はい。今です」

志輝も観衆が居ることに気づいているだろうに、なぜ恥ずかしげもなくさらっと言えるのだ。しかも隣室からは、志輝を肯定するようにうんうん、と大きく頷く声まで聞こえてくる。非常にやりにくい。絶対にわざとやっているな、姐さんたち。

正直な話、この問題について考えることを今の今まで放棄していた雪花は答えに窮する。

「……雪花は、わたしが嫌いですか」

悩む素振りを見せる雪花に、志輝が声を落とす。すると姐さんたちも、一緒に沈み出す。

何なんだ、こいつらは。どう考えても、志輝の味方ばかりだ。外堀を埋められている気がする。こいつ、姐さんたちに金でも握らしたんじゃないだろうな。

とりあえず「あー……」と答えにくそうに呟く。

「嫌いじゃないです」

すると次は、ほっと安堵する声。完全に楽しんでやがる。

「本当に？」

本当に、と聞かれれば、どうだろうかと思い直さなくもない。

「確かに志輝様は、ねちっこくてしつこいし、時々怖いし、捻くれてるし。何より苦手な美人ですが、まぁそれはその性格で多少は薄れるし」

「あなた、それ褒めてませんよね。貶していますよね」

自分で聞いておきながら志輝の目は据わっていき、隣室からも重い空気が漏れ出始める。

いや、だから最後まで話を聞けってば、と雪花はコホンと咳払いをした。

「でも志輝様は本当は優しくて、人間臭くて。……わたしをわたしとして認めて背中を押してくれた、大切な人です」

「……雪花、それはどういう意味――」

雪花は観念したように笑った。

もう、逃げられない。どう答えれば良いのか分からなかったが、心はもう知っている。

ここは潔く素直になろう、自身の変化している気持ちに。

「要するに好きだと思います、志輝様が」

瞬間、志輝の腕の中に雪花は攫われた。強く抱きとめられ、久しぶりに鼻をくすぐる白檀の香り。襖の向こうからは、もう隠れるつもりはないのかうるさい程の拍手と歓声が沸き起こっている。

恥ずかしくて居た堪れない雪花は必死にもがくが、彼の腕によりいっそう力が籠もる。

しかも囁くように熱っぽく何度も名前を呼ばれ、羞恥で気を失ってしまいそうだ。

なんだこの羞恥遊戯は。拷問じゃないか。見世物じゃないぞ。

なんとかして抜け出せないかと、あわあわと四苦八苦していると。

「じゃあ、結婚してくれるのですね」

「…………結婚？」

雪花は志輝の腕の中で、は、と疑問を浮かべて彼を見上げた。もがくのも一旦やめる。

寝耳に水とはまさにこのことか。

大きな目を下から向けると、なぜか志輝の目元がほんのり赤く染まるが、今はそんなことを気にしている場合じゃない。

「何言ってるんですか。なんでいきなりその結論に辿り着くんですか」

すると志輝も、二、三度瞬きする。

「そちらこそ何を言っているのですか。わたしは貰い受けにいく、と言ったじゃありませんか」

「え……はぁ？　そういう意味？　いやいやいや、付き合うのと結婚は別でしょう」

大団円に落ち着きそうだった空気が、一気に雲行きが怪しくなる。皆忘れていたが、雪花はどこまでも雪花である。彼女は現実主義者だ。

「結婚してくれないんですか!?」

「だからいきなり何言ってんですか。確かに好きだとは言いましたが、まだ結婚するつもりはないですよ。それに紅家って、五家のひとつですよ。わたしみたいな柄の悪い女が入るにはちょっと場違いというか。姐さんたちが言ってましたけど、付き合ってみないと相手との相性も分からないって言ってたし、わたしと志輝様じゃすんなり上手くいくとは思いません」

「そんなもの、どうにでもなります。どうにでもしてみせますよ」

「いえ、そこは結構大切ですよ……って！　だから、なんで押し倒そうとしてくるんですか、おい！」

「もう、既成事実作ってしまいましょう。あなたのいう相性も確かめられます」

「いや、そういう相性じゃないだろ！」

するとを志輝援護射撃するかのように、隣の部屋の襖が開けられ、布団一式が飛んでくる。

姐さんたちがにやにやした顔で、親指を立てているのが閉められる瞬間に見えた。

志輝はキリッと頷き、雪花は顔を最大限に引き攣らせる。

「ほら、皆さんもそう言っています」

「何がほら、ですか！」

色香をダダ漏れにして覆いかぶさってくる志輝の顔をぎりぎりと突っぱねながら、雪花はなんとかして彼の下から這い出ようとする。しかし志輝はこの機を逃すつもりはないようで、押し相撲のようになる。

隣室からは「いけいけ押せ押せ！」というはた迷惑な声援まで聞こえてくる。

「観念したらどうですか」

「悪人面して言えた台詞じゃないでしょう！　もう襲わないって言ったのは、どこの誰ですか！」

「合意の上なら大丈夫です」

「どこが合意だよ！」

「互いに好きなら問題ないです」

するとまた襖の向こうで、うんうん、と頷いている。

もういい加減にしてくれ。

「それとこれとは別ですっ。てかこんな所でおっ始めるなんて、ただの変態です！」

「え、じゃあ場所を変えましょうか」

「そういう問題じゃない！」

少しずれた会話を繰り広げていると、階段を駆け上がり、慌ただしく廊下を走ってくる足音が聞こえてきた。そして部屋の襖が伺い立てもなく勢いよく開け放たれる。

「人の娘に手を出すなって言ってんでしょ！　やらしい真似してんじゃないわよ！」

息を切らせて乱入してきたのは風牙だ。なぜか、赤い着物がえらく乱れている。風牙は、志輝の背中に刀を鞘ごと振り落とした。

おまえこそ何してたんだと胡乱な目を向けたが、次の瞬間三者とも固まった。

雪花に覆いかぶさっていた志輝は、風牙からの一発を背中に受けて均衡を崩し。一方、風牙の登場に力を緩めてしまった雪花。突っぱねていた雪花の手から力が抜け、志輝は雪花の上へと崩れ落ちて。結果、雪花と志輝はどうなったかというと。

「「…………」」

二人の唇がぴったりと重なっていた。

風牙のけたたましい悲鳴。姐さんたちの楽しそうな歓声が再び沸きおこる。

雪花はゆっくり瞬きして、目をまん丸くさせている志輝よりも早く状況を把握すると、志輝の鼻を摘まみ引き剝がした。そして志輝の襟首を摑み、志輝と自分の位置を逆転させて起き上がる。

「……風牙」

唇を押さえてぼんやりとしている志輝は放っておき、雪花はゆらりと立ち上がった。その全身からは怒気が、見えない湯気のように立ち上っている。

雪花は風牙に向かって一歩、大きく踏み出した。風牙は逆に、一歩退く。

「え、あ、あのね、その、これは、その獣から雪花を守らんとしてぇ……」

「……へぇ」

「ふ、不可抗力っていうか、不慮の事故っていうか、こう、襲われてる娘をみた時の父親の条件反射っていうかぁ……」

「ふーん。——で、今まで何してたの」

ぎくりと、風牙の肩が跳ね上がる。

それをもちろん雪花は見逃さない。襖の隙間から、姐さんたちの目も凄んでいる。

「ちょっと散歩してくるって出て行った時、羽織に外套まで着てたよね。それ、どこ行ったの。まさかだけど、追い剝ぎにあってないよね。また賭場で借金こしらえて、脱がされたとか言わないよね」

「えっ、や、ええと、それは――」

「そんなはずないよね、風牙」

雪花の目には殺意が見え隠れしている。

風牙は大量の冷や汗を流しながら、人差し指をすり合わせ、身を縮ませて、

「……ど、どこからか見てたの？」

と、消え入りそうな声で呟いた。部屋に落ちる一瞬の間。雪花は片足を大きく踏み鳴らした。

「やっと狸爺からぶんどった金でチャラになったのに！　何してくれてんの！」

雪花の額に青筋が幾つも浮かびあがった。今にも血管が切れそうである。

続いて、苛々した足音を響かせ部屋に入ってきたのは帰蝶だ。

「……風牙」

雪花と同じく、地を這うような声だ。

「外に、あんたのお客が来てる。金返せと言っているがどういう事だい、あぁ!?」

「ひぃっ」

賭場の関係者――つまり、借金取りだ。

雪花は無言のまま風牙の襟首をむんずと掴むと、部屋から引きずり出していく。

「帰蝶、風牙を売りましょう」

「ああ、そいつはいいね。だが、こんな変態売れるかねえ」

「探せばその筋には売れるかもしれない」

「ごめんってばぁあああ！ちょっと好みの人に誘われたら断れないじゃない！」

「ただのカモにされてるって気づけよ、馬鹿風牙っ」

「馬鹿ってなによ！　ついこの間、わたしのことを誇りに思うって言ったところじゃない！」

「ああ、それ妄想だよ。幻でも見たんだよ、幻」

「そんなわけないでしょぉおおお！」

「……え、ちょっと待って下さい。雪花、結局返事は!?」

意識を取り戻した志輝が、後ろから追ってくるが。

「風牙の借金なくなるまで、とりあえず無理ですね」

雪花は無情にもそう言い切った。

「そんな……！　そんなの、死ぬまで無理じゃないですか！」

ごもっともな志輝の悲鳴があがるが、そんなもん知るか。文句はこの養父に言ってくれ。

「ほら、あんたらも仕事をしな！　……あ、志輝様はどうぞゆっくり寛いでいって下さいね」

「え、あ、え⁉」

帰蝶の声に、隣室から出て来た姐さんたちが頬を赤く染めながら。——目を光らせながら、志輝を取り囲む。

「ちょ、雪花！」

あの勢いだと、飛んできた布団に志輝が押し倒されるのは時間の問題だろう。まあここはそういう場所だ。どうぞ寛いでいってくれ。

風牙を階段から蹴り落としながら、雪花はひらひらと手を振る。

「では、わたしは仕事がありますので」

そして、帰蝶と共に階下に下りていく。

「あぁ、そうだ雪花。この後、翔珂様とグレン様がやってくるらしいからね」

「え、グレンまで？　あいつ、まだ国に帰ってなかったのか」

「とりあえず下の連中を先に掃除してきてくれるかい。連中がいたら、客も入るに入れないからね。営業妨害もいいところだよ」

　どうやら今日も、客人たちを丁重にもてなさなければならないようだ。

　雪花はいつも通り、刀を手に仕事へ向かう。

　志輝との関係は、今後果たしてどうなるのか。正直考えても分からない。なので今は考えない。これでも自分としては、一歩、前に踏み出したつもりだ。急かされても、今は自分の気持ちを認めただけで精一杯。

　雪花の口元に楽し気な微笑が浮かぶ。

　それでいいじゃないか。何せこれが自分の歩幅だ。志輝には悪いが、ゆっくりと進ませてもらおう。時間はある。自分は生きていくから、これからもこの国で。精一杯、生き抜いてやるから。

（どうぞお手柔らかに。まずはお友達からってことで）

　雪花は胸中で志輝に頼むと、微笑を消し去り、目の前の仕事に取り掛かる。

　もうすぐ、雪をとかす春がやってくる。

お便りはこちらまで

〒一〇二―八一七七
富士見L文庫編集部　気付
深海亮（様）宛
きのこ姫（様）宛

富士見L文庫

花街の用心棒 四
流れる風の向かう先

深海 亮

2022年4月15日　初版発行
2024年11月25日　再版発行

発行者　山下直久
発　行　株式会社 KADOKAWA
〒102-8177　東京都千代田区富士見2-13-3
電話　0570-002-301（ナビダイヤル）

印刷所　株式会社 KADOKAWA
製本所　株式会社 KADOKAWA
装丁者　西村弘美

定価はカバーに表示してあります。

◆◆◆



●お問い合わせ
https://www.kadokawa.co.jp/（「お問い合わせ」へお進みください）
※内容によっては、お答えできない場合があります。
※サポートは日本国内のみとさせていただきます。
※Japanese text only

ISBN 978-4-04-074177-2 C0193